冰山红嫂

刘志海 著

黄河出版传媒集团
宁夏人民出版社

图书在版编目（CIP）数据

冰山红嫂 / 刘志海著. -- 银川 ：宁夏人民出版社，2022.7

ISBN 978-7-227-07638-4

Ⅰ. ①冰… Ⅱ. ①刘… Ⅲ. ①长篇小说－中国－当代 Ⅳ. ① I247.5

中国版本图书馆 CIP 数据核字（2022）第 136497 号

冰山红嫂
BINGSHAN HONGSAO

刘志海 著

责任编辑 管世献 刘 丹
责任校对 闫金萍
封面设计 姚欣迪
责任印制 马 丽

黄河出版传媒集团 宁夏人民出版社 出版发行

出 版 人 薛文斌
地　　址 宁夏银川市北京东路 139 号出版大厦（750001）
网　　址 http://www.yrpubm.com
网上书店 http://www.hh-book.com
电子信箱 nxrmcbs@126.com
邮购电话 0951-5052104 5052106
经　　销 全国新华书店
印刷装订 宁夏凤鸣彩印广告有限公司
印刷委托书号 （宁）0024348

开　　本 889 mm × 1194 mm 1/32
印　　张 10
字　　数 220 千字
版　　次 2022 年 7 月第 1 版
印　　次 2022 年 10 月第 1 次印刷
书　　号 ISBN 978-7-227-07638-4
定　　价 40.00 元

刘志海

笔名晨旭，原兰州军区某部副参谋长，中国作家协会会员。迄今为止发表各类作品400余万字，已出版著作《西部刀锋》《天边犟兵》《边陲胡杨》《巅峰亮剑》《铁血铸魂》《拂晓突袭》等，先后在《解放军报》《中国国防报》《中国青年报》等发表上千篇文章。10部作品先后荣获兰州军区和总参谋部军事理论研究论文奖，其长篇小说《天边犟兵》荣获兰州军区“昆仑文艺奖”，长篇纪实报告文学《西部刀锋》荣获第九届共青团精神文明建设“五个一工程”奖。先后荣获吴忠市“德艺双馨”荣誉称号，宁夏回族自治区“德艺双馨”荣誉称号，中央文明办“中国好人”荣誉称号。

巍巍喀喇昆仑山、喜马拉雅山、冈底斯山，峰峦叠嶂，高耸云端，如铜墙铁壁。五星红旗在巍峨的世界屋脊高高飘扬，英勇的解放军战士胸怀祖国和人民，用钢铁般的意志，日夜坚守在边防线……

地冻，甘愿奉献自我。边防站站长向天涯上尉在一言一行、一举一动上为战士们做出了榜样。

说来让人感到好笑，暂且不提向天涯站长的名字有多古怪，论他的身材，就让不了解他的新兵们笑掉了牙。卷头发，高鼻梁，大耳朵，宽嘴巴，细脖子，上身长、下身短，个头刚过一米六，说啥也不像个山东大汉。

常言道：“人不可貌相，海水不可斗量。”别看向站长长相有点差，可他有着别人难以具备的其他条件——平时说话声音大得吓死人。一旦发现某个官兵说错了话、做错了事，包括训练动作不定型时，他那一声高过一声的山东腔调，吓得一些在场的官兵不由得浑身发抖。

每次组织会操、点名、讲评，向站长站在队列前，个头比大家矮半截。可是得观察大家听讲的效果呀，于是他用力跳起来看这看那，惹得官兵们顿时窃窃私语，有的实在忍不住还笑出声来。笑可以传染，一个笑引得一片笑。

谁？谁在笑？谁在搞小动作？出列！向站长一脸严肃地喊道。此举一旦被发现，那就糟了，他非要让那些嬉皮笑脸的人不是出列说个一二三，就是现场来个小高潮。

因为这点小动作，不少官兵吃了苦头，吸取了教训。之后，向站长的腔调再古怪，全身再跳跃，也很难发现官兵们的小动作了。

从那以后，逢会点名，向站长就不再跳起来看队中和队后的官兵了，队列的官兵们也不嘲笑队前的向站长了，他们彼此信任，配合默契。

第一章

铁血男儿走边防
痴情女子追天涯

乌云翻滚，狂风呼啸，暴雪飞舞，秃岭山脉转眼间变成了一副副光溜溜、亮闪闪的面孔。这是立秋后第一场封山暴雪，瞬间将细嫩的青草、熟透的青稞、茂盛的青松捂得严严实实。

这里是西部边陲，这里是雪域高原。在这云端上的边防前沿，常年驻守着一支尖刀力量。

为防万一，各级领导千叮咛万嘱咐，要求哨卡官兵务必保持高度警惕，坚决守好祖国西大门，决不让侵略者踏入半步。

当初，上至干部、下至新老战士，人人都紧绷一根弦，时间久了，这种心理才渐渐消除。每当上哨的官兵步入指定位置，凝望着五星红旗高高飘扬时，他们坚守哨卡的心也就更坚定了。

牦牛挤身走，头牛当向导。驻守秃岭山的官兵，不怕天寒

目　录

其实，官兵们怕向站长并不是怕他说话声音大，也不是怕他要求严、标准高，而是怕他与人较劲。

别看向站长个头矮小，可他每到课余、节假日等休息时间，非要深入班排与新老战士切磋。今天与力气大的老兵扳手腕，明天与个头高的新兵摔个跤、与身体强壮的骨干见高低，官兵们都称他“童子身”“大人精”。一旦被向站长战败，他非要让唱个家乡小调或表演个拿手绝活不可，这些苛刻要求，让官兵们发自内心惧怕他几分。

难道说向站长就没有怕的人吗？有人说他怕上级领导突击检查，有人说他怕作书面汇报，其实并非如此。了解向站长底细的炊事员、通信员、卫生员们都清楚，向站长最怕的不是别人，而是他的老婆铁心红。

从外表上看，铁心红人高马大，面相显得有些老，当她与丈夫向天涯走出家门，不知根底的人还以为他们是母子俩。

铁心红刚来高原驻地的那天中午，营门哨兵马二滚猛然发现从山下老人开的一辆农用三轮车上跳下来一位妇女，头戴花围巾，身穿花棉袄，脚穿粗布靴，长得五大三粗，看上去就像个农村大娘。她硬要给老乡钱，老乡不要，两个操着不同方言的人推让了好一阵，然后，农用车走了，她向营门走来。

这么大年龄，打这么老远来，肯定是从内地来看儿子的吧，马二滚打量着迎面而来的陌生妇女，心里嘀咕。

谁知，他刚要张口问铁心红，铁心红先声夺人，张口就是一句浓重的山东腔：“小家伙，俺问你，这个地方是不是秃岭山边防站？”马二滚想，这声音和咱站长向天涯有点像，莫非是向站长的妈来了？

马二滚像是明白了什么，立马热情地回答：“大娘，就是的，你从哪里来？要找谁？”

这当兵的小伙子说话倒是挺客气的，可他怎么能把俺看得这么老，难道俺长得像七老八十了吗？听到马二滚这样问，铁心红顿时火冒三丈，没好气地大声说：“行了，俺不想跟你啰唆，你赶快去告诉向天涯，叫他来接俺！”说罢，转身原地蹲下歇缓。

初次来站，初次见面，她就这么牛，十有八九是咱向站长的妈。马二滚岂敢怠慢，伸手拿起电话机，迅速接通了值班室。“喂，值班室，我是门卫哨兵马二滚，请告诉咱站长，他妈来了，现在就在门口等着咧。”铁心红的火气又冒了出来，猛地转身大怒道：“你小子，简直是胡说八道！”

“这个老太婆真厉害，谁娶了她算是倒了八辈子霉。”马二滚望着铁心红，嘴里小声嘟囔。“我看倒是，对这种女人得有一个块头大、脾气暴的男人，三天两头收拾收拾才行。”哨兵田亮亮也在一旁嘟囔。

有道是，上门都是客，只能热情接待，不能无礼蛮待。想到这是人之常情，马二滚气得直摇头，目送着铁心红。田亮亮只能紧跟着她的脚步，一前一后地朝着大院走去。

肯定是传错了，这么远的路，我妈怎么会来呢？很可能是自己刚才忙别的事听误了。接到值班室报告，向天涯并没出去，而是坐在办公椅上沉思着，并不时起身站在窗前远望高山，回想当年调入边防站的那段情景。

六年前，向天涯在宁夏某部尖刀分队任分队长，是一名上天能伞降、着陆能开车、入水能泅渡的尖刀分队首批六级尖子兵军官。

后来，向天涯在参加西部特种兵与外军联合军事演练中，同样在较短的时间内，熟悉和掌握了与外军官兵的语言交流、组织指挥的协同方式、各种保障的有效步骤、防范事故的系列措施，为我军与外军联合演练的圆满成功发挥了重要作用。在外军官兵眼中，他是个有智有谋、顶天立地的军营男子汉。

自从电影《冲出亚马逊》在全国各地放映后，部队官兵反响强烈，纷纷表示自己要像影片中的两名中国特种兵那样，用坚强的意志克服险恶，用坚守的拼劲抵抗侵略。

向天涯心中时刻想着，如果有一天自己能出国学习、培训和深造的话，他非要拿出冲天的干劲，让外军官兵看看中国军人与他们有啥不一样！抱着这种强烈的愿望，他今天盼、明天望。等啊等啊，一天过去了，一个月过去了，一年过去了，整整等了三年，仍不见上级下令指派。此时的向天涯真急疯了，恨不得一步迈进领导办公室，一口气道出心声。

军人以服从命令为天职，想得再多、望得再高，没有命令下达，也是白搭，对于这一点他比谁都懂。摆在他面前的路只有一条，干好本职工作耐心等吧！

当炎热的夏季渐渐来临，当未婚妻铁心红从沂蒙山区匆匆来队，当分队拉入野外训练时，一位肩扛大校军衔的首长来到分队值班室，面对向天涯不紧不慢地说："向天涯同志，经过组织上对你的长期考察，你已经具备了代表我军出国参加培训的条件，根据上级首长指示，你务必于后天早上八点赶到北京

‘八一大楼’报到，不得有误！”

“是！”向天涯激动地双脚跟一靠，胸脯一挺，坚定地回答。未婚妻铁心红还没和他说上几句知心话就分别了。

离开国门后，向天涯冲出亚马逊，又重返亚马逊，被中外学员视为世界“猎人学校”的全能高手，也被校长、教官视为“最具凶猛的突击勇士”。

每当队员在他面前“OK-OK”竖起大拇指连声赞叹时，他总是摇着头连声道：“NO-NO。”然而，让向天涯感到高度紧张的是，当他从南美洲参加完超级培训刚回国，还没来得及与未婚妻和家人见个面，上级又命令他与从其他部队选拔的战友参加非洲联合国维和任务。

按照联合国维和任务要求，本着履行国际主义义务的原则，中国派出维和部队。部队经过自下而上精心挑选和严格把关，向天涯有幸被指派前往非洲某国担负维和任务。太幸运了，他所在的部队数百名军官面试和笔试，唯独向天涯考核通过。不日，向天涯与其他入选的战友一道，奉命受领此项重任，他高兴得浑身充满激情。

经过短暂的培训，向天涯与战友连续乘机五个昼夜，终于到达异国他乡——非洲某国联合国维和部队集结地域。俺的娘哟，天咋这么热，好像掉到油锅里似的，让人怎么活呀！向天涯刚走出机舱，迎面吹来一股股热浪，他眼难睁、口难张，浑身热乎乎的，无所适从。

Hello-Hello，正当这时，前来迎接维和部队的十几个头戴钢盔、身着迷彩服、肩挎狙击枪的黑大汉，在一名黄头发、蓝眼睛、白皮肤、肩扛上校军衔的中年军官的带领下，分别驾驶三辆敞篷步战车，成一路纵队呼喊而至。好威风，迎接客人像打仗似的，看来这里火药味浓啊！向天涯看到眼前这些外军官兵的可笑面容，心里跟着兴奋了起来，伸手挥舞着，习惯性地喊起了中国话："老外战友们好！老外战友们辛苦了！谢谢你们迎接我们！"听他一口中国话，与他并排行走的战友转过头来问："兄弟，你说英语好不好，你以为这是在中国，你以为迎接我们的都是中国人！"向天涯猛然惊醒，忙向他表示歉意："你说得很对，从现在开始我要用英语说话、办事，你看可以吗？""我看可以，这样便于和老外交流。"行进间，两人通过打嘴仗，最终形成了凝聚力和战斗力。向天涯呀向天涯，你可要知道，这次参加国际维和部队行动，是代表祖国人民和军队的光辉形象，也是履行联合国赋予的国际义务和使命，必须发扬我军一不怕苦、二不怕死的革命精神，坚决完成祖国和人民交给的维和任务。

每当夜深人静时，向天涯钻进闷热的蚊帐翻来覆去睡不着，不停地下床冲凉防暑，缓解身体不适，恨不得乘坐航班返回国内。但一想到临行前首长的谆谆嘱托，想到自己的铮铮誓言，就觉得怕这怕那、想入非非，只能增加心理负担，不可能出色完成任务。经过一番思想斗争，他开始明白了一个道理——身在异国他乡，就要吃大苦、耐大劳、流大汗，一股劲干到底。于是他进入了状态，想啥也简单，干啥也痛快，从不拖泥带水，让中外战友刮目相看。

这天深夜，大家正睡得香甜，突然，窗外传来"叭叭""咣咣”的激烈枪炮声。紧接着，警卫哨兵吹起“嘟嘟嘟”的哨声，伴随着呼喊声，向天涯从梦中惊醒，顾不上穿衣穿鞋，赤裸着上身，光着脚丫，提着冲锋枪跑出了帐篷。“你来得正好，赶快增援营门卫兵！”值班上尉发现向天涯大汗淋漓地跑到了跟前，还没听到他的报告请示，即刻下达了口述战斗命令。向天涯受领任务后，朝着营门方向狂奔而去。

原来，这是一伙反政府武装追杀手无寸铁的难民，当追到维和部队营门时，难民们泣不成声地寻求庇护。营门卫兵经请示值班首长同意后，立马将难民放进营区临时居住点休息。哪知反政府武装头目竟敢朝着营门哨兵开枪投弹，企图冲击营区施暴。王八蛋，还想向俺开火，今天非叫你吃不了兜着走！眼看着哨兵抵挡不住了，恰巧这时，向天涯光着上身，赤着脚大喊着，火速加入哨兵战斗行列。在战斗实施中，向天涯边组织哨兵火力反击，边掩护难民撤离危险区，一举击退了反政府武装的冲击，有效保护了营区安全和难民生命。

可是，由于敌火极其猛烈，打红了眼的向天涯不幸左肩膀惨遭炮弹弹片击伤，鲜血染红了全身，可他全然不顾，硬是喊着冲着将群敌赶出了军事管理区。“中国人有骨头，中国兵不怕死，我们应当向他好好学习！”维和军人看到向天涯猛冲猛打、不要命的拼杀劲头，无不发自内心地交口称赞。

维和任务是十分险重的，该国派系明争暗斗，相互残杀递增，反政府武装制造事端，难民惨遭无辜杀害等情况十分复杂，维和人员执行任务时有伤亡。向天涯脑子里始终保持高度警惕，就连每天晚上睡觉耳朵都能听到远近动静，如有响动，即刻睁开眼睛，快速采取行动应对，这让身边的战友大为惊讶。

有一天深夜，带岗人员轻脚步入室内，准备推醒换哨士兵按时到位接岗，哪知向天涯忽然听到耳边传来小碎步声，便猛地睁开了眼睛，正准备起身下床予以应对，带岗人员发现及时，一把将他摁在床上，悄声说：“别乱动，好好睡觉，我是来叫哨兵上岗的。”向天涯被惊醒后，没了睡意，伸手从上衣兜中掏出未婚妻铁心红的照片，借着窗外的月光反复端详，嘴里喃喃道：“心红啊心红，咱俩好长时间没见面了，我好想你啊！”

每当休息时，向天涯拿着铁心红的照片，像得了相思病，一个劲地念叨：“媳妇，快了，再等几天，我的任务完成了，一定会和你登记结婚的，决不食言。”“看看你，何必呢，早干啥了，为什么不早办这事，今天才想得死去活来的？”“就是，过去假正经，一派正人君子表现，现在倒好，叫你好好想！”身边的战友望见他的失态相，便不分轻重地评头论足，试图引发他的满腔怒火，相互争执个高低。“少来这套，我才不上你们的当。”向天涯一眼识破了几个战友的企图，便哈哈大笑地说：“小子们，你们有劲朝着岗位使，有火朝着敌人发，可别硬朝着我胡来。我要是发了脾气，你们的小命可就难保了。”战友们一看他断然避开，知道吼得再高也没用，就只好去忙活自己的战斗任务。

黑夜总有尽头，天明就要来到。一天上午，两年一度的维和任务交接仪式在营区帐篷前隆重举行。当国内一批刚到来的年轻官兵列队升国旗、唱国歌等议程圆满结束后，向天涯仰望着天空吼了一声：“啊——回家了！”随着阵阵哨音，向天涯高兴地与战友们蹬上大卡车，在前后左右步战车的护送下，浩浩荡荡驶出营区，驶入机场，开始踏乘班机回国……

向天涯精神饱满地步入营区，认真地向首长汇报了出国维和任务和获奖经过后，受到了所在部队通令嘉奖，荣记二等功一次。接着，部队又特意给他安排休探亲假两个月。此时，向天涯手拿着探亲假条，一会儿冲刺，一会儿兴奋得不知干啥好，总觉得瞬间梦想实现了。

他归心似箭，马不停蹄地回到老家。两家人非常高兴，商量着选吉日、置东西、请亲戚，准备为他和铁心红操办个热热闹闹的婚礼。

铁心红就要当新娘了，整天高兴得见人就笑。向天涯回来的第三天，就牵上铁心红的手去拍婚纱照，又到当地民政局登记领结婚证。工作人员喊他们在婚姻登记簿上签字，铁心红先签了，笑着把笔递过去。向天涯刚准备签字，突然部队打来电话，上级赋予紧急任务，命令他立即返回部队。啊！向天涯愣了一下，快速签完字，抬头望着铁心红。向天涯深知自己身穿一天军装，就得保持一天战斗状态，时刻报效祖国和人民。他有点难为情，刚要开口向铁心红解释，铁心红含着眼泪连连点头说："天涯，你不用说了，部队让回去就得回去，国是大事，家是小事，俺早晚是你们向家的人，你快准备走，回头我来取咱俩的婚纱照！"见她这样通情达理，向天涯说啥也抑制不住心中的感激之情，扑进铁心红怀里哭了起来。

向天涯飞奔到部队，双脚刚踏入营门，忽见营区内出现了一群穿着浅色迷彩服，留着满脸大胡子，喊着听不懂的外语口号和番号声音的官兵。

正在纳闷，一名营门哨兵主动提醒他：“队长，你回来得太及时了，咱们要和外军搞联合军演，听说分队正缺一名现场指挥员呢！”

不可能吧，谁都知道他在外国受了两年罪，怎么也得考虑多休几天假吧！向天涯似乎不相信营门卫兵刚才说的话，还以为上级领导不会逼他换上训练服，或者带领一队人马进入前沿及纵深阵地。

情况与他想象的正好相反，战地指挥员由于眼下人手短缺，大家迎面碰到向天涯，先是一阵喜笑颜开，后又一一道出实情。看来还真有其事，司政机关干部轮番给他做思想工作。向天涯领会了大家的意图，一摆手示意：“行了，我清楚了，你们都忙去吧！”说完，他迅速换上服装，背上武器，奔向演练阵地。

演练结束，向天涯又被紧急调往西部边陲环境最艰苦的某边防站任职。

人小志不小。向天涯是个性格刚烈、说到做到的山东大汉。各级领导对向天涯这样看，新老士兵对向天涯也这样看，谁都发自内心地敬佩他的一言一行、一举一动。既然如此，那就再考验考验他的忍劲大小吧。于是，领导又安排他前往海军、空军、火箭军、武警等各军兵种部队代职体验，向天涯几乎成了军营里的“实习生”。

苦吃尽了，汗水流尽了，可向天涯返回部队营区后，就是不向领导一字一句地汇报成果。有的军事主官以为他表现太差，气得吹胡子瞪眼，有的政工主官以为他狂妄自大，可谁都知道这小个子的脾气，说轻了不理睬，说重了还真能闹翻天。迫于无奈，主管领导们只好通过别的渠道了解实情。

当兵后，每当干出一点成绩，向天涯总觉得微不足道，全都滴水不漏地装进肚子里。

难道说他的思想境界比人高？士兵们在谈论，骨干们在议论，领导们在争论，谁都很难讲清其中的奥妙。对于这些，向天涯并不在乎，因为他早有了心理准备，一旦有人谈起，或者当着他的面说起，他就一笑了之，转身而去。

每每这番举动，身边的人就更感到奇怪，猜测的心反而更加急切，总想当即探个究竟，可让人倍感失望和遗憾的是，向天涯总是这样低调处理。

向天涯习惯了老一套的解答方式，在他看来如果坚持下去，利多弊少。点滴养成也是从小学起的，父母教起的。

上小学四年级的时候，语文老师突然进行口试问答，全班同学毫无准备，惊慌失措，唯独向天涯回答得十分完美，让同学们大开眼界。

旗开得胜，向天涯兴奋得难以控制自己，逢人自吹自擂、手舞足蹈，总觉得比别人高一头。

惯则害，害则亡。这件事传到父母亲的耳朵里，老两口心里忐忑不安，生怕年幼好胜的儿子目中无人。于是，老两口趁着一天三顿饭的机会，你一言正面开导，我一句反面提醒，给宝贝儿子灌输了一些立身、立志、立德的传统理念。

还是夹着尾巴做人吧，免得跌入人生深渊。经过亲朋好友反复敲打，加上学校老师精心浇灌，向天涯渐渐明白了应该学什么人、做什么事的道理。

从那时起，不管取得多好成绩，不管师生怎样夸奖，不管亲人如何抬举，向天涯始终以一颗平常心做事，从不与人谈论不休，或是借题发挥，以此抬高自己。相反，自己一旦做错什么、缺乏什么，向天涯宁可不吃不睡，也要向明白人登门求教，非要弄清道理不可。

无论训练哪项高强难课目，向天涯首先一字一句弄通弄懂理论知识，尔后一步一步攻克技术难关，他的口头禅是：俺是一名带兵人，样样都要打头阵、做表率，决不当个窝囊废。

危急关头，面对天灾人祸、坏人作恶等险情时，他同样会选择冲上去，抓凶手、化险情。曾经有一次突然遇到驻地造纸厂失火，向天涯立即边向上级领导进行口头报告，边组织官兵奔赴失火现场，独自一人多次冲进火海，多次被浓烟熏倒，可他总是强忍着阵阵剧痛，声嘶力竭地大喊道："别管俺，别管俺，赶快把工人救出来！赶快把东西搬出来！"

男壮不在五大三粗，女美不在面目秀美，人好不在甜言蜜语，而应在其品质有多优，在其素质有多高，这个简单的道理是向天涯与铁心红当年谈情说爱时达成的共识，也是加深彼此感情的基础。

也许有人会对向天涯这样说，你长得矮小，娶个人高马大的媳妇铁心红，说不定哪一天她翻脸了，非把你打得头破血流，到那时说啥也不灵了。

向天涯倒不在乎别人说三道四，心想，咱能娶个从小一起打斗比拼，彼此情投意合的女子为妻，是福分。

在铁心红眼里，挑选男朋友并非找个与自身条件相符的人，人品好、心眼好，就可以代替一切。

当年媒人登门说媒，提起向天涯这个小伙子时，铁心红父母张口就拒绝了。然而，铁心红觉得向天涯适合自己的心意，当场就向媒人表态："先别这么说，让俺考虑考虑。"听到女儿如此说，父母亲气得反问："闺女呀，你说什么，是不是糊涂了？""爹，娘，不能这样对待人家，等俺想好了，再跟你们说不行吗？"

铁心红没按照父母的意思行事，说话仍有商量的余地。

时代不一样，儿女的事儿女说了算，父母知道女儿心里有主意，媒人也知道这桩婚事十有八九能成。

铁心红如此坚定，并非心血来潮，而是早有所备。当年上小学五年级时，她就把上一年级的向天涯当成弟弟看待，天天上学领着他，放学带着他。除了这些，她还经常把他领到家里，完成家庭作业后，一起追逐打闹，练拳，摔跤，经常在院里滚得满身是土。

在向天涯心中，既然同村同队的这位好心大姐如此厚爱自己，以后无论走到哪里，他心里都要装着她。

常言道："田在耕，种靠播。"他们之间接触频繁了，彼此就渐渐产生了一种谁也离不开谁的感觉。

后来，铁心红考上了公社农中，考上了县重点中学，他俩的接触机会就渐渐少了。无论相隔多远，弟弟向天涯那种遇事动脑子、为人想点子的优点，早早在铁心红的心中扎下了根。

假若将来有那么一天有人给自己提亲，以弟弟向天涯为夫，

她决不推辞，一定要答应这门亲事。如今梦想成真，终于有人上门成全这桩心事了，她心里怎么能不高兴？

可是，父母不知她的心，死活不让谈及这门不当、户不对的婚事。这让人如何是好？向媒人说声“算了”或“不行”的话，显然与心相违，但如果想做通父母的工作，真是难上加难呀！从未遇见过如此难题的铁心红顿时乱了手脚，也不知该用什么语言来平息父母满腔的怒火。

看到家中闹翻了天，亲朋好友主动上门说情，试图缓解紧张气氛，但到最后都无济于事。

铁心红使出了浑身解数，始终没有促使父母的心软下来、气消下去。干脆，她就给父母来个苦肉计，看看他们对女儿心疼还是不心疼。

铁心红琢磨了好几天，终于想出了父母不愿看到的自残手段。她白天睡大觉，晚上乱喊叫，一日三餐不上桌，搅得父母很难过。

看到这种情形，父母说轻了女儿不吭气，说重了女儿要跳河，要悬梁，要服毒，总是以死相对。再也经不起折腾了，要是闹出个人命来，那可什么都晚了呀！老两口渐渐发现女儿的这片真心，最终放弃了强硬的态度，顺从了她。

目的达到，铁心红泪流满面，当即给父母磕了三个响头。

女方有意，男方麻烦。

对于向天涯与铁心红这桩婚事，他的爷爷、奶奶早有想法，渴望两家尽早定下这门亲。

依向天涯本人之见，因受前辈熏陶较深，加之又与铁心红

青梅竹马，感情非凡，也希望有人从中搭桥牵线，定下这门亲事。哪知向天涯的母亲对这门亲事坚决反对，无论丈夫好言劝说，还是媒人磨破嘴皮，都被她“算了吧，俺不干，俺不想让儿子娶个娘上门！”这些话将人全都打发了，气得丈夫直掉眼泪，急得媒人直冒汗珠。

当家人不同意，谁也没有招呀！女方家人有点沉不住气了，开始放出风来，如果照此拖拉下去，他家的女儿将另嫁他人。

这怎么能行呢？到手的贤妻良母，将要离自己而去。向天涯心急如焚，根本不愿看到这种好事泡汤，可自己一时又拿不出什么好主意应对。再说与母亲整天发生口角，或者私自外逃，浪迹天涯，恐怕也不是上策。

为这事，向天涯想了很多办法，甚至与亲朋好友谈了很多，都以放弃而告终。

“咱可不能两眼望着儿子发生意外呀！”父亲觉得儿子言行有些反常，自己不能袖手旁观，得向老伴吹吹枕边风，尽力改变老伴的顽固立场，让全家人高兴起来。

对于这些不疼不痒的心理折磨，老伴的不满情绪渐渐有所减退。加上宝贝儿子三天两头给她讲些爱听的话，干些她爱看的事，心想，既然儿了一心想要铁心红，自已何必强人所难，干脆让他们自己走下去吧！

一个晚上，母亲想了又想，终于向老伴松了口。

第二天午饭后，向天涯的父亲到媒人家，一口气道出了家人的心里话。

“这就好了！这就对了！”媒人听完后，情不自禁地连声

说道，并和他的父亲初步安排了双方儿女相约的时间和地点。

过了几天，向天涯和母亲，铁心红和父亲，一同来到了媒人家里，双方儿女开始转入单独“切磋”……

听人说，男女初次相约，时间不宜过长。可向天涯和铁心红在里屋又说又笑聊了大半天，大有刹不住车的迹象。

“这还得了，这还得了！”向天涯的母亲看太阳马上就要落山了，忍不住大声喊道。

铁心红的父亲看着向天涯的母亲，来了一句：“不要紧，别着急！”

依媒人之意，这对青年人谈得时间越长越好，大不了晚上给这两家人管顿饭，也好增加一点欢乐的气氛。说着，他离开了外屋，走出了街门。

“不害臊，不害臊，还真没完没了，想把人气死呢！”向天涯的母亲沉不住气了，从炕边突然跳了下来，跺着双脚直奔里屋。

铁心红的父亲紧跟着她的脚步悄声说：“大妹子，你消消火，别喊了，快别喊了！”

忽听门外有人吵闹，向天涯与铁心红中断了说笑，伸手打开了屋门，探头看个究竟。

“还要脸吧，东扯西拉有个完吗，没看天黑了吗？”见儿子露出鬼脸，向天涯的母亲张口就是一句。

“你——”有着男孩性格的铁心红一听话中有味，刚要张口反驳，父亲急抬臂甩手：“行了，咱们回吧！”

正说着，媒人咣当一声打开了街门，一手提着活蹦乱跳的

大鲤鱼，一手拿着几根香菜，笑眯眯地对着两家人说：“走什么走，都给我留下，今儿个我请你们吃个晚饭！”说着，他赶忙放下手中的东西，转身反锁了门。

这招一下子把两家人都给难住了。虽说媒人家院墙有点矮，可谁好意思跳墙而出呢。况且，人家又有这份盛情，总不能辜负了媒人的一番好意吧。权衡了一番，两家人终于想通了，于是，向天涯的母亲开始洗菜做饭，向天涯与铁心红跟着洗鱼烧水，铁心红的父亲和媒人脱鞋、上炕、喝茶，拉起了家常。

自从向天涯和铁心红两个人进入谈情说爱的阶段，他俩渐渐成了村里人闲谈的话题。

老年人说，他俩很般配，铁心红需要找个小女婿，向天涯也需要找个大老婆。中年人说，他俩说行就行，萝卜白菜各有所爱，别人干操心不顶用。青年人说，向天涯这小伙子有点傻，应该找个年轻的，不应该找个比自己大好几岁的，再说女的长得人高马大，以后打起架来，嘻，可有他小子吃不完的拳头。

这些话不时传到向天涯和铁心红的耳朵里，谁知他俩从不向人发问，只是一笑而过。

看他俩总是满不在乎的样子，谁见到他俩走在一起，都不想说什么，只是客套几句，各走各的路罢了。

向外界公开吧。到了春暖花开的季节，向天涯与铁心红觉得时机成熟了，双双向父母和媒人道出了真心话——订婚。

这下子可倒好，简直忙坏了媒人，只见他一会儿到向天涯家中传信儿，一会儿到铁心红家中反馈信息，有时还为一点鸡毛蒜皮的小事往返三四趟。一切付出对媒人而言，那太值得了，

因为双方马上就要变成一家人了。这个牵线搭桥的人，虽然跑了不少腿，磨了不少嘴，但说成了一对情投意合的鸳鸯，心里还是蛮高兴的呢。还有，向天涯与铁心红的父母也不是小气的人，两家都会以特有的方式，重重感谢儿女终身的搭桥人。

农历六月初六上午，亲朋好友聚集在向天涯家中，南厢北屋，东厢西房，炕上炕下，男人举杯喝酒，女人说笑吃菜，气氛热闹非凡，像过大年。大吃大喝的间隙，有来客打听结婚的日期，向天涯的父亲张口重复着："俺和老婆早就商量好了，明年这会儿就把喜事办了！……"有人故意开玩笑："老向啊，你明天就办喜事吧，我们等不及了，两个娃娃更是等不及了。"引得来客们哈哈大笑。

★

第二章

胸有朝阳寄深情
送郎参军报国行

冬季大征兵活动开始了，房顶上大喇叭一遍又一遍播放着冬季大征兵的通知，一遍又一遍播放着《中国人民解放军进行曲》《三大纪律八项注意》《我的祖国》等歌曲，一遍又一遍播放着应征青年的决心书。这个年龄正适合当兵，说不定到外面闯一闯能碰上啥好运气。向天涯有些动心了。

这天黄昏，向天涯一步踏进了铁心红的家门槛。“看看，你急乎乎的样子，又有什么事找俺？”铁心红见向天涯跑得气喘吁吁的样子，着急地问。

“俺跟你商量点事，咱俩到外边走走。”向天涯心直口快地说。“什么大不了的事，在家说怕什么。”铁心红看他神神秘秘的，心里不禁嘀咕了起来，并带着厌烦的情绪拒绝。看来不给点硬的，她是不出门了。向天涯一气之下，双手抱住了铁心红的后腰，上身向前一顶，双腿向后一撑，来了一句：“你快给我走吧！”铁心红冷不防被向天涯抱出了里屋，抱出了街门。“你给俺住手！……”铁心红受不了他的粗鲁举动，一个劲地怒吼。

向天涯不管那一套，铁心红喊得越凶，他就使得劲越大，反倒让她有话说不出，有劲使不出，哑巴吃黄连——有苦难言。这时，铁心红灵机一动，一下子改变了强硬态度，轻声对向天涯央求：“好兄弟，咱俩都不是外人，在街上动手动脚、拉拉扯扯多不好，你松手，咱有话好说、好商量。”向天涯一听有门，搂抱的双手一下子松开了。

“你说吧，强迫俺到这个地方有啥事？”铁心红见机行事，马上翻了脸，两眼直直盯着向天涯发问。

机会来了，该道实情了。向天涯擦了擦脸上的汗，不紧不慢地说：“俺跟你说老实话，今天把你弄到这个地方，是害怕你爸你妈知道俺要做的大事！”

“啊，你说什么大事？”铁心红不解地追问。

“别急，你听俺说。”向天涯一五一十地说出了想报名参军的心思。

“怎么，你要去当兵？”铁心红一听，慌忙追问道。

“就是，今天专门跟你商量。”向天涯没有犹豫，带着诚恳的语气，急切地等待着她的答复。

铁心红低下脑袋，一言不发地掉下了眼泪。

嗐，早知如此，何必当初。没想到铁心红转瞬间流露出了悲伤的情绪。向天涯只好硬着头皮对铁心红央求道：“你看看，俺还没说上两句话，你就成了这个样子。赶快打起精神来，咱俩好好商量商量。”

女人的心经不起三句好话劝，往往好话一听就改变初衷。再说向天涯也不是外人，争争吵吵、哭哭闹闹也是家常便饭。

“你倒是挺牛的，这么大的事一个人说了算，也不跟俺商量商量。”铁心红的心终于软了下来。“我，我——”向天涯不知为何，开口吐字倒挺清，就是说不出完整话。

“好了，俺不说了，回家吧！”铁心红似乎看出了向天涯的尴尬，马上来了个一百八十度大转弯，脸上愤怒的表情顿时化为乌有，语气也显得十分温和。

向天涯好像什么也没听到，站着一动不动。铁心红一看这劲头，知道说得再多也没用，于是计上心来，屁股一扭，双脚一抬，哼着《沂蒙山小调》离开了原地。

好男不跟女斗。瞅着铁心红狂妄傲慢的样子，向天涯心里烈焰难扑的势头，几乎到了喷发的高潮。可是，眼下的女人，并非外人，她再刁蛮、再狂妄、再傲慢，也不能大动干戈。迫于无奈，向天涯有气憋在心里，始终没有动过一次肝火。忍吧，向天涯转过身，缓慢蹲了下去，两眼望着远方，一声不吭地思量着。

看看谁牛，俺就不信你不听话。铁心红得意忘形地向前走着。哪知小算盘打错了，当她回头张望时，忽见心上人与她背面而蹲，连回头看一下的意思都没有。这小子太绝情了，心比钢还要硬，气得铁心红转身又跑了回来。

我说孙悟空再跳再蹦，就是有天大的本事，也跳不出如来佛的手心。向天涯听到身后传来阵阵急促的喘气声和脚步声，猜测铁心红又要回来找事了，心里一阵兴奋。

“你这个人心真狠，光顾自个儿享受，不顾别人痛苦，还要不要脸了？”铁心红走到跟前就是一顿臭骂。管她呢，我就骂不还口，打不还手，她能把俺咋样？向天涯心里拿定了主意，头不抬、眼不睁，蹲在那里，没有一点表示。

“你起来！你起来！”铁心红一看来软的不行，就要动手来硬的。只见她双手抓住向天涯的双肩，毫不费劲就把他提了起来。然而，向天涯也开始耍赖，铁心红刚一松手，他又重新蹲了下去。铁心红一怒之下，双手从向天涯后背一抄，双膝朝上一顶，像抱娃娃那样把他反抱在怀里。

“放下，放下，叫别人看到了多难看！”“管你呢，谁叫你不听话，今天非叫你尝尝俺的厉害！”两个人谁也不服谁，较起了真。

别看向天涯人长得小，心眼却不少，面对大女人铁心红不停地折腾，自己忍着笑颜，就是不说一句软话。

骂又骂不成，打又打不成，这让人如何是好？铁心红心机算尽，还是拿向天涯没办法。现在又在外面，假若做得过分了，一旦传了出去，岂不成了丑闻？想到如此后果，铁心红将向天涯往地上一扔，哇地一声大哭起来。可不敢再胡闹下去，要出人命了。见她这可怜样，向天涯不免担心起来，只见他一边安抚，一边搀扶铁心红渐渐离开了原地。

饭早已做好了，老两口左顾右盼，等了大半天，好不容易看到女儿和未过门的女婿带着阴沉的脸，拖着沉色的脚步走进了家门。

“到外边说什么话，在家里说不行吗？都是大男大女的，让人看见不笑话吗？”铁心红的爸爸看着女儿和女婿不快的表情抢先说道。看老人家那个派头挺凶的，要是张口反驳，肯定会受到埋怨。铁心红从小在父母身旁长大，对于他们的脾气了如指掌。

她不说，俺也不说，装个哑巴也无妨。向天涯深知自己是外姓人，和她发生争执，让家人下不了台，恐怕凶多吉少，对自己也没有好结果。于是，他站在一旁望着铁心红，一声不吭。

这两个熊孩子，今天咋了，说了那么多，葫芦里装的什么药？顿时，老两口你看着我，我瞅着你，谁也没有主张。

“吃饭吧，还发什么呆。”铁心红知道父母的心，打破僵局，一把将向天涯拉到饭桌旁就座。这就对了，铁心红父母见女婿坐在饭桌前，端起了饭碗，心里高兴起来，向天涯客套了一番，彼此聊起了家常。

“大叔、大婶，俺有个事想跟你们说说。”话到关键处，向天涯壮着胆子，冒出了一句。

“你——你——”铁心红一看露了马脚，张口想说清楚，可不知为什么，拖了大半天，却说不出来。

“他娘的，别打岔，让人家天涯说！”铁心红的爸爸感觉不对劲，当即向女儿发了火。

“就是嘛，干扰人家干啥，把嘴闭住！”铁心红的妈妈在一旁附和着，几乎在同一时间把矛头对准了女儿。铁心红见势不妙，一下子变乖了。

“大叔、大婶，俺没跟你们家商量，俺自个做主，今年报名参军了！”向天涯鼓足了勇气，一口气道出了实情。

“当兵是好事，小伙子就应该出去走走、看看，说不定还能碰上好运气。”铁心红的爸爸一听这话，当即表明了自己的态度。

“男人不能老在家里待着，当一辈子庄稼汉，拿枪杆子总比拿锄头强。”铁心红的爸爸又说。

“那，他走了，俺怎么办？”铁心红心里一下子慌了，当即说出了内心的苦。

“行了，少废话，在家能把你饿死吗？俺跟你妈能不管你吗？你自个活不成了吗？”铁心红的爸爸火到气头上，声势不小。

“好了，都少说两句，人家孩子的事人家自己做主，她也不是两三岁的小孩子。”铁心红的妈妈觉得父女俩互不相让，生怕让左邻右舍听到，打起了圆场。

“你说要当兵，怎么个当法？找谁当兵？”铁心红的爸爸问道。向天涯一听胆子大了起来，说道：“大叔、大婶、心红，你们都放一百个心，别看俺的个头不高，可俺一定能当上兵！”

“那好，俺在家等你的好消息，就看你的本事了！”铁心红的爸爸放下碗筷，心情激动地给未过门的女婿鼓劲打气。

也许有人问，铁心红的父母为何对未过门的女婿在当兵这个看法上一拍即合呢？原来老两口的父辈，曾在战争年代为大军推过车、缝过衣、担过粮。还有那一大批红嫂救护子弟兵伤病员的故事，在老区广为传颂。这些生动的历史教材，从小就在他们心中牢牢扎下了根，播下了一颗永不熄灭的革命火种。

当向天涯离开家门后，铁心红的父母这才你一言、我一语，轮番给女儿上起了红色教育课，并且一个比一个讲得多，一个比一个讲得深。渐渐地，女儿铁心红理解了爸爸妈妈的心。与此同时，她那颗厌烦的、愤恨的心也平静了下来。

可不能那么自私，假若小伙子都听女朋友的话，光考虑小家庭的利益，不考虑大家庭的建设，恐怕咱国家又要回到过去那饥寒交迫、民不聊生的年代了。铁心红经过几个昼夜的深思，心里渐渐亮堂了起来。

向天涯在体检时遭遇了麻烦。一位个头高、块头大的接兵干部，发现长长的队伍后面竟然跟着一位身材矮小且说话带着童声的娃娃。咋搞的，怎么把一个奶水没断、汗毛没退的孩子拉进了体检队伍？只见那个领兵的干部火冒三丈，当即对着向天涯喊："小子，别排队了，给我过来！"

这个首长咋这么说话，分明是小看我了，为啥当众戏弄我？向天涯很不服气地拉着脸走出了队列。

"你几岁了？"哪知向天涯还未站稳脚跟，大个子接兵干部当头就是这样一个"见面礼"。

小人，咋这样说话，真不像首长的度量。向天涯站到了大个子接兵干部面前，听到这话，抿着嘴唇，就是不回答。

"看来你不想当兵了，那我就不跟你多说了。你可以回家了！"大个子接兵干部生气了，当众给向天涯来了个下马威。

"首长，你可别——你可别——"向天涯如梦初醒，急忙抱住大个子接兵干部的后腰，泪流满面地央求。

“毛病，问你一句就成了这样子，要是到了部队谁还敢问你？”大个子接兵干部止住了脚步，用力甩开了向天涯的手，恶狠狠地训斥道。

谁叫咱是来报名当兵体检的，让人随便折磨吧。向天涯敢怒不敢言，只得乖乖听人摆布，当初那股虎劲头，一下子变成了小绵羊。

既然人家让步，咱可不能得寸进尺，有理不让人，得给人留个台阶下，不然的话，一旦传到上级首长耳朵里，那就麻烦了。考虑到这些，大个子接兵干部转怒为喜，面带微笑地说："好了，你过去排队吧，我说得再多也不顶用，看看医生对你怎么检查。"接着，双手一背转身而去。

“唉，当官的就是牛！”“咱当兵后，将来也要当官！”队列中应征青年开始吐露自己的心声。然而，向天涯可没想那么多，对他而言，只要能顺利通过当前体检，能按时穿上崭新的军装，那就谢天谢地了。

轮到向天涯体检时，医生发现他的个头净高只有一米六五，医生犹豫着正要填写“不合格”字样，向天涯见势不妙，疾步靠近，一把按住了医生的手，急切地央求道：“医生、医生，放我一马吧，我一辈子也忘不了你的大恩大德。”经过他再三苦苦哀求，终于，医生被感动了。过了检查个头关，之后，别的体检项目，一项接着一项，向天涯一路绿灯。

向天涯顺利通过了政审、体检、定兵等关口，向家、铁家两家人都高兴得不亦乐乎。相比而言，身边有些被淘汰的小伙子气得大喊大叫，有的甚至还扬言跟验兵的人没完。为防不测，上至县人武部部长，下到乡村干部，纷纷走村串户做思想工作，这才有效化解了没被征上兵的青年的心理矛盾，这才有力配合了应征入伍工作的正常进行。

眼下，谁都知道向天涯家族在村里是个小户。过去年代大户人家总是小看他们，很少有人与他们来往，包括平时办喜事和其他大事，也是如此。这还不算，有些人还故意刁难，经常给小户人家小鞋穿，害得小户人家办事困难重重。忍气吞声吧！小户人家只好一让再让，尽量不给或少给自己找麻烦，免得雪上加霜。今年可倒好，大户人家报名参军的几个娃娃都没被选上，小户人家的娃娃却被选上了。几天来，村里的梁支书忙得不可开交，虽说自己出身大户人家，可向天涯毕竟代表全村人的脸面，应当号召大家上门道喜、慰问。

梁支书说得在理，向天涯穿上了绿军装，即将走上保卫祖国的战斗岗位，咱们应当分享这一荣誉。村民们几乎一夜之间改变了观念，纷纷奔走相告，使得向天涯家迎来一批又一批乡亲，送走一批又一批乡亲，累得说句好话都吃力。看到父母脸上那汗流不止的样子，向天涯有些心疼了，他背靠在墙上，开始后悔当初那冲动的劲头了。

“天大的喜事，你怎么是这样，让人看到多不好。”他的后悔情绪渐渐露了马脚，被女友铁心红察觉了。

说真话吧，自己曾有言在先，大话套话说了一大堆，那样岂不是自己打自己的脸？说假话吧，恐怕与心相违，有损男子汉大丈夫的人格。可又不能沉默下去，这样容易使女友小题大做。向天涯左右为难，一时拿不定主意。

哦，俺明白了，或许他马上当兵要走了，舍不得俺这个心上人呢。铁心红心里一亮，马上来了个激将法。“天涯呀，你别难受，既然选择了这条路，可不要当孬种呀！你不是告诉俺好男要当兵，好铁要炼钢，好马要腾飞吗？怎么还没走，就成了窝囊废。”

“谁说俺打退堂鼓了？谁说俺是窝囊废了？谁说俺……”铁心红的话立马奏效，向天涯一口气连着几个反问，并且大有不可息怒之势。

“这是你说的，那俺问你，这几天你为啥无精打采，脸拉得比驴脸都长？”铁心红趁势逼问。还是老实对她说吧，要不她有问不断的话。想了想，向天涯果断地说：“告诉你吧，俺这几天憋得难受，白天晚上都郁闷。”

“可惜你还是个大男人，连这点小毛病都治不了，当兵还能有多大出息。”

“胡说，俺到了部队一定能当个好兵！”

“不见得吧，照你现在这个熊样，说不定当了几天兵就叫部队把你押送回来了！”

“这话可是你说的，咱俩打个赌！”

“打什么赌？”

“你说打什么赌？”

“要是你当兵出不了问题，当个班长、入个党回来，俺就叫你爹。”

这对年轻人，背靠着一棵古老的松树立下了赌言。

当县人武部的“应征入伍通知书”由村支书送到家里后，向天涯手捧着看不够，挥舞着喊不够。全家人不知是高兴得失声大哭，还是难受得放声大哭，陌生人见此有点丈二和尚摸不着头。

“天涯，前几天俺跟你说的都是气话，可不要往心里去呀！”

“心红，俺是男子汉大丈夫，说话算数，到时候你可要兑现呀！”

“你咋是这么个人，俺说那么两句话，你就当真了。”

铁心红真是有点恋恋不舍，本想和向天涯利用短暂的时间，好好说几句热心话、知心话，谁知却遭到如此冷遇和尴尬的蛮待，她那颗痴情的心一下子伤透了。

向天涯马上要出发了，他的心早已飞向了远方，飞向了军营，飞向了战场。

事情已经发展到了这种地步，想得再多、说得再多，又有何用？铁心红渐渐想通了，临行前拉着向天涯的手，并排向前走着，含着泪花一遍遍重复着：“到了部队别忘了捎个信，别让父母挂念！别让俺挂念！……”

“放心吧，俺有时间就写，到哪里都忘不了家，也忘不了你，好大姐。”向天涯刚说到这儿，铁心红狠狠推了一下他，大怒道：“行了，什么好大姐，咱们不是早就确定了关系吗？俺不是你的媳妇吗？”

“对，对，以后说不定还要给俺当娘呢！”向天涯说着，蹲了下去，笑得直不起腰。

一对恋人说笑了片刻，不久，欢送的人群涌上了街头。

“大伙儿都看到了吧，咱村年轻有为的小伙子马上就走了，让咱们以热烈的掌声欢送他到部队去！”梁支书说罢，鞭炮齐鸣，锣鼓喧天。

“俺一定不给大伙儿丢脸！”向天涯说完这句话，胸脯一挺，脚跟一靠，右臂一抬，面向欢送人群行了一个军礼。

此时此刻，人们的喊声、掌声更加有力、更加热烈。卡车缓缓驶去，人们才渐渐离去。

天上下雨地上流，小两口分离心难受。自从男友参军以后，铁心红就像丢了魂似的，吃不香，睡不安，泪流伴随度时光。曾有几次，她站着站着，直直摔倒了。每当看到她鼻青脸肿、伤痕累累的情形时，父母心疼得直掉眼泪。尤其是那未来的公公、婆婆急得团团转，恨不得把儿子从部队里叫回来，以解燃眉之急。

“大伯、大娘，不要管俺，俺能挺住，千万别打扰天涯，让他在部队好好干！”每次铁心红走进公婆家帮忙时，都强忍心痛，以这句话来稳定思念之情。

铁心红是个心直口快、为人心善的好姑娘，虽说年初订婚成了向家的人，可毕竟没有领结婚证，没有举办正式婚礼，算不上向家的人。向天涯父母和亲属都明白这个既简单又客观的道理，一般情况下，向家有再大的事也不会惊动铁家人和未过门的儿媳妇铁心红。这些不言而喻的实情，铁心红看得清，从不打马虎眼。看到她这样真情相助，向家父母不时给远在西部戈壁从戎的儿子写信，字字句句讲述实情，希望他务必珍惜这份真情。

再说向天涯离开家门，奔向军营的那段日子里，可谓见到了大世面。就在那天黄昏，市委宣传部、市双拥办在露天广场举行了隆重的欢送仪式。各级领导讲话、大小学生表演、新兵代表发言，一次次把气氛推向了高潮。欢送仪式结束后，新兵们一个接着一个背起背包，一路跟着一路，登上了远去的军列。

一路上，向天涯与新兵们坐在火车上，心情异常兴奋，加之，接兵干部不时组织系列活动，一个个只知全身投入其中。

忙里偷闲，新兵们通过车窗望着外景，只见那一道道寸草不生的山脉，那一座座土质结构的民房，那一条条尘土飞扬的沙路，那一个个头戴草帽的老汉……大家懵了，谁也不想多说，只是坐在那里低头不语。

早知要来到这个地方当兵，说啥也不来。新兵们内心产生了波动。大个子接兵干部一看情况不妙，便语重心长地说："同志们，大家的想法我看出来了，你们的心情是可以理解的。不过，年轻人都想到大城市，到好地方去当兵，那穷地方、差地方谁去当兵呢？再说当兵越是条件差的地方，越是环境恶劣的地方，越是任务艰巨的地方，越是战斗残酷的地方，越能练出一副钢筋铁骨，越能成为一名真正的军营男子汉。"

"有道理，我看过很多小说和电影，革命老英雄就是这样打出来的。"向天涯听着听着，情不自禁地说了一句。

"对，我看电视上也是这样！"

"这是真事，我也听战斗英雄上过课。"新兵们思想出现了大波动、大转变态势。见效果明显，大个子接兵干部仰头叹了一口气，连声道：“这就好了，这就好了。”

年轻人力大、火大、劲足，想吃苦、爱吃苦、多吃苦是磨练意志、锻造能力、英勇杀敌、保家卫国的革命本钱，也是报答家乡亲人的重要途径，况且咱又是老区的后代、农家的儿子，更应该在点滴言行上给入伍新兵作榜样。思忖了一阵，又观察了一阵，向天涯轻轻打开挎包，取出钢笔和日记本。紧接着，他全身趴在支架桌上，一笔一画、一字一句地写出了切身感受。

他能写日记，咱也能写日记，新兵们一看向天涯一本正经地边思考边动笔，也效仿他的举动，找到笔和本子写起来。他们时而沉思，时而观望，显得很认真。

这就更好了，我就更放心了，新兵们能坚持下去，坚信会平安到达部队。大个子接兵干部一次次看到新兵们展现的新特点、新高潮，心里兴奋得无法形容。当然，他也从中看到，此举正是由小个子新兵向天涯用行动感召和带动起来的。于是，他又把敬佩的目光投向了最不起眼的小个子向天涯。

看来首长盯住我了，咱可要自量点，要不他肯定会在这个时候拿咱是问。向天涯写了一阵，刚一抬头便与那个人的目光相对，这时，一种本能的感觉触动了心头，他慌忙调整了思路，给自已敲起警钟，谨防失言又失策。

小家伙倒是挺机灵，以后好好培养培养，说不定还是个奇才呢。大个子干部细心观察着向天涯，心里开始打起了他的主意。

不知是车速太慢，还是军列挡道，每到一个车站，军列总是滞留在一条备用线路上，让其他客货列车驶过之后，才缓缓进入运行之中。这样一来，军列简直就像老牛拉破车，远远落在其他列车后面。是啊，五百公里的路程，往往要经历一个昼夜，甚至更长时间。

“娘哟，太慢了，猴年马月才能到呀！”新兵们坐不住了，厌烦情绪一下子暴露出来，好像一切罪过都是大个子接兵干部所为，他们的目光全都投向大个子接兵干部。

“可以了，你们喊啥，在这里能坐能躺的，就很不错了，以前，我当兵的时候，一路上全在闷罐车里，驴马粪味熏得直恶心，谁都得老老实实受着。”大个子接兵干部突然喊起来，面对着大家谈起今昔对比条件，想稳定一下大家的情绪。

军列一路向西，大家好奇地把头凑在窗口，望着路边的村庄，西北人居住的房舍、生活的场景与东部的不太一样。

“这就是大西北，你们没在电影上看过吗？有什么大惊小怪的，以后让你们看个够。”正当大家感到十分纳闷时，向天涯带着一腔教训的语气说了一句。

新兵们望着望着，不约而同地点头。看来咱们已进入大西北，进入宁夏地界。新兵们睁大了眼睛，绷紧了心弦，低声议论着。在他们看来，从今往后的生活必将与之前彻底不同，特别是生活习惯上，再也不能由着自个儿的性子，由着自个儿的偏好了。

“这有啥了不起的，咱们是来当兵打仗的，没有吃苦受罪的心理准备，就很难当好一个兵，更别提冲锋陷阵当英雄了。”听着有的新兵唉声叹气，看着有的新兵脸色消沉，向天涯觉得这样面对现实，不利于自己在部队里成长进步，他趁机给这些思想有点落后、意志有点消退、情绪有点沮丧的新兵鼓劲打气，让大家放下包袱，轻装上阵。

新兵们的思想波动，再一次得到平息。接兵干部看在眼里，喜在心上。

“小子，你太有才了，一路上多亏你帮忙，要不然，光靠我们这些接兵人磨嘴皮子，恐怕也做不通他们的思想工作。”大个子接兵干部突然来到向天涯的身旁，头朝他的脸边一凑，附在他的耳边说了几句悄悄话。

“首长,这是俺应该做的！”向天涯听了心中大喜,回答道。

军列昂着头，哼着调，踩着有节奏的响声，犹如一条巨龙，最终止住了豪迈的脚步，来到了一片荒滩戈壁的腹地，一条古代的土长城脚下。

“到家了，下车，大家下车吧！”随着大个子接兵干部阵阵催促，新兵们顿时打起了精神，按照原先登车顺序，自觉排成一路纵队，一个跟着一个走下了军列。

本来此地就够荒凉的，恰在这时天变了脸，突然间狂风大作，沙暴起舞，天地一片昏暗。新兵们只好一手捂着脸，一手拉着战友的手，吃力地向前走着。

这鬼地方要人命，非把人活吞下去不可。向天涯突遇自然杀手，心里感到恐惧。行进中偶尔挣扎着看一眼，想寻找一些有防护的物体，却因队伍行进时速加快和风沙吹打加重，致使他的愿望一时难以变成现实。

风在呼啸，沙在起舞，茫茫戈壁一片飞扬；

树在折倒，石在滚跑，蒙蒙天地一幕惨象。

羊在顶角，牛在拥挤，高高驼峰一路争抢；

兵在怒吼，歌在回荡，长长军卡一路徜徉。

面对眼前的强大震慑，新兵们几乎都吓破了胆，没有一个敢站出来较劲。

其实呢，宁夏川区出现如此恶劣的天气均属正常，此地东靠毛乌素，西临腾格里，北连贺兰山。加之，冬季来临，地面干燥、荒芜。如遇大风呼啸，沙土腾起，四处弥漫，轻则草木被连根拔起，重则沙山被夷为平地，甚至人畜随风被卷走，人称当地一大祸害。后来，当地政府和人民采取植树造林、退耕还林，植被渐渐恢复，沙尘暴才慢慢有所减少。

俗话讲："再凶残的猛兽，也斗不过好猎手。"当地民众摸透了天敌的脾气，纷纷修建土墙、土围，种树、种草，以此形成坚固的防护遮蔽，迫使凶猛的沙暴攻势减弱。

塞上古峡镇，有一片不大的居民区，以外地人口为主，周边有大量驻军、企业等，周围环境十分独特，如果陌生人初来此地，定会产生惊奇与震撼。听老人说，以前的古峡镇，一条马路中间高，一幢楼房两边尖，一座厂房冒白烟，一家饭店炒拉面，一根电线连四方，一辆手扶跑交通，一头毛驴穿大街，一片树苗造荒滩，一种方言迎客商。如今，古峡镇完全变了样，成了有名的旅游胜地。

黄河上游的古建筑土长城、烽火台、一百零八塔、神秘大峡谷等奇观，让人一看就能产生美感。新中国成立后，兴建的黄河水电厂、黄河大铁桥，像巨人一样屹立在浪涛之上。黄河上游的鸟岛、金沙湾以及黄河两岸的八车道、绿荫带、水稻田，让人心胸感到开阔，心旷神怡。

此时，迎接新兵的却是一场强劲的沙尘暴。他们乘坐军卡，从河西到河东，两眼扫天地，只觉得与千里之外的齐鲁大地形成了鲜明的反差，揪起了这些从未见过世面、从未尝过苦头、从未遇过挑战的新兵的心。然而，既然步入了环境恶劣之地，喊啥也不顶用了，面对残酷的现实吧！于是，大部分新兵渐渐做好了思想和行动准备。

这个军营不孬呀，这些老兵不孬呀！大卡车刚刚通过营门口，新兵们睁大眼睛，打开车窗，探出脑袋，打量着营区设施，心里产生了新的感觉。

“亲爱的新战友，这就是你们的家，未来的发展、未来的理想、未来的成长就在脚下，使劲拼吧！”大个子接兵干部觉得使命已结束，笔直地站在车厢正中央，含着激动的眼泪，一口气说完了这句话。

“我们一定要当个好兵！我们一定要创造佳绩！我们一定要战胜困难！”正在这时，小个子向天涯一下子从座位上站了起来，握紧拳头带头喊着，新兵们齐声跟着，仿佛即将参加一场殊死战斗。

不一会儿，一辆辆大卡车冲出弥漫的沙尘，驶进操场。机关分兵干部、基层领兵骨干，个个早已在此等候。

“听说今年来的都是山东兵，是老区兵，素质不会差。”分兵干部交谈着，好像对他们的到来抱有很大希望。

“机关能给咱连多分几个山东兵，今年有很多强项课目需要他们突破。”基层接兵骨干相互议论着，同样产生了共鸣。

当新兵走下车厢，一位军务参谋操着浓重的四川方言，不时呼喊着新兵的名字，呼喊着接兵的单位。没过多时，数百名新兵一点带过，唯独没有点到小个子向天涯的名字。此时，不知是军务参谋疏忽大意，也不知是接兵骨干没有理会，纷纷掉头而去。

“首长，首长，俺到哪儿？”眼看着大家就要远去，站在地上一动不动的向天涯大声喊了起来。

“哎哟，谁叫你长得这么小，差一点把你丢了！”军务参谋听到身后有人大喊，转身一瞧，便哎哟一声，随即快步来到了向天涯跟前。

个子这么小，简直就跟没断奶的娃娃一样，军务参谋上下打量了一下向天涯，心里开始埋怨起了大个子接兵干部。可是，又有啥法子呢，如今把人带来了，就得往下分。想到这里，军务参谋琢磨了一阵子，这才轻轻拍着向天涯的肩膀和蔼地说：“娃子，你也太难为我了，到哪儿去好呢？我看你还是到特务连去磨炼吧！”说着，就让特务连接兵骨干胖墩子班长金刚带他回去。

“你眼瞎了，咋不好好挑挑？把没长大的娃娃带到连里，胡闹！”特务连连长马二虎站在连部门口，看到侦察排一班班长金刚带着一个小个子新兵走到了跟前，气得伸手指着他破口大骂。

“连长，我也没法子，是军务参谋强行给咱分的。”金刚挠着头，哭丧着脸，无奈地说。

“你不会和他黏糊，就那么好说话？……”马连长岂能理解他的苦衷，硬是一句接着一句逼问，怪罪他的无能。

“连长，实在不行了，我就把这个兵带回去，让军务股看着办吧。”金班长一听马连长把他逼上了绝路，就只好来了个快刀斩乱麻，试图让马连长收拾残局。

“荒唐，你小子想干啥？真是个二蛋子，脑袋瓜长虫了，把兵给我放下！”马连长气归气、说归说，岂能让部下走上极端？再说全团机关、连队干部都知道，他并不是个头脑发热、不顾后果的人。尤其是遇到棘手问题，自己定能理性处理并解决好问题，很少出现节外生枝的状况。就眼前而言，他深知喊得再凶也没用，假如让机关干部得知这种做法，说不定会让他吃不了兜着走。无奈之下，只好拿班长金刚出出气罢了。

“实在不行——”金刚还没说完，马连长右手一挥：“实在不行，就把这个兵带到你的班里，以后就看你的本事了……”说罢，扬长而去。

新兵向大涯刚刚住进侦察班，团司令部晚上就突然下达紧急通知，让他立即前往教导队报到，并与其他新兵一道参加为期三个月的集中训练。

“小向，听说团里刚刚组建新兵连，你去以后要多吃苦，严要求，打基础，上台阶，为咱全班争光彩。”班长金刚单独把向天涯叫到了房后，双手拍着他的肩膀，殷切嘱咐他。

“班长，放心吧，我会尽力去拼，决不当逃兵！”向天涯坚定地回答。

步入新兵连上第一课，向天涯跟着队伍走进了军史陈列馆，聆听老首长讲这支团队从无到有、从小到大、从一般部队到特殊部队的成长和演变过程。当看到各个时期涌现出来的模范人物时，向天涯不时站在地上记着，心里充满了向往和敬仰。

晚上就寝熄灯，向天涯在被窝里，打着手电筒，一字一句写起了家信、日记。

天涯现在怎么样？他小小的个头、小小的劲头，在部队能吃得消吗？关于这些，他的未婚妻铁心红极为牵挂。每当邮递员来村里送报刊时，她跑得飞快，一直跟到村委办公室。一旦长时间不见向天涯的来信，她的心情就一下子暴露出来，不时地失望摇头，然后掉泪而回，看样子，她的精神有些崩溃了。

何苦呢，谈对象这么累；何苦呢，找当兵的这么难。左邻右舍发现铁心红渐渐消瘦，便带着埋怨和同情的眼光，不时关注着她的反常举动。

“心红，你是不是得了相思病？吃饭不好好吃，睡觉不好好睡，干活不好好干，时间长了会把自己弄坏的。”母亲说。女儿是妈妈心上的血和肉啊，看到女儿天天这种难受的样子，急得母亲一次次给她口服“宽心丸”。

“说得倒是，一天到黑老模样，可把俺折腾坏了。”父亲也有同感，在一旁不停地唠叨。

“俺的事俺做主，你们不要操心！”铁心红听到父母的嘟囔，心里反而增加了逆反情绪，张口就对着干。

“好了，俺不管了，由着你的性子吧！”母亲说。

“俺也是这样想，让她慢慢考虑吧！”老头子觉得老伴说得在理，一边坐在炕上抽水烟，一边无奈地说。

表面上看父母亲有点生气，可从内心讲，老两口都不想让女儿这样精神不振下去，他们只能说话温柔一点，生活体贴一点，尽量让女儿有个好心情。

迫于这种压力，老两口开始动脑筋想办法，最终决定贷款养猪、养鸭，好让女儿有事干、有心操，这样，或许可以减少她心中的痛苦。

大半年后，铁家养殖业搞得红红火火，成本逐渐降低，利润逐渐攀升，老两口乐得合不上嘴。当然，女儿铁心红也在此唱了主角戏，无论是收支账目计算，还是动物防疫、饲料订购，她都亲自把关验收，成了父母的左膀右臂，家里时时处处离不开她。

也许太忙，铁心红平时起早贪黑，院里的家禽乱喊乱叫，自然也把她的相思病治好了许多。

“你看看，俺就说嘛，以前胡思乱想，把她闲得，现在活儿多了，干活累了，她就没那个心思钻牛角尖了。”铁心红的爸爸不时凑到老伴耳旁说。

“不见得吧，想当初你追俺的时候，天天干活累得够呛，夜夜还是来敲俺家的门，好几次差一点让狗咬了，还是不醒脑子，忘了没？”铁心红的妈妈听着老伴说起女儿的不是，心里顿时产生了厌烦感，揭起了老伴的短。

“你这个人咋这样，没听说吗，打人不打脸，骂人不揭短，都是过去的事，你又扒出来了，不怕伤感情吗？”

“对你这种脸皮厚的男人，就要不留情面，免得没完没了！”

“说话声小点，让闺女听见了！”

“我偏要大声说，好好教育教育你！”

老两口谁也不服气谁，你来我往，争个不休，试图比个高低。这时，女儿铁心红过来问事，打破了父母的僵局。

为这事，老两口耍起了小孩子脾气，一连几天相互不说话，肚子里憋着一股气。好在被女儿铁心红识破，在一次吃饭时，一会儿说几句爸爸，一会儿劝几句妈妈，各打五十大板，老两口这才重归于好。

铁心红是个没坏心眼、说一不二的女强人，想干的事一干到底，想帮的人一帮到底，从不打退堂鼓。正是看到了这些长处，向天涯的父母才打心眼里喜欢上了这个能干的没过门的儿媳妇。

虽没过门，铁心红对向天涯的父母经常照顾，因为她喜欢向天涯这种人小志不小、办事不言愁的男子汉气魄。

年终，算盘一响，铁心红家的养殖业大获丰收，成为全村乃至全乡唯一一家资产超百万元的富户。春节临近，铁心红的父亲从城里给家中添置了大彩电、大冰箱、大摩托等大件。除夕之夜，全家人鞭炮放了一个通宵。第二天，来拜年的人，一进院门就踩着厚厚的鞭炮碎纸片，十分惊讶地走进屋内拜年。

娘家手里有钱，婆家手里也不能空着。想到这里，铁心红看到电视里有人依靠旱地温棚种草莓和吊瓜之类的水果蔬菜发了财，于是，就跑到婆家商量，婆家见她有主见，都愿意听她的。怕婆家不宽裕，她就拿钱帮婆家建起了温棚，请师傅上门给婆家人传授种植技术，两家的事忙得铁心红成天团团转。没过多久，婆家温棚里结出了“金豆豆”，卖出了好价钱，一下子改变了贫困面貌。看到这种情况，村里来找铁心红的乡亲多了起来，发家致富的农户渐渐多了起来，外地来村里打工的男女也多了起来。

看到铁心红的频繁来信，向天涯得知铁心红为两家奔波，付出了辛勤的汗水，让两家人渐渐过上了富裕的生活。在几次回信中，他都对她深表敬仰，发誓要在新兵连里甩开膀子大干一场，回报她的大恩大德。

在平时生活中，向天涯学雷锋献爱心，站墙根练军姿，表现得格外敬业。

小子想出名吧，难怪使那么大的劲，也不撒泡尿照照自己，逞能啥！新兵们一看这阵势，知道这样下去，对自己的进步大为不利，一个个故意朝着向天涯说起了风凉话。

第三章

新兵烦恼被包关
班长亦教克难关

眼下，咱就消消火吧，决不能上他们的当，反倒使自己成了班长、排长乃至连首长点射的活靶子。向天涯学会了一忍再忍、一让再让，一天比一天成熟起来。

过了一段时间，新老战士们一看并非像自己想象的那样反常，的确让人感到心服口服。至于那些干部、骨干的心情也是如此，简直把向天涯的举动看神了。真是的，咱当兵到如今，很少见过这样有个性、有涵养、有骨头的新兵。一些当兵时间长、职务高的主官干部道出了心中的感言。

让他们看吧，让他们说吧，反正咱就看准了眼前这一步，非要走到底不可。向天涯仿佛觉察到了身边的动静，脑子稍微转了转，当即来了个迎头还击，斗志更旺、热情更高了。大家一看这势头，无言以对，就只好眨了眨眼睛，吐了吐舌头，转身干起了自己的手头活。

小子意志倒挺坚强，就是头脑简单，二杆子劲大些，要是多读几年书，也许会达到文武双全的标准。班长这样想，排长也这样看。曾有几次，班长特意把向天涯拉到房前的马路上，单个教练正步行进及立定、跑步行进及立定的动作要领。每次训练前，班长脸拉得长长的，始终没有一句好听的话。官大一级压死人呀！向天涯忍气吞声，随着班长的口令，一步一动地用力完成。“这么笨，怎么就不会动动脑子呢？”班长喊着、教着，向天涯老是改不掉毛病，气得班长抬脚朝着他的屁股猛踢，训斥道：“你是不是属小毛驴的？记吃不记打，再不给我纠正老动作，今天就不要回班里吃饭睡觉了！”说完，亲自做起了示范要领。

“班长，你怎么这么熟练，我怎么就不行呢？”向天涯训练得大汗淋漓、精疲力尽，始终掌握不了正确要领，请教道。班长看了他一眼，摇摇头，无奈地说：“照你这个不开窍的脑袋，怎么练也上不了路，我看你能当两年义务兵就不错了。”说罢，扭头而去。

不要把人看扁了，说不定将来有一天我比你干得还要好呢。向天涯瞅了班长一眼，胸中冒火了。他立马脱掉上衣，挽起裤腿，自个边下达口令，边练动作，好像与人对阵似的。

“大中午不休息，谁在胡喊，搞什么名堂？”忽听房后有人练兵，连领导一个个从床上爬了起来，又从宿舍走出来喊道。

坏了，领导都发火了，这可怎么办呢？向天涯暗自吃惊，慌忙止住了手脚，背靠在墙角下，一动不动地紧贴着。“哎——小子倒挺会装的，刚才还在乱喊乱叫乱折腾，怎么一下子变成了木头人？”连领导们一看这劲头，知道他在故意装㞞，心里那股子火就是没处发，谁也不想趁机耍威风，只是看了一阵子，便摇摇头缓慢地返回了宿舍。哈哈，看来他们还是认可咱了。向天涯望着，想着，心里一下子乐开了花，又伴随着呼喊声、脚步声苦练了起来。

连领导们无可奈何，只好瞪着双眼，挠着头皮，喘着粗气，他们心里清楚，打不得、骂不得，一旦激怒了向天涯，反而会发生不愉快的事情，到那时说啥也不灵了。

看来连领导也认可咱了，要不一个个来到跟前没吭一声。向天涯有点自不量力。他的吼声大得吓人，他的动作猛得惊人，大有踏破天地不歇脚之势。

“当兵需要这种二杆子劲，关键时候肯定能冲得上、打得赢。”“我倒不喜欢不吭不哈、不紧不慢的老实兵，一旦有了情况十有八九冲不上去。”连领导各抒己见、评头论足。身在房后自我严训的向天涯，对这些一概不知，仍在一个劲儿苦练加猛练。

几次班务会上班长讲评：“向天涯的苦练精神一天比一天强，训练基础越来越扎实，希望大家向他学习。”

“亲爱的心红姐姐：你好！自从来到新兵连之后，俺没有忘记家人对俺说的话，拼命地吃苦训练，俺学会了怎么说话，怎么走路，怎么睡觉，怎么做人，反正比在家学得多。这几天班长开会表扬我，排长讲评宣扬我，连长点头抬举我，大家都说我有前途……”向天涯打着手电筒，趴在被窝里一字一句地给他的心上人写信。半月后，未婚妻铁心红给他回了信，信中只写了一句话——小子，你就这样干，家里不用你管，有俺在。向天涯把信看了一遍又一遍，嘴里喋喋不休地说：“真是的，上学年级比咱高，考试成绩比咱强，怎么就写了这么几个字，莫非小看咱不成，真是的。”想到这里，向天涯干脆下了决心，从此再也不给她写信了。

谁想到，就在一天深夜，排长突然拉起了紧急集合，向天涯急得手忙脚乱，不小心将未婚妻的来信滑落在地上，恰好在这时候，一位新兵发现并捡起塞进了裤兜。没过几天，这个新兵遇到向天涯说起了铁心红来信的话，气得他瞪着眼，甚至还动起了手脚。埋怨谁呢？经过一番冷静反思，他终于明白了一切都是自己的过错。

远在千里之外，他的未婚妻铁心红接连发了十几封信，仍未见他回过一封信，心里犯起了嘀咕，这小子咋回事呢？莫非他生病住院了？莫非他关了禁闭？莫非他走上了战场？一连串的疑问在她的心上笼罩上了一层阴影。看到女儿整天闷闷不乐、无精打采的样子，父母知道情况有点不对头，就去找亲家。

“烦死人了，来这么多信干什么，怕我开小差当逃兵吗？”向天涯接到了一封又一封家信，气得眼珠子都快要掉下来了，嘴里叽里咕噜地没完。听到这，三五成群的新战士觉得好笑，你一言我一语拿他开涮。向天涯有气只能往肚子里咽，始终不与人辩解，低着脑袋想心事，手脚不停地忙活着杂七杂八的事。班排长在一旁看到这种情形，心里也八九不离十，几乎在同一个时间都锁定了他，认为他是个最有出息、最有主见的新兵娃子。

在向天涯心里，不管上级领导怎么看，不管新战友们怎么说，自己就得有点骨气，用看得见、摸得着的成绩来说话。想到美好前景，他感到浑身都是力量，训练的热情一天比一天高、训练的要求一天比一天严、训练的进度一天比一天快，项项科目都走在了别人的前头。每当完成一项共同科目训练，他的考评成绩都会刷新历届新兵训练的最高纪录，这让带兵人感到惊讶。有些新兵以为其中有诈，非要鸡蛋里挑骨头，杀杀他的威风不可，可挑到最后还是没找到一点毛病，只好口服心不服，寻找机会和他见个高低。

看了向天涯简要明了的回信，家人那颗悬着的心总算安定了下来，各自忙碌着手头的活儿。

向天涯既动脑子，又使劲，但内务卫生就是到不了位，急得他手忙脚乱，汗水直流。分管这项工作的副班长，也不知道费了多少口舌，作了多少次分解示范，纠了多少次动作，可轮到向天涯做时即刻变了样，气得副班长一个劲儿骂他“黑瞎子”。向天涯听了刺心的话，牙齿咬得嘎嘎响，大有脱下军装回老家的冲动。忍气吞声吧，咱来当这个兵，不是为了与这个小小的副班长较劲的，更何况当兵之初已经向父母拍了胸脯。再说眼前叠背包这么简单的事，并不算什么难过的坎，只要动动脑筋、下下功夫，也是轻而易举的事。向天涯回过神来，终于开了窍，便自言自语道：“老子就不信这个邪，队列那么难走咱都过了，偏偏一个叠背包的动作咋就给难住了呢。”一怒之下，他干脆把背包拆开，将厚厚的棉花剥了一层又一层，然后缝好、叠成豆腐块，再用屁股坐、重物压。没过多久，一块方方正正、上下垂直，犹如金砖造型的背包，便耀眼在通铺之林。

背包叠得太漂亮了，咱也要鼓把劲，争取在短时间内达到这个标准，甚至比这个标准更高。新兵们一下子被向天涯那豆腐块的背包所吸引，个个心里冲动了起来。班排长也在第一时间将这特色样板上报给了连领导。

有那么好吗？连长、指导员、副连长、副指导员等人听了班排长的经验汇报，没有一个人相信这事是真的，非要到现场看一看不可。就是的，耳听为虚，眼见为实。连长与指导员交换了一下眼神，一跺脚大吼道："马上通知班以上骨干集合，给我好好看看那个新兵高水平的豆腐块！"说罢，起身离开了连部。

"好家伙！"指导员发现这副派头，情不自禁地说了一声。副连长、副指导员也不是吃素的，同样意识到动作慢了恐怕会挨训，一个个飞快地贴近连长的左右两旁。谁知这时训练正起劲的各班新战士看到连领导室外的比拼劲头，不禁转移了聚焦的目光，心想，这些当官的在玩什么猫腻，个个那么凶狠，也不怕眼皮底下的新兵笑话。班长一看这阵势，不禁大怒："都看什么看，还不赶快往下练，谁再给我胡乱看，看我怎么收拾你！"突遭顶头上司的怒斥，新兵们立马打起了精神，重新进入扯开嗓子喊番号、甩开膀子大练队列的浪潮中。班长看到这种新场面，这才转怒为喜，让新兵们减弱了训练强度。

不一会儿，连长、指导员带领班以上骨干干部，成一路纵队快步走进一排三班室内，接着自然形成两列横队面朝着通铺成一线的背包前笔直站立。此刻，连长听完值班员的报告后半转身，伸手朝着通铺上向天涯的背包说："你们都睁开眼睛瞧瞧，床单这么干净平整，背包这么四方四正，你们每个班都能达到这个标准，说明这个班长当得有水平，这个兵当得有分量。"大家看到了不一样的内务统一标准，又听到了连长一腔激昂的高度概括，心中产生了敬佩感。指导员望着、听着，默默低头不语地思考了一阵子，当大家观摩后正要离开室内时，他猛然抬起头，伸手一挥道："等等！"听到命令，将头兵尾忙止住了脚步。

指导员一看大家恢复了原来的位置和队形，转身走向了新兵向天涯的通铺前，并伸手抓起了方正的豆腐块小背包，将背包举过头顶对大家说："你们都给我看看，这又轻又薄的背包能暖身吗？能出战斗力吗？"坏了，万万没想到指导员和连长尿不到一个壶里，今天恐怕要大失颜面了，所属班排长顿时吓破了胆。老搭档变脸了，怎能当着大家的面推翻咱亲手树的样板呢？连长一看指导员不配合，气得变了脸色，一个劲儿吐长气。指导员根本不理睬他的这一套，仍在一个劲儿地说背包叠整要可行、要实用，决不能另搞一套，图好看，样子货。听着这些，连长说啥也忍不下这口气，转身走出了室内。连长发火了，看指导员你还有啥话可说呢？班长、排长们看到这种场景，心知两虎相斗必有一伤，谁也不敢看谁一眼，只是两眼平视前方，一动不动地立正站着。管他呢，爱咋样就咋样，反正黑白要分明，不能颠倒是非，更何况咱是主官领导，必须抱着高度负责的态度对待此事。指导员敢说敢当，气势不减，继续围绕着背包大讲特讲。

一排长和一班长原先受到连长的充分肯定，谁知到了最后却受到了指导员的无情斥责，气得两人垂头丧气地回来了。紧接着，两人分别开始拿向天涯发难，一会儿班长把他叫到跟前骂得狗血淋头，一会儿排长把他叫到房后训得鼻涕眼泪。向天涯只觉得一肚子委屈，可又向谁诉苦呢？无奈之下，只好忍了再忍，后悔当初不该以此抬高自己，害了整体。

没几天，他厘清了自己的所作所为，发誓要痛改前非，再也不做那些浮于表面的事了。从此，他更换了背包、更新了思想，与大家一样让内务卫生保持得更加合理和实用。他曾几次对战友说："平时弄虚作假，一害自己，二害整体，战时弄虚作假就会导致人员伤亡和战斗失利，甚至造成不可挽回的后果。可以说咱当一天兵，就要练好一天武，无论何时何地都要贯穿其中，哪怕死神威胁也要猛冲猛打。"

第四章

小男大女喜相逢
营院旧貌变新颜

“报告！”随着一声清脆的呼喊，向天涯回过神来应道：“进来！”“站长，站长，你妈来了！”营门哨兵推开了室门，双脚还没站稳，就是一阵催促。“胡说啥，什么俺是他妈，俺是他媳妇。”紧跟哨兵脚步的大块头女人，顿时跺脚吼了起来。这声音好耳熟呀，莫非她——向天涯忙起身，回头一望说：“俺的娘嗷，是你呀，怎么也不提前打声招呼，大老远一个人跑到这里来。”不由分说，向天涯一下子扑了过去。

“小子，给俺站好了，让俺好好看看你，这个傻模样。”铁心红一把将向天涯推开，手指着他的额头说。向天涯突然遇到了冷落，嘴唇抿了抿，眼睛一斜道：“江山易改，本性难移，这有什么好看的，还不是老模样。”铁心红笑道：“说的不嫌害牙疼，在俺跟前油腔滑调的，你肚子里装了几瓶墨水俺能不知道吗？”说着，就要动手拧他的耳朵。这时，向天涯勃然大怒：“看什么看，还不给我滚出去！”铁心红一听这话，莫名其妙，顿时傻了眼。“是！”营门卫兵立马反应过来，转身跑出室内。“你小子搞什么鬼，把俺当猴耍了。”铁心红正要发脾气，向天涯忙向她摆了摆手悄声道：“你看看，咱俩的悄悄话都让外人听见了，要是传出去，多难为情呀。”铁心红明白了他的意思，气得抬手就要打他。“好吧，反正这里没有外人，你爱怎么打就怎么打，我都受着。”向天涯一下子变成了小绵羊，看他可怜的样子让人既恨又疼。铁心红见他眼巴巴地望着，那颗坚硬的心一下子变得柔软，泪水不禁流了下来，双手紧紧把他搂在了怀里。

“说打就打，说干就干，练一练手中枪，刺刀手榴弹……”这时，厨房门前传来气壮山河的军歌嘹亮声。听到歌声，铁心红惊讶地问：“天涯，怎么这么大的声音，你们要打仗吗？”向天涯笑了笑，双手拍着她的肩膀说：“什么要打仗，部队马上要开饭了，这是铁规矩，平时在吃饭前、睡觉前、训练前、开会前、一切活动前都要唱首歌，活跃活跃士气，振作振作精神。”铁心红睁大了眼睛，连声称赞：“当兵就是不一样，干什么都有声有色，不愧是最可爱的人。”向天涯见缝插针，接过话茬问：“那我呢？”铁心红缓缓转过头来嬉皮笑脸地说：“这还用问吗？你可不是俺最可爱的人，是俺最可恨的人。”“什么——”向天涯吃惊地喊。铁心红心烦了，双手推着他的后脊梁催促：“喊什么呀，咱们赶快到饭堂吃饭吧，俺都饿坏了。”

向天涯恍然大悟，忙改口说："真是的，我只知道高兴跟你聊天，怎么就忘了填饱肚子呢，难怪你口口声声不爱我，还恨我，原来是这样呀！"情急之下，向天涯反手抓起铁心红的胳膊，两人双双走出了办公室，向大饭堂走去。

"俺的娘吆，不孬，饭堂这么大，人这么多，俺可是头一回碰见。"铁心红跟着向天涯走进饭堂中心，那一台台宽大的电视机、一排排整齐的小饭桌、一笼笼热气腾腾的小馒头、一群群精神饱满的美男子尽在眼前，她兴奋地说出了方言。向天涯转过头来拉起了长脸，带着教训腔调埋怨："什么呀，吃饭不说话不行吗？土里土气的，乱七八糟的，你不怕丢人，我还怕丢人呢！"铁心红一听这话就气，伸手指着他的鼻梁尖大怒道："哎，你个汗毛没退、长毛没发的小子，翅膀倒长硬了，今天能踩到俺的头顶上拉屎，早知道你是这个样，就是给俺磕上一百个响头，俺也不回头。"向天涯一看她的声音越喊越高，腔调越来越怪，知道再火下去收不了场，只好哭丧着脸央求："我的姑奶奶,咱们吃饭好不？我错了行不行？你望望大伙儿，人家可都在看咱俩的笑话。"铁心红急忙擦了擦脸上的汗珠和泪珠，总算止住了窝火的吼声。

官兵们一看昔日下达口令吓死人、条令落实难倒人、训练强度累死人的站长向天涯，没想到今天遇上了个"吃生米"的，大家心情那个爽啊，都觉得格外开心。说开了，不在这个时候跟着起哄，过了这个村可就没有那个店了。胆大的老兵手舞足蹈地喊几声，胆小的新兵相互笑着说几句，反正没一个闲着。

你们这些坏小子不要兴风作浪，给我等着瞧，过了这阵子，看我怎么收拾你们！向天涯偶尔看到几个老兵向他做鬼脸，气得脸红脖子粗，眼球都快要鼓出来了。可未婚妻铁心红坐在身边，他岂能大发雷霆，惹她再发火可就惨了呀。无奈之下，他只好忍下这口气，强装笑颜给铁心红拿馒头、盛饭、夹菜。谁知铁心红拿起馒头吃了几口，说啥再也不张嘴了。

向天涯觉得纳闷，伸手挠了几下头皮，掉头贴着她的耳边问："我说老婆呀，你这不是难为人嘛，部队这么好的饭菜让你吃，你还吃不进去，大家会怎么看你呢？"铁心红不说话，一动不动地坐在那里，任由向天涯滔滔不绝说下去。

这小男人大女人又在搞什么鬼，悄悄话为何不到房子里说，偏要在饭堂里眉来眼去、动手动脚的？官兵们又开始私下议论起来。有的干部、骨干也学起了向天涯和铁心红的亲密举动，逗得在场的官兵捧腹大笑。

不敢坐下去了，赶快走算了，免得让大家笑破肚子。铁心红想到这里，突然提高嗓门说："天涯，你吃饱了没有？要是还没吃饱，你一个人吃，我回房子去了！"向天涯一把抓住她的胳膊，问道："你才吃了几口就走，肚子能不饿吗？再吃点饭菜，填饱肚子再走吧。"铁心红摇了摇头，坚决不肯吃。向天涯一看没招儿，就只好点点头，两人起身走出了饭堂。

笑死人了，前头走着的小男人不吭不哈，三摇两晃，东瞧西望，倒像板凳狗探路。后头走着的大女人，虎背熊腰，倒像电视剧《射雕英雄传》中的梅超风。这个说，向站长个头那么小，那女人个头又那么大，说长相和母子没有什么两样，能般配吗？那个议，向站长也自不量力，找个年大体壮的女人，能走到底吗？哪知道，官兵的议论话题被指导员听到了，便将他们集中起来说："小子们，都给我听着，不要在背后议论别人好不好？我看你们心态有问题。再说向站长找对象好坏与你们有什么关系，真是狗拿耗子多管闲事，谁要是不服的话，自己去找一个比他的年龄更小、文化更高、长相更美的天仙女，那才算是有眼光，有本事。"听到这不痛不痒的话，在场的官兵你看看我、我看看你，一个个无言以对。

其实呢，向天涯和铁心红走的时候，身后有人在议论，在嘲笑，在搞小动作，两人心里一清二楚，只不过没心思和他们计较罢了。向天涯猜想铁心红在饭堂对他有看法、有抵触情绪，反而以不吃饭当众回绝他，心里郁闷至极。当他走进宿舍，正要回头望一下远道而来的心上人时，铁心红脸色煞白、眼球血红、走路打绊、上气不接下气地急喘着，双手扶在门上拼命挣扎。不好，她出事了！见此情景，向天涯张口朝卫生队大吼道："卫生员，卫生员，跑步到我的宿舍！"说罢，双手将全身瘫软的铁心红抱在怀里，接着又拿出吃奶的劲儿，一步一晃地抱着她向里屋走去。

经过紧张有序的诊断，老军医夏天亮不紧不慢地说："这是典型的高原反应，还和她本身高度疲劳、饥饿等方面有关系。不过，对身体不会有多大伤害，我给她输点液、开点药、吸点氧，你再给她弄点吃的，用不了多久就会好的。"向天涯听了，默默点点头，不知不觉地淌下了眼泪。

老婆呀老婆，这是何苦呀，大老远地跑到这山高皇帝远的地方，也不提前给我打声招呼，就鲁莽上高山、走达坂、来边防，反倒落到这个地步，要是让家里老人知道了，那我怎么向他们交代呢？向天涯想了很多后怕的事，不由得自责起来。他轻轻抚摸着铁心红的头发喃喃地说：“心红，心红，快醒醒，可别再吓唬我了，我以后再也不让你生气了。”站在一旁的卫生员看到向站长哭泣，以为他承受不了如此打击，忙同情地说：“站长，站长，你太痛苦了，我来守护嫂子，你去休息吧。”向天涯抬头大怒：“胡说，这儿用不着你，给我一边待着！”卫生员岂敢多言，慌忙缩回了脑袋，笔直地站在身后。

铁心红渐渐苏醒过来，睁开了眼睛。向天涯泪流满面，站在床前双手紧紧握着她的手问：“心红，你好些了吗？”铁心红点着头，就要拿掉鼻孔上的氧气管。向天涯见势不妙，一把摁住了她的手腕：“不要乱动，胡整会出人命的。”正在这时，卫生员反应灵敏，一同而上当起了帮手。铁心红猛然一愣，心知自己再动也无用，只好束手就范，央求道：“你们别动手好不好，俺不动还不行吗？”向天涯说：“早这样不就好了吗？”随即向卫生员使了一个眼色，卫生员一看即明，立马松开双手回到了原来的位置待命。铁心红立刻明白了眼前发生的一切，但她很快又意识到，自己要想在边防哨卡站住脚，只有适应高原环境才行。这样想着，她暗下决心，自己要拿出干农活的劲头，就是掉几层皮也要攻克雪域高原上的重重困难，像爱人一样健康坚守，快乐生活。她那颗烦躁意乱的心渐渐平稳下来，眼皮跟着打起架，不知不觉地进入了甜蜜的梦乡。

“这就好了，这就好了，省得又要折腾人。”向天涯站在床前望了好大一阵子，总算盼到了铁心红不喊不叫，心里窝着的那股子气，一下子全泄了出去。太好了，这家伙终于变乖了，等醒了后，得想办法给她弄点吃的。向天涯思索片刻，转身问卫生员："小家伙，你看她这种情况能吃点什么？能喝点什么？"卫生员皱起了眉头，两眼珠转来转去，就是回答不出一句话。向天涯勃然大怒："你这个卫生员白当了，给我把值班军医叫来！"卫生员应声："是！"

看着铁心红洋相百出的样子，向天涯边擦着汗水，边动情地说："我的大姐呀，你老实点行吗？想整死我不成，要是让人看见了，咱俩这个脸可往哪儿搁呀！"这时，铁心红睁开了眼睛，发现身旁的向天涯累得汗流浃背、大口喘气，意识到这一切都是因为她引起的，便摘下氧气管挥手说："不好意思，看俺这个样，让你受累受罪了。"向天涯摆手道："这话就多余了，谁叫你是俺的老婆！"这时，值班军医敲门而入，带着为难的语气说："站长，我确实想不出什么办法，只能拿点压缩饼干、军用罐头过来，你看——""我看什么我看，就不能让炊事班做点拿手饭？"向天涯没好气地说。

"这就是你的不对了，人家拿这些东西来，俺稀罕。"铁心红伸手就要打开压缩饼干和罐头盒。值班军医眼尖手快，将压缩饼干和军用罐头开了封。向天涯一看该表现自己的时候到了，就一手拿着压缩饼干，一手端着罐头盒，像母亲喂孩子似的，一口一口往铁心红嘴里送。铁心红觉得到嘴里的东西很对胃口，便狼吞虎咽地吃起来。值班军医一看大功告成，也不敢吭声，果断地来了个标准敬礼。向天涯一看即明，也没有回应，只是点头示意。铁心红看到了他们彼此的举动，她的食欲就更强了。

耳闻不如眼见，体验才能尝到味道，直至适应一切和攻克难关。在临时随军这些日子里，铁心红硬是靠着别人能行我也能行，不能添砖也能加瓦，决不能拉未婚夫后腿，决不给官兵添麻烦，用自身条件战胜天敌，成了个骨头坚硬的好军嫂。有时候，她走着走着头晕了、胸闷了、眼花了，就采取戴氧气罩、服红景天药、就地休息等自救方法，尽量避免让人发现。有时候，躺着躺着眼胀、头胀、腹胀等不良症状出现了，就采取喝葡萄糖、吃健胃消食片、热毛巾擦洗等方法，减轻自身疼痛。听说早晚适量运动，可以消除不良症状，也可以增加防病抵抗力，每天起床号一吹响，铁心红就一个人在房前屋后练起了刀棍剑，这让官兵大开眼界，掌声喝彩声伴随着她的操练节奏。未婚夫向天涯自然看在眼里、喜在心上，脸上露出了昔日少见的太阳红。

一个内地的女子上了雪域高原，竟能在很短的时间内，用山东大汉的犟劲和拼劲，最终战胜了各路杀手，并渐渐赶上了我们战士这种高原环境的适应力、野外驻训的生存力、严寒天气的抵抗力，那些站哨的、瞭望的、巡逻的官兵，心里产生了不少的震动和反响。不行，咱可是真正的男人，咋能落到一个临时来队家属的后面呢？于是，昨天这个哨兵延长站哨时间，让战友多休息一会儿，今天那个班长代替下一个班长提前巡逻和延长巡逻时间，表现出了极高的爱战士、爱奉献的热情。但是这让向天涯倒产生了反感，便一股子火气冲着铁心红大怒：“看着了吗，你这一来可倒好，士兵的心态都变了，要是累死哪个人，可咋办呢？”铁心红也不甘示弱，两眼一瞪，反驳道：“你这话说的，能怪俺吗？俺是为了早点适应环境，恢复身体才豁出命来这样的。再说，也是为了你好呀，或多或少能帮你干点什么，省得整天老让俺跟着你混日子吃闲饭。”向天涯本想再争论几句，可想到房前屋后士兵们在开展小群练兵，看到通信员、文书来回不停地进出办公室，就只好强忍怒火，装作无能的样子说：“好，好，你说的都对，我错了行不行？”铁心红无心搭理他，只是一个劲儿低着脑袋干着手头的活儿。看来她默许了，如果自己在这里站得太久、说得太多，会引火烧身。向天涯思前想后，连招呼也不打一声，转过身慢慢腾腾走出了宿舍。认输了就好，看以后还敢不敢在我面前逞能，走出家门是老大，走进家门是老二，当家不是男人的事。铁心红抬头望了望个头不大、脾气不小的未婚夫向天涯，不由得笑出声来。

那天中午，铁心红跟随向天涯又说又笑地走进饭堂，当她看到热气腾腾的小馒头、香喷喷的小炸鱼、黄澄澄的小米粥，恨不得一口全都吞进肚子里。俗话说：“美不美第一嘴。”她抓起小馒头咬了一口，又黏又生，挑起鱼一尝，又咸又苦，端起碗一喝，小米粥又硬又稠，难受得吃一口想吐一口，食欲全没了。有道是，哑巴吃黄连——有苦难言。看心上人热情地端饭捣腾，看新老士兵个个眼巴巴地望着，铁心红岂能拉下脸给人看，只好强忍着坐在那里观望。之后，铁心红昼夜把这事放在心上，一天三顿到厨房观察炊事员的做饭方法，渐渐从中看到了很多问题。这怎么能行呢？好东西做不出好吃的，更何况官兵们坚守在西部高原边防线上，而祖国人民的安危全靠他们，假若大家平时吃不好影响了身体，一切也就无从谈起。想到很多复杂情况和严重后果，她下决心要这样紧盯下去，要拿起在老家创业的劲头，和炊事员们一块把边防站的伙食改善好。

不能多嘴多手，好好跟着大伙儿观察几天再说。铁心红心里有了主张，一连两周下厨房、烘大火、蒸馒头、淘大米、洗蔬菜，样样都干得尽心尽力，再苦再累也不吭一声。当然，她在忙手头活儿的间隙，不时地环视着身旁炊事员的一举一动。炊事班班长庞大海目睹着铁心红泼辣帮厨的劲头，难为情地说："好嫂子，你的好心好意我们全领了，可你来高原没几天，就这么整，要是出了事我们可担待不起呀！""就是的，别说一个弱女子上高原难以尽快适应，就是我们这些年轻小伙子，想当初来这里当兵也得适应几个月。"炊事员们觉得庞班长对铁心红的一番话说得在理，纷纷你一言、我一语劝说铁心红回房间休息。

"大班长，我可是奉命行事，你和大伙儿最好不要这样对我！"铁心红火了，冲着庞大海较起真来。这女人挺刁蛮的，咱可得提防着点。庞班长只好改变了态度，点头哈腰地应道："嫂子，既然这样，我尊重你的意见，你想咋整就咋整吧！"这还差不多，省得让我再生气。铁心红不想再说什么，扭头向锅台旁走去。

这个女人厉害呀，堂堂一班之长都要让她三分，何况咱这些小兵小卒？可不敢再多嘴多舌。

对付男人不能给好脸、给好话，不然的话就会让他们小看。铁心红脑子里立马闪出了这么一个念头。她兴奋地哼起了《沂蒙颂》。

也不撒泡尿照照自己，要是长得漂亮些也就罢了，非要钻进年轻小伙子里显能耐，真是癞蛤蟆不咬人，跳到脚背上讨厌人。庞大海对铁心红突然来到伙房里又喊又叫、动这动那极度反感，一气之下冲出伙房，跑进站部。谁知他还没靠近向站长办公室门口，向站长便从身后疾步蹿了上去，伸手一拍他的肩膀问："你小子慌慌张张的，跑到我这里干啥？"庞大海听到身后向站长动手又动口，转过身回答："站长，这不是说嘛，你老婆不在房子里好好歇着，跑到炊事班干什么？再说我们也不是饭做不了、菜炒不了，非她出手不可。"向站长耐心地听着他的话，明白了事情来龙去脉，坦诚地对他安抚道："小庞，你不敢胡说，刚来队看我的那个女人，是我的女朋友，可以说是我的未婚妻，要是让别人听到了，我这个脸可往哪搁呀！再说人家铁心红下厨房来帮厨，是我点头同意的，难道说还有必要向你请示同意吗？"庞大海听到这里，忙向他摆手道："站长，都是我的错，千不该万不该将未来的好嫂子冷漠对待，弄得让你也跟着上火犯难。"向站长越听心里越难受，抬手指着他的鼻梁大怒："你小子还有完没完，东一榔头西一棒，老是拿别人开涮，也不知自已姓什么。"庞大海见势不妙，立正敬礼道："站长，你也够忙的，我就不打扰你了，炊事班都在等着我呢！"向站长本想趁机杀杀庞大海的威风，谁知他脑子转得比谁都快，气得无从下手，只好从牙缝里挤出了一句："立马消失，碍手碍脚的！"听罢，庞大海兴奋若狂，撒腿飞跑，生怕跑慢了让人抓住小辫子。嘿嘿，跑了和尚跑不了庙，抽空我再收拾收拾这小子。向站长双手叉着腰，双眼紧盯着，心里跟着嘀咕了起来。

当了几天伙食兵，学会了做饭炒菜的火候把握，揉了几次面，懂得了馒头花卷的制作过程。铁心红拿出了在老家时干活的拼劲，样样都与人争着干，无意中领悟了很多道理，当然也从中察觉到了不容忽视的现状。想到山头上那些守边的哨兵、山梁上那些巡逻的骑兵、山坡上那些伪装的伏兵，她不想再沉默下去了，便仰望着天空自言自语：“爹呀，娘啊，你们看到了吗？俺要在这儿干点事，得多待几天，让边防兵多吃点好的，报答他们的滴水之恩。”铁心红狠了狠心，决定要出手。

炊事班长庞大海无意中听到了铁心红的言语，觉得有些道理，可自己却不敢轻易做主，就只好挠着头皮说：“嫂子，你——”“胡说么，我还没结婚呢，怎么成了嫂子？”铁心红打断了庞班长的话，厉声说道。庞班长急忙改口，赔礼道：“大姐，大姐，我错了，这样吧，你到炊事班试试看，实在不行的话就告诉我，不要把你累坏了，让我无法向站长交差。”铁心红一听有门，连连点头并对庞班长说：“这就对了，男子汉要敢说敢干，讨女人喜欢才是。”“是吗？看我这样子还能讨女人喜欢，现在连个对象的影子都没有。”庞班长无意中暴露了自己的秘密，悲观失落起来。铁心红见机行事，拍着他的胸脯说：“看看你，活人还能让尿憋死，这好办，你想找什么样的？跟我直说，我身边有的是姑娘！”“哎呀，认识你太晚了，看来我今天是遇上贵人了。”庞班长边喊边跳，兴奋至极。

铁心红知道自己来到边防站所面对的环境险恶、生存艰难等一系列问题，可她非要让未婚夫相信自己的毅力和能力，让官兵们看看自己对他们的关心程度。想到这里，她便对着站在面前的庞班长催促道：“庞班长，咱们该说的都说了，你站了这么久，还有啥话要说呢？”庞班长马上意识到问题的严重性，随即向铁心红做了鬼脸，内疚道："谢谢嫂子关照，事成了我一定好好报答你！"铁心红一听就拉下脸，没好气地回了他一句："真是个傻子，脑子这么笨，怎么这么快就忘了我给你说的话。"话音未落，庞班长突然反应过来，双手拍着后脑勺自责道："实在对不起，我怎么记性比忘性大呢，这么简单的事都记不住，以后还怎么报答你呢？""别说了，你快去忙吧！"铁心红知道庞班长有些难为情，摆手给了他一个台阶下。

铁心红心里清楚，馒头半生不熟，与发面和火候有直接关系。想当年自己长成大姑娘，母亲死逼着她学发面，蒸馒头、花卷、千层饼，做面条，包饺子之类的家务活，她一肚子火气跟着干，谁料如今在边防哨卡大饭堂都用上了。一次次烧干锅、一次次烧煳饭、一次次遭冷落，她尝到了苦头，也流过眼泪。包括心上人不止一次地埋怨和阻拦她，哪知她就是硬扛着，誓不回头，永不放弃，不分昼夜地琢磨着，尝试着非要把饭做得和老家一模一样不可，真可谓不到黄河心不死。

由着她吧，反正整天在屋里也是闲着，倒不如和战士们一块干点什么。向天涯一下子想通了，便握着铁心红的双手抱歉道："你看看我，光知道考虑部队的事了，对你一点儿都不理解和关心。"说着，非要抓起她的双手打自己的脸。铁心红急忙挣脱，厉声反问："至于嘛，把俺看成什么人了，好歹还是你的人呢！"向天涯一看露了馅，忙点头哈腰赔礼："好，好，咱俩你是领导，一切听你的可以吗？"正说着，一名值班员跑步前来报告："站长，上级发来传真，让班长以上骨干集合参加电视电话会议。"向天涯听后点了点头，回道："那好，马上通知下去，十分钟内到会议室集合。”接着，他转过头朝着铁心红说：“看见了吧，很想跟你多说说知心话，这可倒好，断弦了。”“胡说啥呀，就这么一会儿都受不了，亏你还是个带长的。”铁心红知道他军务在身，不想影响他在这里耗费时间，单方面做出了不辞而别的举动。这娘们，心也够硬的，我找这样的女人当老婆，以后可得多留几个心眼。向天涯嘴里不说心里却在嘀咕。

发面用具、发面位置、发面时限、发面温度、发面效果，铁心红一个个细节反复观察和验证，渐渐地摸索出了一些省时省力省燃料的操作方法。于是，炊事班新老战士大开眼界，简直把铁心红捧上了天，谁都想跟她学两手。铁心红感觉很正常，在她看来，上锅下米、烧火做饭，干点家务活，是应当应分的事。爱唠叨的炊事员一个劲儿追问：“嫂子，嫂子，看把你忙的，累出病了，我可是要受牵连的。”铁心红一听这话，没好气地反问：“我倒要问你，人有几个是累死的，有几个是闲死的？看看我在这里能累死，还是能闲死？”爱唠叨的炊事员无言以对，只好站在那儿干瞪眼。铁心红心里美滋滋的，双手拢了拢头发，转身围着锅台转了起来。

晨号骤然吹起，军歌骤然吼起，炊事员随着班长的阵阵催促，心都提到了嗓子眼。铁心红却唱起了反调，堵着前去锅台提笼的俩炊事员说：“别急，馒头还不太熟，再等几分钟！”炊事班长急眼了，一步蹿了过来，急切央求：“嫂子，开饭时间到了，再拖队长可要收拾我了！”铁心红摇了摇头，根本不理他这一套。“嫂子，你今天可把我害苦了！”“嫂子，以后我这个炊事班长是干不下去了！”班长和炊事员毫无办法，你一言、我一语地埋怨起铁心红来。“你们喊叫啥呀，没看见嘛，人家一心为大家着想，做得就是对，什么乱七八糟的。”不知什么时候向天涯冒了出来，还一个劲儿冲着炊事员责怪。铁心红猛然听到心上人来到了身后，还开口给她撑了腰，心情一下子兴奋起来，便朝着胸前这些猛男吓唬道：“哎哟，你们这些野小子，就是不听话，这下好了，领导发发脾气，看谁还敢欺负俺。”向天涯一听这腔调，伸手拉住她的胳膊劝阻：“我的姑奶奶，你怎么能这么说话，大家听了会咋想？”铁心红厌烦极了，扭头反问：“能咋想咋说？俺还不是都为了你好！”向天涯生怕事情搞大，只好和气地说：“好，好，都是为了我好，以后可得重重答谢你了。”铁心红听到这句不痛不痒的话，心里难受得难以言表，可想到蒸笼里的馒头已经到了揭盖的时间，就停止了打嘴仗。她对着俩炊事员催促：“小伙子，时间差不多了，你们赶快上锅台抬笼吧！”俩炊事员飞身跃上了锅台，接着喊着“一——二——三”的口号，一次性将两笼馒头抬下锅台，抬上方凳。

“好呀——馒头白得很！”炊事员揭开一笼喊着，兴奋得手忙脚乱。官兵们走进饭堂，围在饭桌前，眼巴巴地望着小值日排队打饭。“馒头味道真香啊”，“当兵这么长时间咱可是头一回闻到，说不定这顿饭不同以往”……大家议论着。“让开点，饭来了！”小值日双手端着热气腾腾的小饭盆跑着、喊着，生怕饭菜滑落到地上。小馒头呀小馒头，你今天变得这么白亮，味道香呀味道香，我今天非要多吃几口不可。官兵们还没等饭盆放稳当，便伸手抓了起来。小馒头挺暄的，口感特别好。饭量大的官兵把三四个小馒头捏在一起，大口大口地吃起来。饭量小的几口一个馒头，几乎囫囵吞下。

不一会儿，十几笼小馒头被吃了个精光，可有的小值日仍在排队打饭。炊事班长庞大海为难地来到向天涯饭桌前问："站长，你看这么多馒头都吃光了，有的人还喊叫没吃饱，你说咋办？"向天涯点头，笑了笑说："这么简单的事就把你难住了，库房还有挂面，给大家下几包不就行了吗？"炊事班长庞大海一拍脑瓜，兴奋地喊道："对，对，站长，你太有才了。"向天涯听出了他在奉承自己，连头也不抬，手一摆："好了，少来这一套，赶快下面条！"庞大海坚定地回答："是！"说完便转身奔向了主副食小库房。

老炊事员做饭老一套，新炊事员想做饭不会做，生怕煳饭。时间久了，大家习以为常，谁想吃多少就吃多少，不想吃了自掏腰包买零食，或者勒勒裤腰带忍过去。我说嘛，今天这个压床板，明天那个头发昏，新老士兵执勤巡逻打不起精神，原来是这样呀，向天涯不时地问自己，更加敬佩起心上人。铁心红觉得很不自在，眼一瞪、脸一拉，问："你今天咋回事，老是用这个眼神来看俺？"向天涯知道想得太多了，引起了她的怀疑，忙解释："这还用问吗，官兵们的眼睛是雪亮的，口感是一致的，都在发自内心地感谢你呢，这不，我脸上也跟着沾了光。"铁心红抬臂顶了他一下，回了一句："耍贫嘴，老是给俺戴高帽子，俺不稀罕。"说着，起身走进了主副食小库房。这女子，想得比我都周到，看来当年找她当老婆是非常正确的，人家在老家忙里忙外，让双亲过得很幸福，现在又专程来到雪域高原看咱，为咱分担忧愁，是多么难能可贵呀！从今以后，咱也要铭记她的这份恩和爱，拿出最大的劲头干工作，决不能辜负她的一片真心实意。向天涯回顾过去，展望未来，自己给自己鼓斗志、定目标。“站长！站长！”正想得头头是道，忽然听到身后有人呼喊，向天涯回头一望，饭堂门口通信员拿着一份传真喊着跑来，看来上级又有什么重要指示了。向天涯振作精神，快步迎上去。

站在锅台旁，望着吃面条的官兵，铁心红心想，早知道官兵们喜欢吃自己亲手做的小馒头，说啥也要多蒸它几笼，看来以后不仅要多蒸小馒头，而且还要多蒸一些大饽饽，省得让官兵们再饿肚子。这时庞大海轻手轻脚地来到铁心红的跟前说：“大姐，时间不早了，回去休息吧！”铁心红侧身看了看，微微一笑：“累什么累，这比我在老家干活轻松多了。”这个女人太厉害了，比男人还泼辣，真是少见，咱可得跟她好好学着点。庞大海看她满不在乎的样子，知道自己不是她的竞争对手，只好嬉皮笑脸地央求：“大姐，今天这顿饭大家特别满意，炊事班人员也知道你特别辛苦，可你现在不回去休息，他们也不想回去休息，你看——”铁心红接过话茬：“你们什么也别说了，咱们都回吧！”说罢，她伸手脱掉工作服，转身离开了操作间。

想到官兵们大口大口吃馒头的高兴劲儿，又想到官兵们愁眉苦脸吃面条的难受样儿，铁心红心里久久不能平静。当下，她知道官兵们想看到什么、得到什么，自己又能送给他们什么。本打算在伙房里细心琢磨一番，继续扩大主食花样的精品制作，可是，讨厌的庞大海跟着她黏黏糊糊没完没了，她的一颗火热的心渐渐变凉了，原先的希望也破灭了。向天涯推开屋门仔细一瞧，不禁哎呀一声。铁心红先是一怔，然后强打着精神说："看你大惊小怪的，想把俺吓死吗？"向天涯忙改口："看看你，又不是两三岁的小娃娃，我吼了一声能把你怎么样？"听到这句风凉话，铁心红顿时怒火中烧，紧握双拳，朝着向天涯面部、胸部、腹部，雨点般地连击。打吧，咱是经过血与火的战斗考验，还害怕女人的小拳头？向天涯心想。

打是亲，骂是爱，不打不骂是祸害。铁心红心里藏着老人这句话，表面上看她喊得声音大、挥得拳头重，大有将人置于死地的可能性，其实呢，碗大勺子有准，在发泄私愤的过程中，哪个部位可击，哪个部位不可击，哪个部位击重，哪个部位击轻，她掌握得分毫不差。这让向天涯感到十分惊奇，心想：这个未过门的媳妇好厉害呀，还没结婚就能把咱瞅得这么准，以后可得提防点。

折腾了一阵子，双双累得筋疲力尽、汗流浃背，谁也无心再动手动脚了，一个劲儿大口喘着粗气、大眼瞪小眼地对视着。大白天的，这样头挨头平躺在地上并不是办法，假如有人推门而入，岂不是显得太尴尬了吗？向天涯伸手轻轻拍了拍自己的脸，接着呀的一声，迅速来了个仰卧起坐。铁心红也不示弱，翻身撑了起来。好男不跟女斗。向天涯一本正经地说："大姐姐，你的想法我早就看出来了，大胆干吧，只要有利于官兵的事，我全力支持，决不刁难和阻拦你。"铁心红一听来了劲头，忙说："这可是你说的，那咱们拉个钩！"一拍即合，两人就像娃娃似的，念叨着儿歌，食指紧紧扣在了一起，对天发起了誓。

当天晚上，向天涯召开站务会，特意将铁心红帮厨的事情向与会人员进行了解释。之后，又专门参加炊事班班务会，向官兵们一一进行了说明，反复强调大家在工作上要积极给予铁心红配合和支持。

铁心红与炊事员一样，离开房门时脱下重装穿轻装，步入岗位戴上白帽套围裙，白案红案样样参与，拿出了自己的看家本领。官兵们看到小馒头变成了大饽饽，面条变成了饺子，主食副食一天三餐不重样，一周会上两次餐，心里乐开了花。从那时开始，官兵们食量更大、身体更壮，训练、执勤的劲头更足了。他们说，如果自己不安心扎根雪域高原建功立业，就辜负了好军嫂铁心红的那片苦心、热心和爱心呀！

第五章

冰天雪地流血汗
定叫伙食大改善

伙房里馒头、花卷、油条、千层饼、小笼包、饺子等主食花样应有尽有；小咸菜、咸鸭蛋、酱牛肉、糖醋鱼、烧排骨、大烩菜、熘肝尖等副食花样更具特色。官兵们一天三顿饭，狼吞虎咽，喜笑颜开。向天涯渐渐察觉到一个个干部眼睛有神，说话有劲，指挥有力了。一个个士兵喊杀震峡谷，拼杀似猛虎，猎杀如收割。他知道，眼前的一切巨变，那可是自己的未婚妻铁心红所付出的汗水和泪水啊！假如没有心上人鼎力相助，官兵们还处在吃不饱、吃不好的情况。说千道万，咱可得好好对待人家，可别凉了人家这片热心呀！想到这里，向天涯开始检讨自己的一言一行，准备找个空闲，当着铁心红的面，点滴不剩地向她赔礼道歉。随着一声干咳，他用男不男、女不女的公鸭嗓，一句高一句低、一句粗一句细地吼起了《青藏高原》这首歌。

“看咱们站长乐得，是不是今天遇上了喜事？”“说不定站长要高升了！”“看他的眼神，肯定是要结婚了。”几个胆大的老士官实在听不下去了，冲到向站长跟前。一会儿这个问：“站长，今天是不是有喜事？我可从来没见过你这么又喊又叫、又唱又跳的。”一会儿那个说：“站长，咱这个地方有雪鸡，可没有野猪，你别把嫂子给吓住了。”向天涯越听越不是个滋味，伸手猛地摘掉帽子呵斥道：“没大没小的，都胡说什么，我也是有血有肉、有情有欲的，难道我就不能哼两声吗？”说得倒是，合情合理，咱何必自讨没趣，老士官们一下子被问住了，相互望着，谁也没了主意。

“你们站在这儿大眼瞪小眼的，想打仗吗？”紧要关头，铁心红从伙房里蹿出来，见人就是一句调皮话。坏了，让她看到了，咋办呢？向天涯暗自吃惊，生怕她知道内幕。常言说得好，生姜还是老的辣。向天涯到底比几个老士官多当了几天兵，大小世面多多少少还是见过。他灵机一动，立马由怒变喜对铁心红说：“你都看到了吧，当兵人都是这个样，打打闹闹很正常，平常培养培养他们的野性，打起仗来就能浑身充满血性，谁都会一声令下冲上去，谁都会把战胜敌人看得比自己的生命还重要。”听到这一句句豪言壮语，老士官们争着说道：“站长说得对，我也是这样想的！”“站长对咱狠点、严点，都是为咱好！”什么样的师傅带什么样的徒弟，都是一种腔调。

再说向天涯与铁心红的关系可不是一天两天，谁的脑袋在盘算什么，谁的手脚在做什么，彼此都看得一清二楚。何况，向天涯那铿锵有力的誓言，她一眼就看出了门道，到最后只不过给自己打了个马虎眼，留个台阶下罢了。铁心红不想在这儿待得太久，免得耽误大家的工作。于是，她带着商量的口气说：“我的意思，大家不要再说了，咱们该干什么就干什么，都在这里东拉西扯的不是个事。”老士官们听了，觉得有道理，没有吱声，纷纷点了点头。

向天涯看了一下铁心红的表情，又望了一下老士官们的反应，知道该收场了，便来了一句：“干自己的吧！”随即就要奔上训练场。谁知铁心红疾步追上，伸手抓住他的衣襟说：“你等会儿再走，俺找你有点事。”“什么，有事？”向天涯止住了脚步，转过身吃惊地问。铁心红情绪有些低落，委屈地说：“好几天见不到你，老是忙，想和你说个话都没有机会，俺在这儿还有啥意思。”向天涯一看自己有点被动，慌忙像大人哄孩子似的，轻轻拍着她的手背说：“你看看，又来了，这几天是非常时期，稍有疏忽，就会出大事呀！放心好了，过几天情况解除了，咱们有的是机会说话，你今天就体谅体谅我好吗？”

铁心红立刻明白了很多，忙向他道歉：“俺真没想到你忙得连饭都吃不上，觉都睡不好，我理解你的难处。不过，俺找你想谈点种植和养殖的事，不知道你同不同意？”“什么，在这个地方搞种植和养殖？”向天涯像是让人当头打了一棒。铁心红断然地说：“没错，俺就想在这个地方干！”向天涯嘿嘿一笑，两眼对着她看了一会儿，说：“给你讲实话吧，内地到这个边防站想干副食品的人多如牛毛，开头说得好，可干了半截子都撂挑子了，没有一个干成的。今天又听你说这话，我真有点烦，更何况你还是一个女人，我不相信，也不同意你这样做。”铁心红狠狠瞪了他一眼，不发话，掉头就走。脾气倒挺犟的，连个招呼也不打就走了，让人说啥好呢。向天涯原地站着，嘴里没说心里却在说，脑袋摇晃，手脚跟着抖动，好像世界上唯独他才是最痛苦、最难受的人。

铁心红不辞而别，并不是因为向天涯故意刁难，也不是自己心情不快，而是听到他讲情况紧迫，想到没完没了说话，可能会影响官兵的切身利益。她知道，自己想得再多，说得再美，可心上人已是火烧眉毛，心思在关键节点上，根本顾不上听这些。人离开了，心可不能离开呀！铁心红一步一回头，一把眼泪一把汗，肚子里窝的那股子火，说烧就烧出来了。可不敢止步，不敢哭喊，让人听见了，岂不是笑掉牙，咱必须忍着，决不能在这个时候出洋相，好歹咱还是一个受过磨难、见过世面的山东女人。硬是靠着这种自勉，她总算消除了悲伤的心情和愤怒的火气，渐渐地心平气和起来。

多好的条件呀，蓝天白云为咱伴舞，冰天雪地给咱搭台，年轻官兵挺咱登场，咱还有什么理由不大干一场呢？铁心红心潮澎湃、热血沸腾，不禁仰望着天空大吼：“老天啊，你听到了吗？我不回山东老家了，我要在这里安家了！”说来也奇怪，铁心红吼了一阵子后，头顶上突然刮来一阵狂风，雪片跟着腾飞而起，她顿时眼难睁、口难张，处在重围中。看来真的感天动地了！铁心红不感到惧怕，倒觉得喜从天降。她在风雪弥漫中兴奋地跳啊，吼啊，觉得自己是世界上最幸运、最开心的人。

军官们在想，饭做好了就能把大家的积极性调动起来，说明后勤保障有力，不低于深化教育和强化训练的作用和效果。士兵们在想，让大家拼命干，就得让大家吃饱饭。人是铁，饭是钢，一顿不吃饿得慌，同样攻难关、攀高峰，心有余而力不足，吃好才能一鼓作气冲上前。自从来了那个山东大姐，可以说炊事员们一天三顿走伙房，主食有她定调精做，副食有她掌勺，大家脑力体力不用费劲。没几天，新兵老兵都跟着沾光，就连一些笨手笨脚的老士官也跟着学了几招。

咱说啥都得好好干，就是掉几层皮、掉几斤肉也值得，否则的话，可就对不起这个山东大姐了。一些新老战士走进饭堂，端起饭碗就想到了这一切。有的新战士端着饭碗，望着锅台上忙得不可开交的铁心红，一时不吃不喝走了神。班排长们急了，厉声呵斥："看什么看，人家长得再漂亮与你有什么关系，人家可是向站长的老婆，要是让向站长知道了，不给你小子两个耳光才怪。"眼下，谁都明白这个道理，开饭时间短、人员多、空间小，如果不尽快完成就餐，肯定会影响到后续工作。再说吃饭也是工作和训练，严格要求、严格管理都是必需的。如有疏忽，在平时可能耽误正常任务完成，而在战时，就会影响到整个战斗胜败。更何况，历史曾有过这种类似的沉痛教训呀！

向天涯不是发现班排长大耍威风，就是发现新老战士备受责怪，他急忙放下碗筷，起身走到了爱发火的班排长饭桌前说："你们几个给我听好了，不管新兵还是老兵，他们在大众面前想点啥、看点啥，都是正常现象，包括看看我的未婚妻也很正常，这说明我老婆长得漂亮，有吸引力，我感到自豪。以后再遇到这种事、这种现象，要正确引导，千万不能给人扣帽子、穿小鞋，乱上纲上线。”大家听了，觉得就是这么回事，默默点着头。

种什么、养什么，从哪儿下手呢？铁心红一会儿爬着梯子上到屋顶看个没完，一会儿围着房前屋后转个不停，一会儿沿着山谷河床寻个仔细，凡是能去的地方，差不多都看过了，也伸手摸过了。她这么琢磨着，在房后不远处，养几头牦牛、几只山羊、几只雪鸡蛮好的。尔后呢，再用冻土、石块砌成围墙，套上迷彩伪装网，养几条藏犬藏獒当贴身保镖，谁也不敢占它们的便宜。再尔后呢，房顶上建个小高层，蒙上塑料膜，整块菜地，说不定还真能从天上掉下来看不清、数不尽的辣椒、茄子、西红柿和别的新鲜蔬菜呢。她满脑子里有取之不尽、用之不竭的金点子和新套路。可话又说回来，想得再多再美好，自己不去动手使点劲、流点汗，又怎么能变成现实呢？

当下必须扑下身子探新路、找出路，让官兵们早日看到雪山高原长出新鲜蔬菜的丰收景象，吃到原汁原味的头刀韭菜、头茬黄瓜、冬瓜、南瓜、丝瓜等鲜瓜嫩菜。于是，她不由得来了句：“先下手为强，反正是头一回试试，管它干好干坏呢。”也不知道她今天咋了，傻乎乎地站着，嘴里一个劲儿地唠叨着，八成神经出了问题。炊事班长庞大海不知何时走到了铁心红的身后，她的表情被庞大海看得一清二楚。但毕竟男女有别，更何况人家还是一站之长向天涯的心上人呢。他给自己提了个醒，老实跟着、听着，人家不回头，自己就不能乱喊叫，免得弄得彼此尴尬。

不对劲呀，怎么身后有响动，莫非——铁心红不禁一怔，猛地转过身，睁大眼睛看着，心里暗自吃惊。庞大海生怕吓坏了铁心红，说道："我的好大姐，你在思考什么大事呢？"铁心红气得双脚一跺，破口大骂："你这个鬼小子，说什么呀！"庞大海见势不妙，急忙央求："好大姐，息怒！"铁心红冷笑道："油腔滑调的，瞎子听到都以为是真的，我才不信你这一套。"庞大海看她的怒颜，觉得说得再多不仅化解不了隔阂，反而会造成彼此间的争执。让人一步吧，权当自己啥也没听到。庞大海站在那儿一动不动、一声不吭，像变了个人。铁心红马上意识到庞大海采取以静制动、无声激人的心理战，试图结束这场无休止争论。随即她头也不回，迈开步朝前走去。女人也不能太能，太能就有点太强，像铁心红这样身材高大、性情高傲、技艺高强的女人，恐怕只有顶头上司向天涯能领教和征服她。庞大海目送着铁心红的背影，脑子里浮想联翩，两片厚嘴唇也跟着抖动起来。

"想给边防军写封信，不拿纸笔拿起针。绣个小小针线包，一针一线细叮咛。亲人啊，边疆丛林多荆棘，你巡逻放哨要小心！亲人啊，亲人啊，保卫边疆多杀敌，你早立战功传喜讯。"铁心红站在屋顶上边哼着这首歌，边忙碌着手中的活儿，好像在释放着自己的心理压力。房底下一个个进进出出、来来往往的新老战士，隐隐约约听到房顶上一阵阵清脆而甜美的歌声，有的听着吼了起来，有的跟着跳了起来，有的围着笑了起来，大家的心火了起来。哈哈，真没想到咱随便哼哼几句，就能立马吸引小伙子们附和起来，看来以后还得好好在这方面多动点脑子，下番苦工，尽量把歌唱得更甜美，尤其是自己熟悉的家乡小调都得好好练练，说不定官兵们会更喜爱。她两眼平视一个方向，脑子里顿时闪出一个念头。

铁心红开始兑现诺言，每天早上起床进操场吼几声，每天午休出操场唱几段，每天晚上转操场学几首，时间久了，习惯成自然，大家也就见怪不怪了。

让她随便折腾吧，省得一个人心慌。向天涯听到了官兵们的掌声和吼声，又看到铁心红又蹦又跳有活干的笑脸，心里高兴得快要吼出声来。但他又很快抑制住了激动的心情，因为自己毕竟是他们的兄长和领导，一旦放肆自己的一举一动、一言一行，就有损于自身良好形象。

真能沉得住气，咱这样拼命卖力气，他可倒好，连个笑脸也不给，连句好话也不说，太不近人情了，简直能把人气死。铁心红不在乎其他人如何，反倒对未婚夫向天涯一次次的面无表情深感窝火。可是，嫁给这样的男人，又有啥法子呢？铁心红考虑再三，还是忍气吞声地干自己想的事，尽可能排除外来的心理干扰。

没几天，屋顶上一座座小高层像披着雨衣、斗篷、大褂似的，一动不动地昂首屹立。营院里也拉开了一道道闪耀的亮丽风景线。还有那营区外综合操场周围，附近阳面小山坡、小山洞、小山川等适合种植和养殖的小地方，能改造的改造，能利用的利用，呈现出旧貌变新颜的喜人景象。

惭愧呀，惭愧！咱来这里只顾着带领边防站官兵巡逻执勤、训练工作，供给方面全靠拉运，从没想办法自给自足！看来还得认认真真地反思自己，筑牢学人之长、补己之短的理念，从中汲取失策、失误、失败的痛苦教训，用过硬的拼搏意志和高超的指挥艺术，带领官兵攻难关、攀高峰、守边关，向党和人民交出合格的答卷才不负她辛苦的付出。向天涯心里这样想。

数月后，屋顶小高层内结出了一条条细嫩的小黄瓜、小丝瓜、小茭瓜；朝阳小山坡上长出了一片片绿油油的大头菜、大辣椒、大白菜；古老的小山洞露出了一层层厚厚的黑蘑菇、黑木耳；营院不远处，一个个圈养的牧场、猪场、鸡场，挤满了大大小小吵吵闹闹的各种家禽。在附近冲沟、河床、土坑和其他一些地方，潜伏着一群群身形高大、虎视眈眈的藏犬和藏獒。白天烈日当头照，这些黑大个走起路来无精打采，躺在路中央像死猪，就是汽车驶到跟前发出阵阵鸣笛，它们头也不抬，眼也不睁，无动于衷，哪个司机都无可奈何。然而，到了夜幕降临，熄灯军号吹响时，这些野小子不用谁呼喊，转眼换了一副面孔，眼睛瞪得雪亮，耳朵竖得笔直，尾巴拖得硬长，脚步跃得飞快，闪身进入了防御战斗地域。

圈养的那些弱势群体，是它们和睦相处亲如兄弟姐妹的好伙伴，只要听到半夜有异常响动，或者遭到外来突袭，藏犬和藏獒定会成群结队，蜂拥而上，扑点合击。每当遇到风雪弥漫的恶劣天气，部分藏人和藏獒总会加入到官兵边防线巡逻行列，一起沿着边防线爬雪山、踩高峰、跨冰川，出色完成边境封控、潜伏抓捕、救护伤员等险重任务，付出了汗水和鲜血，甚至是生命。

彼此接触时间长了，官兵们对这些无言战友有感想、有感情、有感恩，亲密无间。有时候，新兵们参加会餐，宁可自己少吃肉或不吃肉，也要给无言的战友带到嘴边上。还有的军官、士官自掏腰包，让下山拉粮拉菜拉食品的供给保障车驾驶员，专门购买牛排、羊排、猪排等肉类食品，定时给它们会个小餐，补充一下营养，让它们更好地服务于官兵。

当初，班长、排长，包括一站之长向天涯，谁都看不惯这种大把为动物花钱的行为，一再劝说。可是，一旦无言的战友吐着舌头、摇着尾巴，欢快地来到官兵的跟前，甚至饿着肚子完成守护营院家畜，配合官兵巡逻时，又用滴血的诉说，用战果的捧送，最终还是征服了决策者的偏见与否定。“大家看见了吧，狗也通人性，这些野小子对咱们绝对爱护，对国家绝对忠诚，我们必须善待这些可爱的小宝贝。”向天涯利用现场观摩会，当众明确了这项硬性规定。

喊破嗓子，不如做出样子，让人心服口服，就得言行一致，说到做到。向天涯深深思考着，决不能光靠某个官兵掏腰包，站里得拿出专项资金与异地跟踪保障，或许这些野小子更会有生命力和战斗力。几次组织党委会专题讨论，几次发动全站官兵献计献策，并结合现有财力和物力，拟定藏犬藏獒管理规定，形成了定点、定时、定物、定量等系统管理模式。一切安排妥当，向天涯就率先将当月的工资扣除了一部分，主要用于爱犬的饮食生活和治病防疫的花费，带头兑现了曾经的承诺。这下子影响大了，排、班长出手大方了，大把掏腰包资助，老兵新兵也不甘示弱，跟着节约少花钱，把相当一部分津贴用到了爱犬的精心照料上。

想看到的都看到了，想得到的都得到了，反正是汗没有白流。铁心红兴奋得不亦乐乎，还几次忘记这、忘记那，差点儿闯出大祸。这怎么能行呢？刚刚踢出了头一脚，就不知天高地厚，盲目乐观，说不定哪天要酿成悲剧的。要想在征途上不摔跤，或少摔跤，自己就得抬头望远，走一步、看一步，走一步、稳一步，走一步、跟一步，步步踩到点上、连在线上，坚信以后的脚步越走越飞快，路越走越宽广。主意已拿定，铁心红扑下身子着手研究扩大生产规模、系列产品精细加工、哨卡保障一步到位、友邻部队定点配送及时、当地群众免费品尝等环节，真可谓付出了连自己也没想到的心血。为了安全起见，她觉得不能轻举妄动，必须与未婚夫向天涯这个当主官的商量一下再定。正当这时，不远处突然传来了汪汪的爱犬狂叫声。接着，又响起了嘟嘟嘟的汽车鸣笛声。铁心红不禁惊讶道："麻烦了，生人来了！"随即掉头迎了上去。

"猛士"步战车还未停稳，车上就跳下了三个年轻军官，随后，一阵吆喝、一阵驱赶，费了九牛二虎之力，才把路中间那些横躺竖卧的家伙撵到道路两旁。一切妥当后，车上走下来一位个头不高不低、身材不胖不瘦、言表不土不洋的中年军官。走近细瞧，他秃头到顶，眉毛遮眼，鼻尖抖动，谁见了都觉得好奇和好笑。还有他那紧盯着人的神情，嘴巴紧闭不言的憨情，像是与人较劲似的，谁都惧怕他几分，不用分析，他就是一员久经沙场的虎将。再瞧他那套崭新美观、威风凛凛的将军服装，更让人刮目相看。这位将军的来头可不小，他出身于彝族农民家庭，名叫特足有嘎，现年 48 岁，少将军衔，西北边陲驻防部队副司令员兼司令部参谋长。小时候，特足有嘎跟着父母睡地铺、吃粗粮、穿破衣、点油灯，赤着脚丫满山跑，头顶烈日挖野菜，死里逃生渡难关，被亲朋好友视为“拖不垮的小崽子”。后来，他长大成人，渐渐懂得了要想改变自己的命运，就得刻苦学习，考上大学，走上岗位、担任角色，才能实现梦寐以求的愿望。功夫不负有心人，特足有嘎用汗水和泪水，攻克了一道又一道难题，学习成绩直线上升，是同学中的佼佼者。高考那年，他的考试成绩名列全县考生之首，不少老师让他第一志愿填写全国重点大学，如北京大学、清华大学、复旦大学等学校，可他偏偏选择了军校。师生们一看高考榜单，感到太可惜了。可他不以为然，反而喜出望外，又是跳又是唱，觉得自己是世界上最幸福的人。

你有你的看法，我有我的想法，谁也不碍谁的事。在平时，特足有嘎不吭不哈不回头，一腔热血铸军魂，总觉得自己的路是广阔而光明的，只要坚定方向就能得志，坚守高地就能强硬，坚持到底就能获胜。在军校的日子里，他一手拿笔杆子，苦读古今中外军事理论，聆听专家教授讲述我军从无到有、从小到大、从弱变强的成长过程，以及新时代所面临的新课题、新机遇、新挑战，并以超前的思维、敏锐的目光、勤奋的笔耕，撰写了一篇篇理论研究、心得体会等文章，深得教授和学员的普遍青睐。他一手拿枪杆子，一举一动打基础、一枪一弹击要害，当一名弹无虚发的神枪手。特足有嘎苦练加巧练，课余时间加班补弱练，心中只有一个目标，操枪训练只能走到别人的前头，不能落到别人后头，再苦再累也要顶住，再难再险也要攻克，决不降低训练标准。然而，想归想，练归练，与人较起劲来，就不是那么回事了。一次次单个技能对抗训练，一次次单个实战对抗演练，他总是被对手所击败，成绩自然也就落到了别人的后头。落后不等于无能和战败。特足有嘎从不悲观消极、从不放弃绝地反击，在他看来，越是被淘汰出局、越跟不上别人的脚步，自己越要咬紧牙关不松劲，强忍折磨不放弃，哪怕流尽最后一滴血，也要啃掉这块硬骨头，这才是顶天立地的男子汉。

他的确是个硬汉子，什么问题也难不倒，什么困难也吓不倒，什么对手也打不倒，当学员就得有这点志气。院校领导听了专家教授指名道姓的详情汇报，又目睹了专场和答卷的综合成绩，打心眼里认可这位少数民族学员的拼搏精神和出色表现，坚信他在院校学习生活中一定能够收获新知识、掌握新技能，成为一名文武双全的优秀学员。

发现一个出色学员不容易，培养一个出色学员更不容易。专家教授们在相互交流、相互切磋中产生了共鸣，觉得特足有嘎是个有培养前景的好苗子，谁都想把他拉进自己的学员队，一来给自己撑面子，二来给学员当个向导，干啥都风光。可是呀，学员中只有一个叫特足有嘎的，他只能到一个学员队，专家教授们只好望洋兴叹、无可奈何了。有的专家教授对天发誓："你听到了吗？我要和他拼一下，非要干个样子不可，我就不信出不了第二、第三、第四个像特足有嘎这样的学员。"学员们也有同感，珍惜院校的大好时光，理论研究下苦功、专业技能练硬功，样样都敢站排头、挑重担、当硬汉，谁也不甘落后。

从上至下可都盯着咱呢，更可怕的是很多学员拼劲很大、比劲很猛，都想把咱逼到绝路上，当下必须要动脑想点子，挤身抢步子，决不能当狗熊。特足有嘎产生了一股危机感，迫使自己放下思想包袱，再次向更高的主阵地发起了勇猛冲击。他早上早起追亮点，午休午间谋起点，就寝熄灯选要点，双休双手破难点。每次上级组织小评比、小对抗、小竞赛、小验收，他始终坚持战前心里有准备、战中动作有套路、战后书面有反思，无论胜与败，他从不向人显露情绪。奇怪，怎么老是这副面孔？学员们有点纳闷，专家教授感到迷惑，院校领导也觉得反常，目光紧盯着他不放。特足有嘎视而不见，继续完成自己没有完成的各项任务。心想，谁爱咋想就咋想，爱咋看就咋看，爱咋说就咋说，反正自己没做亏心事，就不怕鬼敲门。天长日久，大家看他没有什么变化，就习以为常了。院校毕业，特足有嘎先后被任命为炮兵旅排长、防空旅司令部参谋、边防团参谋长、军分区司令员、军区综合训练基地副司令员兼参谋长等职。在官兵的眼中，他一无靠山、二无关系，靠的是自己流血流汗不流泪的拼劲，靠的是动脑动心不动声的钻劲，才一步步拥有了今天的辉煌。无形中，大家看到了心中的样板，一个个向特足有嘎看齐的愿望油然而生，学习型标兵、训练型标兵、复合型标兵如八仙过海，各显神通。

咱的一切都是党给的，只有拼命奋进报党恩、舍命坚守谋打赢、弘扬传统传佳音，才能对得起组织上的培养教育。特足有嘎养成了做人低调、做事大气，从不与人发生口角、动手动脚争高低的习惯。有些官兵看他寡言少语，很少与人搭话，以为他反应迟钝、交流困难，便故意向他挑战，试图激发他的火气，谁知他仍不动声色，毫无表情。时间久了，大家觉得如此下去会自讨没趣，就再也没人和他争强斗胜了。哈哈，无人侵占时间、无人干扰学习、无人影响情绪，不正是自己所渴望、所需要的吗？特足有嘎兴奋地心都快要跳出来了，干啥都有一股使不完的劲。小子，有种！学员们渐渐看到了他的长处，明白了醉翁之意不在酒的深刻道理，开始跟着他的脚步走，一言不发地找弱点、选重点、改难点，想尽一切办法超越他。

得知上级工作组进入营区大院，向天涯岂敢怠慢，立马放下手头的活儿，朝着他们疾步而去。他心里明白，早一点见到上级工作组，就能早一点得知首长的行动意图，自然也就能早一点解除心里的恐慌和头上的压力。一路上，他心事重重、脑袋昏沉、脚步凌乱，一不小心绊倒了，鲜血染红了衣服，他全然不顾地爬起来再跑。

“报——告！”向天涯突然爆发出喊口令时的强音，很快跑到特足有嘎的身后大吼道。特足有嘎心里窝火却不能发，强压着不快，不紧不慢地问：“向站长，怎么样，一切都适应吗？”这个大首长有点怪呀，开场不问公事反而问私事，咱可是头一回碰见。向天涯想了想，即刻直奔主题：“回首长话，一切正常，各项工作进展顺利，无行政事故，无政治案件，战士情绪空前高涨。”哼，说的比唱的好听，我就不信这一套。今儿个我倒要看看你组织指挥是不是到位，各项工作是不是达标。特足有嘎心中有数，抬头笑了笑，不禁调侃道：“看你这样子状态倒挺好，说话也很干脆，那咱就看看你们的建设成果吧。”向天涯一听首长有言在先，岂敢犹豫，便带着上级工作组一会儿走进操场考官兵，一会儿走上哨所问口令，一会儿走进宿舍评内务。特足有嘎每到一处，出一道题，问一个官兵，逼得向天涯无所适从、焦头烂额。有啥法子呢，首长下基层就是横挑鼻子竖挑眼，走哪儿都得全力配合。况且咱这个山高皇帝远的地方，他们一年也来不了几次。再说现在也到了表现自己的时候，过了这个村就没那个店了。

向天涯心里一亮，全身上下充满了激情，每到一处，有问必答，讲得头头是道，这让特足有嘎频频点头，偶尔还露出微笑。真好！咱可是大姑娘出嫁头一回呀，与他相识至今，没有听到过他说过这么动听的话，简直让人佩服得五体投地。工作组人员私下议论着，相互交流着，可向天涯假装没听见，仍在一个劲地滔滔不绝，好像在作秀似的。

话听多了，不足为奇，反倒厌烦。特足有嘎走着走着、听着听着，摆手打断，不痛不痒地说："你累不累，没听人说嘛，好话念三遍，鸡狗不稀罕，我看你少说点，让大家多看点，说不定效果会更好些。"向天涯尝到了辣味，冷汗从额头上冒了出来。言多必失呀，这就是王婆卖瓜——自卖自夸的结果，不知天高地厚的人，早晚都要吃大亏。在场机关人员眼望着这种尴尬，顿时懂得了以后向领导汇报该说什么，不该说什么。

特足有嘎毕竟是久经沙场、出生入死的老猎手，身边人的一言一行、一举一动，他看一眼就能知道个八九不离十，谁也别想趁机向他打马虎眼，或搞什么小动作。曾有几次，有的机关干部让他批阅紧急文件，谁知一时疏忽竟忘记了落款盖章。可他当即采取单个教练的方法，一会儿问为什么马马虎虎，一会儿手把手示教填写要领，一会儿讲清材料的严肃性和必要性，话语不重不轻，但标准要求十分规范和苛刻。从那以后，机关干部谁想走进他的办公室送上传下达的材料，谁就要做到文字不错一个、标点不差一处、内容不漏一项，任何毛病都挑不出来。否则的话，谁都别想轻易走出他的门，等待着的不仅仅是说说，问一句那么简单，轻则他会小题大做，让人有脸无处搁，心理难以承受；重则在办公会、党委会、训练形势分析会、战斗力评估研讨会等场合，定将某个单位的问题加以评头论足，让各级领导引起足够重视，防止由此而演变的负面影响。迫于压力，被点名问责的机关人员，就只好加班加点地下苦功，练构思要领、练写作程序、练精品幅度、练出口成章、练提笔成文等基本功，直练到首长满意才行。

特足有嘎喜欢与基层官兵同吃、同住、同训练、同欢乐，当得知某个连队参加大比武获奖时，他宁可不吃不喝不睡觉，也要抽空前去看一看官兵，共同分享获胜的喜悦。狂欢中，他把一切抛在脑后，与官兵们不分彼此，拼命地吼啊、跳啊、斗啊，简直就是个调皮兵。一些了解他的官兵产生了疑问，怎么会呢？平常不说不笑不张扬，说得难听一些，一脚踹不出个屁来的人，但到了这个时候、这种场合，反而变成了另一个人，简直洋相百出。

然而，他又是个说变就变、随机应变的人。每当他自己玩得开心时，接到上级紧急情况，便会立马中止活动，一头钻进应急情况的处置中，官兵们又称他是西游记中的孙猴子。有的机关干部怕他三分，既不敢贴得太近又不敢离得太远，稍有不慎就会引火烧身，给人留下坏印象，以后很难改变被动局面。特足有嘎想得真切，觉得干好本职工作是必须的，至于其他则是次要的，对于这一点谁也别想动摇他的决心。听他的理念而言，有令则行，已则先行，让人心服口服，就得为人表率，用无声行动代替有声的命令。临战训练前，他白天带着作战部门看地形，徒步行进不歇脚、不食宿、不漏点，就连一个小小的山洞、冲沟、枯井处也不放过标记。到了夜间拟订方案，他把头埋在灯光下，不眨眼，不停笔，一鼓作气标图到天明，官兵把他看作地地道道的“夜猫子”。咱可得躲他远一点，和他套近乎不会有好果子吃。机关干部听得多了，见得多了，或多或少知道了他的狠劲，谁都不敢逞能。渐渐地，大家离他越来越远，与他搭话的人越来越少了。

特足有嘎嘴上不说，心里在想，咱就是这个脾气，想改并非容易，除非刀架在脖子上再谈改。别看他这么固执，曾经给他当领导、当教官的人，都欣赏他这种练技能不怕难、干工作不要命、抓学习不松劲的拼搏精神，还有他那头顶蓝天白云、脚踏冰天雪地、胸装高压气流的豪迈气概。特足有嘎什么险重威胁也不怕，胆子越来越大，举动越来越快，根本不把自己的生死安全当回事。让人咋办？一旦出事了，在场的人一个也别想溜掉。

向天涯急红了眼，一个箭步冲到特足有嘎的面前，苦苦央求：“首长，首长，这个地方海拔太高了，不能再往上爬了，身体可吃不消啊！”特足有嘎好像没有听到，仍在大口喘着粗气走着、望着，嘴里一个劲儿嘟囔：“我特别喜欢到海拔高的地方去转转，那里视野广、特产多、没污染，比在内地野外好多了。”说着，便伸手将向天涯从胸前轻轻地拨开。“哎哟！”向天涯突然喊出了声，哪里想到，当特足有嘎动手的那一瞬间，向天涯全身上下像触电似的，迫使他不禁失声。

尾随而来的机关人员以为他在作秀，便开始以藐视的目光、阴森的表情、挑逗的举动，不时发泄着不快。在特足有嘎眼里，他死见不得那些两面三刀，在背后搞小动作的人，一旦让他察觉，谁也别想有好果子吃。好在刚才身后的一切，他没有留神，也丝毫没有察觉，因为精力全部投入到了眼前脚下云雾缠绕、哨卡映光、国旗欢呼的美景中，偶尔还能听到阵阵赞不绝口的惊讶声。

房顶温棚种蔬菜，房后地窖长蘑菇，山沟通道走牛羊。好一派雪域高原的丰收景象啊！特足有嘎心潮澎湃，连声称赞：“这个地方好！这个地方好！这才是我最想看的。”天哪，怎么可能呢？莫非——工作组人员被眼前的景象惊呆了。“报告首长，这些种植和养殖是我未婚妻带炊事班干的，今年刚开始，还没形成规模，估计再过个一两年就好看好吃了。”特足有嘎打量了他一下，高兴地说：“不错，很有创意，也很能解决实际问题，高原边防部队都能达到这个标准，就不怕大雪封山没菜没肉吃了，我回去把你们这里的情况向上级汇报，建议在你们这里开个现场观摩会，在边防一线好好推广一下。”特足有嘎非常赏识，也非常重视，当场向大家提出了自己的看法和想法。太走运了，咱一万个没想到，来边防站好几年了，上级首长带领工作组来考察科目训练的多，找突出问题的话多，听表扬鼓励的话却很少，今天算是把工作干到点子上了，向天涯愁眉苦脸的表情消失了，满面春风。

糟糕，前面那么多人把路堵住了，咋办？铁心红前赶着山羊，后牵着牦牛，一步一抬头地走出了弯弯曲曲的通道口，走上了通往营门操场的冰路口，猛然间发现向天涯陪着一大群军官在议论什么。心想，都到了这个时候再掉头往回走，恐怕自己早已被人发现了。如果继续往前走，那些人会问得很多，到那时自己当众献丑倒不说，恐怕还会连累到未婚夫向天涯和全站官兵，后果不堪设想啊！紧要关头，人群中有人向她频频招手示意，让她赶紧过来。让人说啥才好，这个时候还拿我开心。铁心红一眼就看出了招手的不是别人，正是她的未婚夫向天涯，气得她咬牙切齿。实在没有办法，铁心红只好忍气吞声硬着头皮，挥着长鞭呵斥道："走你个小羊头，拖拖拉拉的，害得我走到了这个地步。"这时，小山羊开始冲刺了，壮牦牛也跟着追了上来。铁心红生怕它们跑散了，跑没了，就边喊着、边追着，像骏马般跃了过去。

"心红，你过来，我给你介绍一下，这是我们的上级首长，刚才他还在夸你呢！"向天涯一手拉着铁心红，一手指着特足有嘎介绍。"哎呀——"特足有嘎听了向天涯的介绍，惊讶地瞧着铁心红，心里嘀咕着，这个身高马大、脸庞黝黑、眼神凶狠的女强人，与一个长得一副娃娃脸、矮个大脑袋的小男人向天涯结合，太不般配了，简直就像妈妈和娃娃。可他再换位思考，萝卜青菜各有所爱，既然人家都愿意，自己也就没有必要操这份闲心了。他伸出右手主动与铁心红握手，谁知刚一接触，特足有嘎就觉得像被一把老虎钳夹了一下，疼得他竟然失声收了手。向天涯一看着了慌，厉声道：“看看你，轻点行不行，和首长握手拿出干活的劲儿。”特足有嘎忙掉头训斥：“什么话呀，这才是女中豪杰，我说嘛，这里变化这么大，原来这里有能人，是半边天在奉献呢！”向天涯无言以对，只是望着。铁心红心里极度兴奋，站在那儿傻笑个没完。在场人员却不在乎这些，总觉得眼前很新鲜、很直观、很震撼，想看得很多，想听得也很多，都沉浸在无比的喜悦之中。

一位临时来队家属，千里迢迢来高原，不顾个人得失，把部队官兵看成自己的亲兄弟，付出了巨大艰辛，是多么难能可贵呀！特足有嘎发自内心敬佩铁心红情系高原、奉献官兵的高尚情操。可考虑到眼前时间紧、任务重，他饱含深情地对铁心红说：“你为我们边防官兵操碎了心、出尽了力，获得了大面积丰收，我代表全体官兵向你表示由衷的感谢！”说着，他从大衣兜里掏出一个闪闪发光的红铁盒，双手递到了铁心红的面前：“好军嫂，你为这里的官兵付出得太多太多了，太让我敬佩了。今天我来你们这里搞调研，身上也没带什么东西，只有这盒总部新研制的抗缺氧、抗辐射、抗疲劳、抗感染的药品送给你防护身体。”铁心红岂敢接受，急忙谢绝道：“首长，首长，您的心意俺领了，您的东西俺不能要！”她双脚不停地倒退着。见状，特足有嘎毫无招数，来了个借鸡下蛋小战术，面对着向天涯大喊：“向天涯！”向天涯应声回答：“到！”随之，跑步来到特足有嘎面前立正。特足有嘎面带笑容地说：“看来你的媳妇不会接受我这份薄礼，那你就代表她收下吧。”说罢，一把将红铁盒塞到他的手里。“首长，这——这——”向天涯一时不知该说啥是好，张着嘴结结巴巴，汗水模糊了双眼。

“时间不早了，咱们该走了，免得影响后续工作。”特足有嘎抬臂看了看手表，又抬头向大家扫了一眼，这才转过脸对着铁心红说：“好军嫂，看来以后这里的官兵生活和保障还得靠你了，我们不会忘记你付出的血和汗。”话音未落，一个中尉军官突然来了一句：“首长，她和向站长还没结婚呢！”特足有嘎猛然一怔，吃惊追问：“什么，把刚才那句话再给我重复一遍！”向天涯吓得双腿发抖，铁心红急中生智，忙跑到特足有嘎的面前说：“首长，是这么回事，我们俩在老家领结婚证都两年多了，可他一直忙得请不上假，到现在我们还没举行仪式，按我们老家的规矩，登记了没举行仪式不算结婚，也不允许在一块生活。”说着，她伸手从贴身的衣兜里掏出用彩纸包着的结婚证，双手递了过去。

特足有嘎把结婚证正反面仔仔细细看了一遍，笑着对向天涯说：“你呀你，让我说什么好呢，领了结婚证还要分开住，真是假正经。不是说举办了仪式就算结婚了吗？这好办，我看就在下面的操场上搞个现场仪式，我来当证婚人，你们当来宾。”话音刚落，全场爆发出阵阵掌声。特足有嘎命令几个士兵接管牛羊，让铁心红快去打扮一番。铁心红不敢怠慢，快速返回住处，脱下劳动穿的衣服，换上一身新衣服跑出去。接下来新郎向天涯和新娘铁心红，在两个年轻军官的伴随下，在证婚人特足有嘎的宣布下，闪电式完成了结婚仪式。

官兵们都在现场，不能错过这个大好时机，咱们要好好热闹热闹。一名机关干部灵机一动，立马从伙房里端来半碗面粉，加水搅拌，趁向天涯不备，伸手抹在他的脸上，笑着喊："大家看看，像不像猪八戒？"官兵们异口同声地说："像！"那位机关干部说："让向站长给咱表演个猪八戒背媳妇，大家说要不要？"官兵们齐声喊："要！"两个军官左边一个，右边一个，抓起向天涯的胳膊，硬是摁下向天涯直挺的身板，然后把新娘铁心红推到向天涯后背上。

官兵们喊："猪八戒背媳妇！猪八戒背媳妇！"可是向天涯不往起站。一个军官啪一巴掌打在向天涯脖子上："快背。"说着又举起巴掌，铁心红忙伸手拦住。官兵们起哄："新娘子护犊子喽！新娘子护犊子喽！"见另一个军官也举起手，向天涯忙说："我背！我背！"于是背起铁心红。官兵们手舞足蹈地起哄，簇拥着向天涯背着新娘铁心红往山坡上走。背了一会儿，向天涯停下刚喘口气，一个军官又逼铁心红抱向天涯绕场跑一周。小两口只好听从官兵们的指令，边亲嘴、边摇摆，逗得大家笑出了眼泪。

玩得差不多了，特足有嗄走到操场中心，向大家挥挥手说："同志们，今天这场婚礼，具有特殊意义。常言道，天下没有不散的宴席，下面我指挥大家唱个歌。"说罢，他起头领唱《团结就是力量》。官兵们以饱满的热情唱起来，唱得雄壮有力、激越高亢。笑声、掌声、欢呼声，响彻了雪域高原。

第六章

身遭雪崩埋山谷
生死自救脱虎口

上级工作组离开营区，向天涯就像一块石头落了地，蹦跳的心总算平静了下来。几经思考，他下定决心对妻子说：“心红，你来这里时间也不短了，估计什么都清楚了吧，依我的看法，你就不要再种那些品种多、产量低、见效慢的蔬菜了，最好重新调整一下种植范围，本着少而精、快而多、不费劲、效果好，精选一些新品种，让大家有更多的喜悦感和满足感。”铁心红静静地躺在床上，细细听着，觉得合乎情理，掉过头来津津有味地说：“这倒是，你不说俺也有这个想法，只不过没早点给你说就是了，等你得空了，俺跟你一块去转转行不行？”向天涯一听正合他的想法，忙点头：“行，行，我哪天都有空、哪天都方便！”铁心红以为他在打官腔，气得身一转，嘴里嘟囔着："说得比唱得还好听，可真到了那一天，你搞不好又把俺当猴耍了！"向天涯见势不妙，急忙改口："你看看你，刚才不是说得好好的嘛，转眼就耍起了小孩子脾气，让窗外的人知道了，对你我都不好！"铁心红不动声色，仍在一个劲儿生闷气，脸色变得铁青，双手死死扒住床头板。好大的火气呀，要是用到当兵人身上就是块好钢！向天涯看在眼里，喜在心上，可嘴里不敢多说半句话。只好无奈地轻轻拍着她的后背说："看看吧，你又来了，我说的可都是真心话，不信咱俩现在就去看看！""什么？"铁心红像是没听清，掉过头来追问了一句。向天涯岂敢拒绝，再次重复了刚才那句话。铁心红信以为真，用力来了个仰卧起坐，接着又转身下了床。这有啥，走就走吧，向天涯主意拿定，挺胸抬头，大步前移，一闪身走出了房门。铁心红笑出了声，脚步踏出了咚咚声，简直就像警察抓小偷似的，一个人在前惊慌乱窜，一个人在后穷追喊叫。

官兵们看到他俩一前一后急乎乎地走着，都以为小两口发生了不快，或者是感情破裂了。该出手就出手吧！一些胆大的老兵迎面挡住向天涯劝几句，一些胆小的新兵追上铁心红也劝说了几句，谁都想让小两口停住脚步好商量。铁心红觉得，咱是一个临时来队家属，不能添砖也能加瓦，干点力所能及的活儿，既可以改善官兵生活，又可以支持丈夫的工作，是一举两得的大好事，应当坚持下去才行。可是，向天涯发自内心不愿意让她在这里干下去，甚至付出更大的代价增产增收，到头来影响了自己的工作事小，损坏她的身体事大，假若由此而造成无法挽回的后果，自己就是有千嘴万口，也无法向老家亲人交代呀！当下得想个法子让她有自知之明，早点结束这种让他担心的累活和脏活，在家里好好当个贤妻良母。说穿了，就是操持家务，为养儿育女做打算。可是，聪明反被聪明误，向天涯这些想法，早被铁心红识破了。她哪里肯让步，非要在冻土地上开出一片好菜园，让更多的首长和机关干部亲眼看一看，让更多的边防官兵亲口尝一尝。向天涯有想法没有办法，眼巴巴地望着她走进食堂，爬上屋顶，踏进雪地，干自己心甘情愿的劳累活。

结婚后，铁心红仍跟往常一样，一天三顿饭，围着锅台转，一周双休日，钻进温棚里干；每逢节假到，热心当红娘。她不知从哪儿来的冲天干劲，干啥都想一下子干成。哪怕流汗再多、代价再大，手脚始终忙个不停。"老是闲不住，自己不嫌累，你不要命了吗？"向天涯看她整天累得头发凌乱，走路摇晃，实在忍不下去了，就吹胡子瞪眼送了一句。铁心红抬头瞥了一眼，嬉皮笑脸地回道："什么要命不要命的，没听人说嘛，吃苦是福，磨难也是财富，你我都不吃苦受罪，哪来的财和富呢？"向天涯无话可说，只知一个劲地傻笑。

"看你那个熊样，恶心不恶心？"铁心红发怒了，厉声骂了一句，接着掉头奔向了大通道小牧场。真像个母老虎，越变越没人味，早知道她这样，就是给座金山，我也不娶她当老婆。向天涯笔直地站在原地，两眼望着铁心红思前想后，悔恨不已。

高原的天，一会儿阳光普照，一会儿乱云飞渡，一会儿雪花飘舞，一会儿……让人难以预测。铁心红来到这里时间并不长，也许凭她的昼夜观察和亲身体验，多多少少能预测各种不祥征兆。当到了危险之时，她的怪招和绝招一旦出手，十有八九都会奏效。有的老士官当着她的面忽悠：“嫂子，难道说你脑子里装着雷达和红外线，怎么老是看得那么准？”“嫂子，你干脆在这当兵算了，我们也能跟着你沾沾光。”铁心红不以为然，总是那句老话：“这算个啥，时间长了你们都能学会，而且学得比我还好！”她心里有数，说得太多容易失言，有损自身形象。有道是，少说话威信高，咱尽量不说或少说话，让人爱问啥就问啥，爱说啥就说啥，反正咱笑颜相对，简单应付。接触时间长了，官兵们知道她为人实在，谁也不敢再无话找话、无事找事，与她套近乎了。铁心红也很知趣，说一不二，办事干脆，从不拖泥带水，这让大官小官、新兵老兵心服口服，倍加欣赏。

自从与丈夫拌了几句嘴，铁心红一气之下，头不回、脚不停地蹿到了大通道里的牛羊旁，开始拌料、加水、分食，忙得不可开交。

这里的阴坡（又叫后坡）与阳坡大不一样，阴坡仍然处在冰天雪地之中，时而出现此起彼伏的雪崩轰鸣声，真可谓一座沉山两重天。环境恶劣不能说明前景无望，条件艰苦也不能说明自身无力，生活贫穷更不能说明辛勤无果。多少个日夜过去了，积压在冰雪底层的动植物，暗自立下攻克禁区的坚定誓言，不成功便成仁。出招吧！头顶着试试，能否脱离底层；拳打着试试，能否钻出暗洞；脚踢着试试，能否踏平坎坷。但招招出击，均未产生丝毫进展，使各路“行兵走卒”大伤元气。未破关门，并非难离底层，猛然想到如此深刻的道理，身居前沿一线的生命群体，个个又鼓足了勇气。看我吧，雪莲冲了出来；学我吧，红花跳了起来；跟我吧，雪鸡喊了起来。顿时，阴坡出现了不一样的景象。

阴坡白雪皑皑、雾气腾腾，雪鸡就像训练有素的尖兵，依次排着整齐的队形，间隔距离相等，头拱着积雪，翘着屁股，任凭狂风呼啸、暴雪堆压，岿然不动。

每逢这时，天上的雄鹰，地上的猛兽，就像鬼子大扫荡似的，轮番袭击，把雪鸡的队伍打得七零八落。加之，一些知天晓地的老猎手，也跟着趁火打劫，不费一枪一弹，一次又一次发起了无本之财。

直到后来，山顶上飘起了一面鲜艳的五星红旗，自然杀手与人为杀手撤离血腥沙场，雪鸡吹响集结号，队伍开始壮大起来。

从此，在这片雪山冰地上，再也听不到、看不到昔日的残暴，但雪鸡清楚，雪莲清楚，雪山更清楚，谁才是它们的守护神。

忽然，身后传来轰轰的沉闷巨响，牛群羊群惊吓得嚎叫蹦跳起来。“咋回事呢？”铁心红本能地掉过头来凝望，只见大通道阴面那一道道山川雪峰，就像往锅里下饺子似的，一片片倒栽下去。霎时间，那蜿蜒峡谷的大通道，弥漫着汹涌的激浪，伴随着撕裂的回荡，连接着洁白的长廊。“不好，雪崩了！”铁心红第一反应，意识到情况危急，性命难保。可她又马上意识到，大难将要降临，自己想跑也跑不出去了，要想活，就得想办法藏一藏、躲一躲。躲，又能往哪儿躲呢？她急得全身上下直发抖。这时，雪山顶倒在了沟里，熟睡的雪鸡惊叫腾飞，天地一体，奔涌翻滚。一条条深沟洞内的动物闻风丧胆地钻了出来，尾随着牛羊仓皇而逃。

铁心红望着洞上洞下、洞里洞外动物们的狼狈相，不禁紧张起来。她斜过身子，双手拍拍后脑勺，拢拢长头发，迎着呼啸而来的狂风冰雪，一头扎进了那条看不清，靠近斜陡坡的羊肠路。她在浓雾中发现，羊肠路中间紧贴着一座小岩洞，也许钻进去能保住自己的命。试试吧，反正被逼上梁山了！铁心红抱着赌一把的想法，鼓足勇气，再次进行了反击。但哪知道，巨大的气流已挡住了她的去路，浓重的雪雾封住了她的视线，拼吧，决不能倒下，也绝不能后退，她知道倒和退的严重后果。挣扎中，她的身体被吹倒了，她拼命爬起来再前行。脸和手被划破了皮，擦擦血迹再前行。

说来也奇怪，也许铁心红费了九牛二虎之力步入岩洞的壮举感动了天地。突然间，风停了，雾散了，天晴了。老天保佑，机会终于来了！铁心红兴奋极了，强打着精神从地上爬了起来，两眼望着洞外的一切，心里悲喜交加，不知不觉流下了泪水。在她看来，人生之路，恐怕就是这样残酷无情，在你死我活的特定条件下，如果选择让步和倒退的话，那等待的将是必死无疑。她明白了这个既简单又深刻的道理，握紧拳头，狠狠砸在岩壁上，说道："死去吧！"说罢，她坚强地迎了上去。可是，她的前脚还没踏上岩洞坎，刚才那风平浪静的大通道又翻脸了，骤然间狂风大作、雾滚潮涌，天地间变得雾蒙蒙、雪茫茫，好像故意与铁心红作对，非要将她置之于死地。

"雪崩了！雪崩了！"机关值班员、班排值日员、门卫岗哨员，猛然间发现大通道前一股排山倒海的冲天雾浪，随之哨音、号音、喇叭音响成一片。向天涯忽听屋外传来阵阵呼喊，知道情况不妙，便起身冲出了门外。“俺的娘吻！”向天涯一见这种惨景，惊喊出了家乡方言。让他想不到的是，午饭前，天空蔚蓝、阳光温暖，大地一幅美丽画卷，午饭后，通道一片苍茫。糟了，心红还在大通道里面。向天涯很快意识到了危险，他浑身打起了哆嗦，双腿抖得站不住脚。战士们一看他这副狼狈相，急忙上前搀扶。哪知他厉声责问：“你们想干什么，还敢跟我动手动脚，快去救人！”战士们一看他的精神没有异常，转身涌向了大通道一侧。

一声呼啸雪山崩，一阵狂雪掀巨浪，大通道转眼间变成了一条弯弯曲曲的冬眠长龙。真是没有办法，这么深的坑，这么厚的雪，人埋在哪儿，谁也不知道，只有天知道，再说找也是白找，简直就是大海捞针。向天涯看看战士们一会儿跑到这儿探路，一会儿跑到那儿目测，渐渐地悲观失望了。当战士们分路分点寻找时，他止住了脚步，却止不住辛酸的眼泪，愧疚地说：“心红啊心红，你不要再吓唬我了，你要是在这个地方走了，我可怎么向你爹妈交代，我又怎么能活下去呀！”他哭着哭着，身体瘫倒在了地上。“不好，快来看，向站长出事了！”一个士官突然惊喊，战士们回过头一望，便呀的一声，接着，转身跑了过来，问寒问暖，忙得不可开交。向天涯根本不领大家这份情，伸手擦了擦眼睛和脸，仰脖扯开大嗓门斥责：“你们老是围着我干啥，难道说我是大熊猫，成了你们的保护对象？让我说你们什么才好，还不赶快去救你嫂子！”战士们如梦初醒，拍脑袋的拍脑袋，拍屁股的拍屁股，挠耳朵的挠耳朵，几乎朝着同一个目标飞身争先。

“嫂子可是个好嫂子，她待咱恩如山呀！”自从她来到边防站，伙食一天三顿不重样，顿顿都有新鲜菜、新鲜肉，始终没有生煳饭，官兵们的身体越长越结实了。每当谈起这些话题，军官的脸上就乐开了花，战士的呼喊震破了天。眼前，那贤妻良母的好嫂子一旦有个三长两短，可让人咋办呢？军官们不敢想得太多，士兵们也不想看到悲惨后果。军官终究还是当兵时间长，经受考验多，反应能力快，一个个在困境中打起了精神。士官也不示弱，选工具携带，选空位突入，要一鼓作气打通营救路线，解救掩埋在积雪深层处的好嫂子。士兵紧跟其后，依靠自己的手中武器，开辟通路，清理障碍，定点守护，成了走一路连一线、呼一声应一片的得力助手和后配力量。

没门，想得倒天真，就你们几个野小子想在太岁头上动土，除非太阳从西边升起。滚滚雪浪好像看透了官兵们的举动，潮头掀得更高，呼啸声更大，积雪压得更厚，想一口吞掉宽深的人通道。有啥能得，你凶我比你还凶，看谁能战胜谁。官兵们一看就来了气，你抄家伙劈头盖脸，我闯难关血战到底，没有一个前怕狼、后怕虎，临阵退缩的。人不可抗拒，勇士比钢铁还要硬，跟他们相斗，必死无疑。再说忍一忍风平浪静，退一步海阔天空。逞凶一时的暴风狂雪，终于败下阵来。三个班长一看有门，兴奋地狂喊：“哈哈，都完蛋了！都死定了！”接着，冲进了突破口。

一阵阵狂风飞雪吹不尽，一声声天崩地裂无止境。不到半小时，大通道变成了高低起伏、弯弯曲曲的巨蟒。饲养在通道里成群的牛呀鸡呀，一个也没能跑出来，全部被掩埋在积雪下面。这些损失倒不怕，怕的是那千里迢迢来的憨女人，让官兵离不开的女能人，让自己分不开的贴心人，就这样无声无息地葬身于积雪深谷，未免有点太残酷无情了吧！向天涯泣不成声地呼喊着、寻找着，他过于激动和劳累，走着走着被一块羊角石绊倒在地，当即鼻口淌血，面部染红。

过了一会儿，他定神一看，羊角石岿然不动，立在那儿显威风，气得他飞起一脚踹在羊角石上，大怒："你个羊角石，真是个绊脚石，跟着乱起哄，老子今天非把你的羊角拿掉不可！"折腾了一阵子，羊角石皮毛未损，倒把他累得汗流浃背、筋疲力尽。

铁心红遭遇雪崩覆盖的支撑点，恰巧是半山崖岩洞口，飞禽走兽难以落脚，狂风暴雪擦边跑，天生就是一个死逼梁山的"仙人洞"。别看它天生一副蛤蟆嘴、鹰钩鼻、死羊眼的丑八怪模样，里面空间却很大，若是透过洞口往前看，一片片冰雪飞舞，一股股气浪汹涌，一道道山梁栽倒，唯独半崖岩石洞像巨人一样昂首屹立。刚才那蘑菇云形状的雪崩走势，那潮水般的雪浪咆哮，吓得铁心红晕头转向，喊爹叫娘，好在她把握了瞬间脱险的良机，闪身躲过了雪崩。难怪有人曾这样形容：

天怕乌云地惧抖，雪愁毒日冰厌浴；人若瞪眼盯闪点，十有八九患雪盲；不听劝告再哭喊，必遭强暴藏深谷；谁想潜身脱苦海，抢登岩洞观飞虎。

这类民谣，铁心红早有耳闻，可她偏偏不信这一套，平常每次途经半山崖岩洞，她都脚不停、头不抬、眼不瞧，始终没有把它当回事。早知如此，何必当初，望着脚下这片残酷无情的凄凉情景，铁心红的心凉透了，恨不得纵身跳入大峡谷，一死了之，省得困在洞里活受罪。

“闺女呀，你可是第一次出远门，不管走到哪里，都要多长个心眼。要是遇到什么困难了，千万不要灰心丧气，一定要打起精神，能让它打死，不能让它吓死，别给我和你爹丢脸！”临行前，母亲的那番叮咛，突然在耳边骤响。说得倒是，咱怎能为眼前这点小小的困难而悲观绝望呢？更何况已经摆脱了最大的危险，只要瞅准机会，大胆闯关，就能完全摆脱死亡的威胁，就能回到丈夫和战友们的身旁。

想到美好前景，她从阴影中走了出来，渐渐萌发了求生的欲望。用什么绝招解救自己的生命呢？两眼瞅着洞外那鬼哭狼嚎般的怒吼，铁心红眼珠转来转去，脑子里不时浮现出古典小说《西游记》中孙悟空那腾空驾云的化身。“这太好了！”铁心红豁然开朗，双手指着头顶，双脚弹踢岩洞壁。兴奋中，她一次次冒险爬出岩洞口，又一次次遇到了反冲击，吓得爹娘叫个不停，险些丢掉了小命，这让她从中悟出了个简单道理：头脑发热就会出差错，粗心大意就会受损失。咋办？人在洞内，只能躲过一时，却躲不过一世，要想活着，就得往外闯。

可眼前已是无路可走，自己又能往哪里闯呢？试试吧，反正不能老是在洞内等死。她不小心倒在洞边的滑石颗粒上。“哎哟，哎哟，疼死我了！”让她没有预料的是，全身刚落下，还没来得及翻过身子，锋利的三角石、刀片石、刺针石，就像日本鬼子的刺刀残杀无辜百姓似的，直戳她的后脊梁、后脑壳，使她难以承受这样的肉体折磨。瞬间，她全身火辣辣地钻心疼，鲜血染红了全身。

“嗐——真倒霉，自找苦吃，何必呢？”铁心红无奈地摇着头，左右手不停地抚摸着后背，前胸紧紧靠在石壁上，两眼一会儿紧闭沉思，一会儿紧盯观察，像是在与人斗气争执。看样子，一时半会儿情况不会稳定，假如这劲头持续到明天或后天的话，或许这座雪山冰川将化为荒滩戈壁了，这条大通道变成宁夏的唐徕渠、汉渠、秦渠，那咱不就成了天上飞的神鹰，地上跑的猛虎了吗？……脑海里浮想联翩的一幕幕，让她不由得牵挂起了万里之外的父母。

轰轰轰，接连剧烈的震响使一座座雪峰随声倾倒，一股股气浪冲天呼啸。那风吹雪涌、冰川消失的走势，让她手脚跟着舞动起来，嘴里不停地念叨：“不好！不好！”过了一会儿，天上浓雾悄然散去，云开日出。这鬼天阴阳怪气的，让人捉摸不透。铁心红仰天自言自语：“老天爷呀老天爷，你算是睁眼了，要是再不睁眼，俺就惨了呀！”说着，她不由得回头望了望，觉得身后那个不起眼的丑八怪岩洞，竟能在危难之时敞开胸膛，将自己这个差点被卷入雪流的女子紧紧抱在怀里，避免了死亡。回想起刚才那一幕幕，铁心红一股热流涌上心头，立即来了个一百八十度大转弯，面向岩洞双膝扑通一下跪倒在地，重重磕了三个响头。接着，立下誓言：“可爱的岩洞，你对我恩重如山，没有你相救，我早就没命了，你的大恩大德我一辈子也忘不了。请你放一百个心，只要我活着，一定把你的救命之恩告诉亲朋好友，一定多来看你几次。”一番深情感言后，她硬撑着冻得麻木的双脚，一瘸一拐地离开了岩洞高台，一步一回头地走进皑皑冰雪地，寻找出路。

茫茫云雾飞散了，圆圆红日露脸了，大通道渐渐恢复了往日的清晰和壮丽。向天涯喜笑颜开，伸手一拍大腿道：“好极了！”话音未落，只听见头顶上传来嗡嗡的声音，大家抬头一望，只见两架超低空飞行的无人机，一前一后、一上一下地飞入通道。向天涯激动得手脚抖动，嘴里喋喋不休：“这下好了，这下好了！有它给咱们探路，肯定能找到。”“站长，咱们怎么办？”“站长，无人机管用吗？”官兵们一看向天涯渐渐高兴起来，便开始给他出难题。可不是嘛，光知道高兴有啥用，人还连个影子都没有见到。向天涯听到大家的追问，激动的心渐渐冷静了下来，两只眼睛不停地转动着、观察着，试图找到一条便于机动和突入的路线。士兵们只知其一，不知其二，以为向天涯火烧房子不着急，只顾自己，不顾别人，气得咬牙切齿、直跺双脚。

干着急，光生气，又能将人怎样呢？向天涯觉察到身后有人在搞小动作，气得伸手指着一个上等兵大怒：“小子，听好了，光你着急，我不着急吗？你要是真着急的话，赶快给我睁大眼睛好好找啊。”上等兵一听慌了神，转身就朝大通道跑去。谁知向天涯厉声呵斥：“小子，往哪儿跑？不要命了，给我站住！”气死人了，进也不是，站也不是，让人如何是好？上等兵无可奈何，摇着头，叹着气，又返回了原处。向站长今天咋回事啊？一会儿晴天，一会儿阴天，简直就像孙猴子，变得谁也猜不透。官兵们目睹着事情的变化，知道自己喊得再响、跳得再高，也得不到向站长的认可，就只好耐心等待。向天涯不时抬头瞧瞧这儿，掉头望望那儿，嘴里不讲心里倒明白，这些野小子十有八九在耍花枪，如果不给他们来点硬的，就会得寸进尺。这怎么能行呢？向天涯火冒三丈，一个个仔细打量着，大发雷霆："看看你们这个熊样，一脚踩不出个屁来，关键时候都拉裤裆，要是和敌人打仗，搞不好成了怕死鬼。"官兵们不敢横眉冷对，只好笑颜相迎，不停地说："站长，我错了！""站长，我一定坚持到底！"耍了一阵威风，火气渐渐消退，向天涯这才作出了一个大胆决定。"你们都听好了，原地给我站着，没有我的命令，谁也不准乱走一步！"说罢，他袖子一挽，拳头一握，独自奔上了悬崖峭壁。刚从部队院校分来的干部强宏光观察了一阵子，从中看出了门道，便双手一拍膝盖果断地说："看明白没，还愣着干啥，站长都上去了，咱们还不赶快上！""上！"士兵一听有戏，立刻打起了精神，大吼着一个个猛追了过去。

嘿——嘿——嘿——向天涯忽听身后爆发出阵阵呐喊，不禁回头张望，发现强宏光带领官兵成一路纵队，沿着崎岖狭路猛喊猛追，就好像电影《南征北战》中的我军猛士与敌抢占摩天岭阵地似的，表现得十分勇敢和强势。这些小家伙挺精神的，咱还没吭一声，就能猜透咱的心，坚信他们有能力应对一切突发事件，有能力打败一切入侵之敌。向天涯望着官兵们激情燃烧的举动，脑子里浮现出一幕幕勇士与凶敌肉搏厮杀的场景。

但此时他猛然意识到这不是杀敌，而是寻找妻子铁心红。好兄弟呀，好兄弟，你们比我的亲兄弟还要亲，这个时候都能豁出命来救别人，要是让铁心红看到了，她定能以泪相迎，感恩不尽的。向天涯觉得这么多人跟着爬峭壁，与自己一道儿寻找铁心红，一旦有人发生意外，或者造成人员伤亡，那自己这个最高军事指挥官，就无法向他们的亲属交代，这有愧于上级首长的培养和重托，更对不起边防一线官兵的信赖和期盼。说穿了自己就无法面对残酷无情的现实。严重的后果在脑海里突现，向天涯睁大了眼睛，扯开嗓门呼喊道："哎——都给我站住，赶快往回走，谁再敢往前走一步，我就不客气了！"他吼着，右手高高地挥舞着，犹如鞭打羊群，招招凶狠。

这不是明摆着嘛，他想一个人铤而走险，假如和嫂子那样走着进去，无影无踪的话，岂不是雪上加霜了吗？再说众人拾柴火焰高，大家一块儿前去寻找失踪的好军嫂，视线范围广，定位目标准，营救效果好。强宏光遭到向站长当头一顿臭骂，但他知道，人在特殊的环境，就要以特殊的手段应对。否则，当领导就有损于自身形象。相互比较了一阵子，寻找好军嫂的行动，光靠领导一个人显然不行。有道是一个篱笆三个桩，一个好汉三个帮。当下，冰雪消融、泥石塌落、坡陡路滑，稍有不慎，人员伤亡在所难免。到那时，别说向天涯救不了妻子铁心红，恐怕就连自己这条小命也搭上了。既然看透了这些，就应该当机立断地站出来，大胆提出自己的意见。

强宏光鼓足勇气，一个箭步蹿到向天涯的身后，正要开口请示，哪知向天涯嗅觉灵敏，猛然转身过来怒道："你小子急乎乎地跑过来弄啥？不在后面好好给我盯着，这个时候谁出了事，我就拿你开刀！”强宏光早有预料，开口应答：“站长，你说什么我都听你的，但救嫂子这个事不能听你的。说实在的，你现在找不见妻子难过，我们现在找不见嫂子同样难过。大家都说，光靠你一个人到处跑不行，就是找到嫂子也背不出来。如果大家一块找，就能有个照应。如果真能找到嫂子，大家也能把她抬回来。”向天涯连连点头，到最后竟来了一句：“耶——你小子想得挺仔细，跟谁学的，我怎么就想不到呢？”强宏光觉得功夫没白费，趁热打铁恳切道：“站长，救人要紧，不敢再拖了！”向天涯这才恍然大悟，吩咐道：“你赶快把大家带上来，我到前头看看！”强宏光一看目的达到，全身一挺，坚定地回答：“是，我这就把他们全都带过来！”向天涯望着他那精神饱满的姿态、坚定的目光、迅疾的举动，抬臂回了个标准军礼。

向天涯目送着强宏光跑动的英姿，心里的感动流露到了嘴边：“好兄弟，患难见真情，你的这份深情，我一辈子也忘不了，一定要加倍偿还你！”一番感言后，他擦了擦泪水和汗水，扭过身子，抱拳致谢，直奔深谷。

嫂子，嫂子，你答应一声好吗？你闪一下身好吗？我们听到和看到一定会把你救出。官兵们在强行通过悬崖峭壁、冻土冰滑的路段上，根本不把生命危险放在眼里，心里只有一个念头，走得再快点、看得再仔细点，只要能把嫂子尽快营救出来，自己付出得再多也值得。别看强宏光始终跑在最前头，凭他的听觉就能料到自己与身后队伍的间隔距离、体力消耗程度，甚至意外情况发生。官兵们称他是“顺风耳”和“背长眼”。欲问强宏光的听觉为何这么灵和神，还得从他步入军校生活说起。刚开始那段日子里，小强在训练昼夜远近听力的专项课目中，常常反应迟钝。尤其经过高难度、大强度的体能技能训练，甚至接连完成战斗射击、实爆作业、敌火运动等战术项目，他的耳朵雪上加霜，聋上加聋，什么也听不清。气得教员指着他的鼻梁骂：“你小子怎么搞的，别人的耳朵什么都能听到，就你的耳朵什么也听不到，是不是耳朵塞驴毛了？”“胡说啥，哪有你这样对待学员的，让我看，小家伙训练成绩上不去，不是他自身能力差的问题，是你这个教员方法死板有问题。没听人说嘛，什么样的师傅带什么样的徒弟，你也是如此。”谁料，大胡子中队长毛勤发却不知何时出现在了教员胡正银的身后。当听到熟悉的责怪声，胡正银忙转身献殷勤：“中队长，你来得正好，说得对是对，不过这种好腱子不拉犁的笨家伙，就要鞭抽棒打才行。你不是常跟我们说嘛，好铁是锤打出来的，好兵是硬逼出来的，我这不就是跟着你的示教示训方法学的嘛。”毛勤发听得津津有味，频频点头，像是在老师跟前当了一回小学生。顿时，胡正银马上意识到用词不当，便后悔自己太放肆、话太多，吓得冷汗直冒。“哎，怎么卡壳了？往下讲呀！”毛勤发听话听上了瘾，总觉得他肚子里还有货，逼着他全吐出来。胡正银哪里有话可言，急得吞吞吐吐直翻白眼，双手不停地擦头上的汗。毛勤发一看他这个难受劲儿，知道再催也是白搭，只好摇着头埋怨：“你呀你，这不是说嘛，埋怨谁好呢？不行就是不行，不要踩着木棒混充大个，自找苦吃。”毛勤发觉得不能白白把时间耗费在这里，连声向他狂扫了一阵后，转身奔向了其他训练场地。

有啥牛的，不就是个小小的学员中队长，还能推倒山吗？胡正银紧盯着毛勤发不可一世的派头，心里一股子熊熊燃烧的怒火一下子喷发了出来。“胡教官，咱们走吧？”谁知学员强宏光突然冒了一句。胡正银强压住怒火，瞅了他一阵子，不紧不慢地说：“也是该走了！”说着，右手向全体学员一挥：“集合！”学员们闻声而动，自行入列。接着，胡正银简单讲评了训练情况后，带领大家呼喊着番号和歌声返回了营房。

教员授课一再强调，听功重在心静脑活，判明勤在回味细嚼，定位放在入耳轻重，如在某个节点上反复进行感觉比较，习惯和熟练了就会从中掌握一些可了解、可运用、可辨别的基本常识和方法要领。人家是肉长的，咱也不是纸糊的，说啥也不能老是让领导、教官们训斥，让队友们小看，非要争争这口志气不可！强宏光立下誓言，正课时间认真听，强化训练时，一言一行细领会，一举一动找感觉；课余时间补弱项、攻难关，一口一块啃硬骨，一招一式练定型，身上的皮肉比别人掉得多，最终掌握了在不同地域、不同场所、不同战法的特异听觉功能。曾有几次，上级组织部队在复杂电磁环境下进行实兵实弹对抗演练，领导将强宏光叫到眼前问：“小强，听说你平时训练得扎实过硬，现在搞实战化演练，看你能不能适应。我让人把你的眼睛蒙住，都说你的耳朵特别灵，今天我倒看看你的耳朵到底灵不灵，是不是像他们说得那么神奇。”说罢，便向身后一个军官打手势，用面纱将强宏光的双眼遮了个严严实实。不一会儿，忽听砰砰砰三声枪响，声音未落，强宏光张口就说：“三颗绿色信号弹！”“哎，这小子还真有两下子！”看台上一位首长惊讶地说。正当这时，一个军官又向左右两个方向打手势，霎时，两个方向又传来哒哒哒、嘭嘭嘭的密集枪声。强宏光伸手朝右一指：“这是轻机枪打点射！”随即又伸右手一指：“这是狙击步枪打击目标！”话音落下，在场官兵的掌声、呐喊声响成了一片。

我就不信他的耳朵有那么灵，什么武器都能听得出来。一个肩扛两杠四星的指挥员还是不服气，轻手轻脚地靠近了强宏光的身后。强宏光双手拍了拍屁股说：“首长，您一共走了三十三步，仅有一步之遥就抓到了我的衣裤了，请把您的右手收回吧，我身上有电，别打着您！”“什么，你的后背是不是也长着眼睛？我服你了！”这个指挥员连声直说敬佩，伸出双手帮他解开了面纱。

“太神了！太神了！”官兵们交口称赞，纷纷向他伸出了大拇指。“大家看到了吧，谁不服气就站出来和强宏光比试比试，我常跟你们说，牛皮不是吹出来的，功夫不是喊出来的，强宏光这对耳朵也不是天生这么灵，人家是刻苦练出来的，流血流汗流出来的，以后你们要想有真本事、硬功夫就得好好向他学着点。”院校政委高山雄面对参演官兵，意味深长地说。他的话句句打动着教官和学员的心。从那天开始，学员们以强宏光为追赶目标，结合自己的特点和特长开展了练神脑、练神眼、练神耳、练神手等大练兵活动，涌现出了一大批爱军习武的传奇人物。这一切，应该说离不开强宏光的示范引领作用，他功不可没。可他从不炫耀，总是低调做人，高调做事，把所获得的成绩看得很淡很淡。

向天涯居高临下，看得一清二楚，从内心敬佩强宏光的灵活应变能力和临阵带兵能力，不由得产生了换位意识，自己论年龄比他大，论职务比他高，论经验比他多，可到了节骨眼上考虑问题，却比他差了一大截，问心有愧啊！常言道：人贵有自知之明。向天涯知道当下应该与大家同步进行，形成合力，便放慢了脚步，缩短了距离。官兵们一看向天涯突然改变了主意，一下子就明白了。这时候，挺身探路的、携手赶路的、尾随夺路的，谁都不想落下。“这还差不多，像有骨气的汉子！”强宏光不时回头张望，自言自语地重复着。向天涯倒没说什么，只是两眼眯成了一条线使劲搜寻，双手双脚随着舞动。

“快来看，那个地方好像有个人！”一个老士官刚刚迈上一处制高点，还没来得及喘口气，猛然发现通道翼侧有个黑影在闪动，他惊讶地大喊起来。“在哪儿？在哪儿？我怎么看不见呢？”真是大白天说瞎话，分明什么都没有，忽悠谁？官兵们听到惊喊，止住了脚步，睁大眼睛观察了好大一阵子，就是看不到一点可疑迹象，气得乱喊乱叫起来。强宏光倒是相信老士官的话，以排成长队列的官兵面对面、身贴身、手握手的侧体移动方法，很快接近了排头兵——老士官的身旁。老士官一看挤来了领导，埋怨道：“领导，你听听后面那些人说的话，好像我在糊弄他们，刚才我确实看到那边有个影子在晃动，不会错的！”强宏光扫了他一眼，半信半疑地说：“你说的我也不会全信，你让我好好听听再说。”话到这里，他来了个就地倒下，一会儿翻身贴地侧耳听，一会儿缓慢抬头望远瞧，显得十分耐心。“没错，没错，最多不超过一里地！”强宏光细心回味了一阵子，最终得出了一个答案。向天涯兴奋极了，一个冲刺跃到了他跟前追问：“小强，你听清楚了吗？是不是你嫂子的声音？”强宏光从地上爬了起来，蛮有把握地说：“站长，是不是嫂子我不敢肯定，我敢肯定前面不远的地方有人在拍打，在哭喊！”向天涯一听更加激动，伸出双手拍拍他的肩膀说：“小强，我相信你的耳朵，不管是谁，咱们都要赶过去帮一把！”强宏光也有同感，跟了一句：“站长，你说得太对了，咱们必须的！”紧接着，两个人一前一后追寻着，官兵们紧跟其后呼喊着，犹如一把锋利的长剑，直指大通道纵深腹地。

铁心红将一切困扰抛在了脑后，只觉得能在一瞬间活下来已是不幸中的万幸。吼吧！哭吧！跳吧！她高兴得不停折腾着，就连头上的发型、脖子上的围巾、身上的棉衣也跟着飘动和呼叫，像是天女下凡，与大地同欢共舞。可是，好景不长，一时的疯狂减退下去，别说再跳几下，就是吼一声，也无能为力了。她挣扎着站起来，走起来，两眼直冒火星，双脚直打绊，不时摔倒又爬起，她不停地给自己打气鼓劲！心红啊心红，都走到了这一步，咱可不能倒下，可不能闭眼，要知道亲人们都在等着呢。想到了美好憧憬，她狠了狠心，咬了咬嘴唇，强打着精神向前看，用尽全力往前走。走着走着摔倒了，全身撑不起来，她就靠着双肘向前移动。双脚冻僵了，就靠着上身向前翻滚。每前移一点，她就吃力地喊着“咳！咳！”的号子，好像与人打斗似的，始终没有让步的气势。不一会儿，她闭合的伤口重新破裂，冻僵的手脚变成紫肿，血染的衣裤凝固坚硬。豁上了，反正不能等死！铁心红拼命向前挪动着、呻吟着，坚信劲不会白使，血不会白流，心上人一定会带领战友来救她的。挣扎中，她强打精神情不自禁地哼起了奶奶过去教给她的那首老歌："晴天又蓝天，这个好蓝天，这是什么队伍呀勇敢向前……"哼着哼着，她不知不觉走了好长一段路。

嗡嗡嗡……头顶突然出现了一前一后两架小型无人机，简直就像蜻蜓点水似的，走一段路转一回，忽高忽低吼个没完。当飞抵铁心红的站立点，两架无人机一上一下、一左一右，绕来绕去，久久不肯离开。飞行间，还不停地散发出道道闪光，如同电焊工作业似的。怪事，这山大沟深的地方，怎么会有这些玩意呢？莫非——铁心红凝望着飞行物，脑子里瞬间出现了诸多幻想，自以为感动了老天爷，才有了眼前的转机。

民间有句谚语：好话念三遍，鸡狗不愿见。两架无人机既像癞皮狗，又像哈巴狗，绕着铁心红的头顶转来转去，喊来喊去，始终没有返航迹象。铁心红心里厌烦透了，仰头怒吼："转什么转，叫什么叫，还有完没完了，真是蛤蟆不咬人，跳到脚背烦气人。"大发了一阵雷霆，两架无人机还是不予理睬，照样盘旋和号叫，甚至下降的幅度更大，几乎可以看清机体的类型和编号。铁心红感到莫名其妙，心里嘀咕着，这两个家伙为何老是跟着我，是不是故意逗我呢？假若两架无人机能变成空中跳下来的伞兵，那该有多好啊！她越望越动心，越想越天真，激动得脑袋不停地晃动着，手脚不停地摆动着。她的情绪稍微稳定，对着残酷无情的现实，又无奈地唉声叹气："嗐——想得再多顶啥用，天上飞的又不是什么活神仙，是死是活还得碰碰运气！”深思了一会儿，她觉得这样等待和观望无疑死路一条，想活就得豁出自己往前闯。铁心红坚定了决心，张口朝着双手掌呸的一声，狠劲吐了一口唾沫，硬撑着身子向前一点点挪动。

“报告站长，据无人机侦察，位于你的位置右前方大约500米处，已发现嫂子身体受伤，行走艰难，急需你们前去救援！”向天涯一口气跨过三个陡坡，正要停下缓口气，腰间别的对讲机突然传来值班参谋的紧急报告。向天涯以为自己的耳朵听错了，急切回道：“你把话说慢一点好不好？咬字清楚一点好不好？再给我重复一遍！”值班参谋一听领导的话，只好一字一句声音洪亮地将侦察情报进行了细述。向天涯听完汇报，这才满意地应道：“这还差不多，有点情况汇报的味道，以后就得这样，再也不准出现眉毛胡子一把抓的问题！”值班参谋一口一个“是！”应答着。“哈哈，我说嘛，老天爷不会害她，她心眼那么好，好人终究会有好报的。”向天涯兴奋得又喊又跳，还不时向跟随他的官兵吐舌头、做鬼脸。天大的喜事，让他尽情地发泄吧！官兵们见怪不怪，谁也不在乎他出洋相，紧跟着他的脚步，挥拳头，扭屁股。向天涯听到身后爆发出嘻嘻哈哈的打闹声，气得掉头就是一句：“我算服了你们，嬉皮笑脸也不找个地方，没看看脚下有多危险吗？谁再胡喊胡叫的，给我立马滚回去！”官兵们一看向天涯翻了脸，知道再违抗命令不会有好果子吃，就收起了笑脸，瞪大了眼睛，加快了步伐，恢复了原来的战斗队形。

看来不能给他们好脸，省得不知大小，时间长了养成坏毛病倒不说，关键时刻就容易掉链子。向天涯得意忘形，回过头来迈着八字步，阴阳怪气地嘟囔了一阵子。当回想起官兵们跟着自己克服一个个困难，冒死也要营救铁心红的举动时，他心里又开始内疚起来，很想当大家的面赔个不是。“看看吧，站长又要发怒了！”官兵们突然发现向天涯有新举动，以为他看到了某个官兵一举一动不顺眼，就要掉头转身动口又动手，吓得头也不敢抬一下，气也不敢大喘一口，两条腿跑得比四条腿的动物还快，生怕落在后头挨刀子。身后时而传来班排长的鼓动声和士兵的脚步声，向天涯不停地回头张望着。每一次回头都被官兵那勇猛的冲劲、那无言的赤诚、那血染衣裤的情景所震撼和感动。他又一次悔恨自己没良心，谴责自己的行为。知错改错吧！他再也不回头看看谁的表现了，只把一切精力全用到了寻找妻子和营救官兵在抢险中的伤亡突发上。果断调整思路，让他重新找到了出发点和落脚点，肩上就好像撂下了沉重的担子，一下子减轻了许多，手脚行动自如了，心理压力也渐渐消除了。

“哎——那边有个人！”强宏光刚踏上一块岩石就发现前方弯道下坡，有一个人披头散发、步履维艰……向天涯只是听到，没有看到，他焦急地东张西望着，嘴里一个劲地催问：“在哪儿，在哪儿，我怎么看不见呢？”一个士兵看到了，一个士官看到了，其他官兵们也都看到了，大家喊着一拥而上。向天涯听到大家的阵阵喊声，揉了揉眼睛，仔细瞧了又瞧。可不是嘛，爱妻那高大的体形，那迈步的走形，那挥舞的手形，那熟悉的一切尽在眼前。他怎么也压抑制不住激动的心，双手猛然挥舞起来，昂起脖子声嘶力竭地狂喊："心红，心红，我来了！我来了！"随即，一个百米冲刺跃了过去。

"我要活着走出去！我要活着回老家！"铁心红硬撑着身子，挪动着，嘴里念叨着。虽说疼痛和疲劳不停地折磨着肉体，但她心中只有一个念头，只要还有一口气在，她就要爬出这条大通道。挣扎中，她的耳边隐隐约约传来呼唤声，难道说丈夫他们来了吗？她止住了，站稳脚跟，睁大眼睛，看清了迎面而来的队伍。谁知彼此还没走近，她喊了一句"俺的娘呀！"就闭上了双眼，抖动的双腿再也撑不住了，一头栽了下去。"赶快！"向天涯和爱妻相见还没问个话，就被眼前的情景吓住了。随着他的一声令下，官兵们七手八脚地忙活起来。铁心红冻僵的手脚、划破的皮肉、血染的衣裤……向天涯再也看不下去了，便一把将她紧紧抱在怀里，号啕大哭，官兵们也止不住地流下了眼泪。

"站长，把我的帽子拿给嫂子戴上吧！""站长，把我的棉衣拿给嫂子穿上吧！""站长，把我的干粮拿给嫂子吃吧！"官兵们一下子围了上来，都想以自己特有的方式献爱心，让好军嫂温暖全身，脱离危险。

战友们太好了，待我们比亲人还亲，到了最紧要最需要的时候，都能伸出关爱之手，他们的恩和情，咱一辈子都要记住！向天涯听着听着，含着热泪望了望，连连点头答谢："大家的好心好意我全领了，你嫂子的事，我自有办法！"话虽这样说，但干起来并非那么容易，本来向天涯比铁心红长得就矮小，帮着她换衣裳、套棉裤、穿鞋袜，费了不少劲倒不说，加上又要背着她走山路，压得他上气不接下气，脸色变得煞白，看样子说倒下就倒下了。知道路上难了吧，不怕你嘴硬，就怕你扛不住，看你还敢不敢逞能？官兵们早料到会有这样的结果，可又有什么办法呢？向天涯非要在妻子面前逞能，谁敢插手就不会有好果子吃。现在可倒好，向天涯撑不住了，骑虎难下了，一肚子苦水无处倒。

向天涯是咱们的一站之长，是咱们的老大哥，平时可为咱们把心操碎了，把汗流尽了，付出的太多太多了。还有那铁心红好嫂子来队时间不长，心里总是惦记咱们，差点儿连命都搭上了。难道说眼前咱们能忍心看下去吗？能见难不帮、见死不救吗？将心比心，官兵们这才消除顾虑，壮起胆子对向天涯说：“站长，你累了，我来换一下你。”“站长，路还远着呢，我来背她。”“站长，一个人背太累，大家抬着嫂子走吧。”向天涯一看官兵主动帮忙，知道自己心有余而力不足，被迫说了句软话：“那好，我就谢谢你们了！”说着，松开手让给官兵接替。

向天涯给铁心红加厚了衣服，包扎了伤口，补充了营养，渐渐地，她的脑袋清醒了许多，蒙眬中听到有人在说话，有人在抽泣，有人在跑动，莫非——她鼓劲睁开眼睛，“啊——”她失声尖叫起来。没想到四个官兵携手抓着自己的手脚，嘴里喊着号子，正在有节奏地向前奔跑。“站长，站长，快来看吧，嫂子醒了！”一个老士官抓着铁心红的右脚，最先发现这一情况，抢先喊道。这真是天大的好事喜事！向天涯欣喜若狂，一个箭步蹿了过来，伸手抚摸着铁心红的头发说：“我的好老婆呀，你终于睁眼了，刚才把俺都吓死了！”铁心红一听向天涯这样说，没好气地回了一句：“看你说的，这不是好好的吗？”说罢，头一歪，眼一闭，再也不吭一声了。

女人嘛，就是有点爱面子，耍一点小脾气，得理不让人，咱爷们不能和她一般见识，能让则让，宁可让她骂几句、打几下，也别往心里去呀！向天涯被铁心红当众臊了毛，心里确实有点不痛快，本想以牙还牙，狠狠大骂几句，解解自己这口气，可再看她奄奄一息的表情，坚硬的心很快软了下来，强装笑颜地喂水喂饭，问寒问暖，十分体贴地关照着。身后几个士兵看得动了情，你送压缩饼干，他送火腿肠，人人都展现了一颗善良的心。向天涯知道大家这片热心，可又怕压坏了爱妻，慌忙解释：“大家的心情是可以理解的，你们都看看，这么多东西压在她身上，别说让她全吃完，就是压也把她压死了。”官兵们一听在理，只好停止了善举。铁心红侧耳听到向天涯在责怪，气得猛然睁开双眼，朝着他发问：“胡说啥呀，亏你还是个大站长，人家对俺好，你是不是吃醋了？一点肚量也没有，我看你还赶不上个班长排长的心胸。”向天涯没有翻脸，仍是点头哈腰地央求：“得了，得了，我的姑奶奶，气大可伤身呢，我听你的好不好？”铁心红觉得难为情，抖了抖肩膀，仰起头大喊：“你们都别抬了，让俺下来自个走好不好？老是这样抬俺实在是受不了。”官兵们心往一块想，劲往一处使，谁也不听她那一套，一次次强行压了下去。向天涯看得真切，觉得官兵们做得对，不时频频点头赞许。铁心红知道向天涯在后面给官兵们撑腰，而自己就是叫得再凶、再猛，也无济于事，就只好听人随意摆布。想咋整就咋整吧，管他呢，只要她老实听话，提什么条件都可以满足。向天涯看透不点透，嬉皮笑脸地一会儿看看这，一会儿瞧瞧那，好像自己就是一手遮天的人，只不过现在是做给躺在士兵手中的爱妻铁心红看看罢了。

“站长，站长，是不是该换换手了？”向天涯迈着八字步，正处于喜悦中，忽听身后有人请求，他回头一望，只见大个子士官毛汉彪笔直地站在那里，好像受阅卫兵刚到位似的，给人印象特别阳刚凶猛。向天涯听了觉得合情合理，双手轻轻拍拍他的胸脯说：“大个子，你说得一点也不错，是该换换人手了，不过换也轮不到你呀！”大个子士官吃惊地问：“站长，你没搞错吧？”“什么，我搞错了，你好好想想看，你个头长得那么高，我个头长得这么矮，咱俩上手替换，能合适吗？”向天涯说完，来了个半面向右转，挥手向三个矮个子新兵大喊：“你们三个过来！”三个矮个子新兵忽听向站长有令，便嗷的一声，全都冲到了他跟前。“都听好了，我和你们的个头差不多，赶紧替换一下前头那四个人。”话音刚落，三个矮个子新兵一拥而上，和向天涯一起去换前面那四个人。

大个子士官眼望着向天涯带领三个矮个子新兵交接去了，气得摇了摇头：“咱长这么高顶屁用，关键时候还是让矮个子占了上风，看来以后干啥都要多动脑筋，不然的话，想也是白想，说也是白说。”他发了几句牢骚，还是步步紧跟着矮个子的屁股转。

铁心红看到和听到身旁人的举动，一肚子感言难于表达，急得不知怎么做才好。“哎——嫂子咋了？”矮个子新兵抬着抬着，发现铁心红情绪有些反常，放慢了脚步。向天涯觉得不太对劲，问道：“怎么慢了，是不是都累了？实在不行就让大个子来换吧！”一个矮个子新兵接过话茬：“站长，不用换了，我们都不累！”听罢，另外两个小战友这才如梦初醒，加快了脚步，向天涯也随同跑步。

“他们来了！他们来了！”早已等候在大通道左翼岔路口的军医、卫生员、小车驾驶员、伙房炊事员，突然发现沟里四人一组抬着铁心红气喘吁吁地跑了过来，人群开始骚动起来。卫生队队长石天同忙而不乱地组织卫生队完成了诊断、救护、转送等医疗保障任务。炊事员也将事先准备好的保温桶盖揭开，将热气腾腾的饭菜送到了铁心红和营救官兵的手里。向天涯吃了几口饭，转身走到三名驾驶员跟前：“你们都看到了吧，人是救出来了，下一步就看你们的了！”一名驾驶员知道向天涯话语的分量，挺起胸脯说：“站长，你们请回吧，出事我负责！”听到这里，长着瓜子脸的驾驶员身旁的那两个驾驶员也激情满怀，当场立下了军令状。一切准备就绪，指挥车打头阵，救护车中间行，保障车压后阵。随着发动机阵阵轰鸣，营救车队浩浩荡荡驶出了大通道区域。

第七章

伤情未愈奔通道
灾后重建挺胸膛

铁心红躺在卫生队急救室里，昏睡了整整两天两夜，直到肚子里唱起娃娃腔，这才慢慢睁开了眼，张口向人要吃要喝的。“好，你等着，我给你拿好吃的。”担负陪护工作的卫生员兴奋不已，伸手就要拉开床头柜。向天涯急忙说：“不用拿了，我知道她喜欢吃什么。”说着，抬起手，从大衣口袋里掏了一个鼓囊囊、硬邦邦的东西，轻轻放到铁心红的胸口上说：“心红，好好看看，我早准备好了，保证你爱吃。”铁心红瞥了他一眼，又扫了一眼卫生员，伸手摸了摸胸口的那个塑料包裹问：“神秘兮兮的，啥东西俺爱吃？”说着便不紧不慢地一层又一层地剥了个精光。“呀？烧地蛋！烧芋头！烧地瓜！”铁心红边惊讶边大口吃了起来。

不能由着她的性子，好几天不吃不喝的，猛然要吃掉这么多食物，好吃难消化。向天涯想到这里，便一把夺过食物，递给了卫生员。铁心红急眼了，手指着他的鼻梁尖发怒：“你啥意思，俺吃得好好的，怎么这么坏！”向天涯急忙把她扶起来，一边轻轻拍着她的后脊梁，一边心平气和地对她说：“我的姑奶奶哟，不是我不让你吃，而是你这种狼吞虎咽的吃法吓死人，要是把你的肚子撑坏了，那麻烦可就大了。”

铁心红根本不听他这一套，非要起身下床抢，害得向天涯求爷爷告奶奶一个劲地央求。卫生员一看着了慌，急忙走过来，双手就要把食物送给她。向天涯一看就来气，三角眼一瞪，厉声呵斥：“卫生员，你想干什么？没看见她在胡整吗？简直是乱弹琴，今天出了事，你可要负责任！”卫生员立即明白了向天涯的意思，边后退边向铁心红说：“嫂子，实在不好意思，向站长说得对，你不能吃得太多，胡吃胡喝我也跟着遭殃。”

铁心红听清楚了，是向天涯放的狠话，气得两眼泪汪汪，不时朝着向天涯骂：“你个没心没肺的东西，明明知道俺饿得慌，非要让人把东西拿走，想饿死俺吗？”向天涯紧闭双眼，耷拉着脑袋，假装没听到，一个劲儿弹着右脚跟，细心琢磨其他事。相反，卫生员这下可惨了，一会儿跑出去打开水，端洗脸洗脚水，一会儿跑来拔液体、擦汗水、翻身体，累得手忙脚乱。铁心红可是咱的老婆，虽说咱的职务比卫生员高一点，可不能老是让人家为咱家人累死累活的。向天涯眨眨眼，向卫生员摆了摆手说：“小家伙，你看这样吧，液体都输完了，反正没你什么事了，你回去好好休息吧，如果有什么急事我就喊你。”“是！”卫生员一听当然高兴，回答得干脆利落，礼毕后转身走出了急救室。

室内没有外人，向天涯一看机会终于来了，说啥再也抑制不住激动的心情，猛然一下子抱起铁心红，泣不成声地说：“老婆呀老婆，你可把俺想死了，你可把俺吓坏了，你要是没有了，俺可怎么活呀！”铁心红紧紧搂着向天涯的脖子，就像幼儿园阿姨哄娃娃似的，嗲声嗲气地说：“天涯呀天涯，俺的好宝贝，早都想抱抱你了，要是咱俩住在家里，该多好呀。”向天涯没抬头，也没应答，只知一个劲地哭呀、拍呀，简直就是没断奶的小娃娃。

正当小两口爱得死去活来，有着说不完、道不尽的知心话时，房门传来咚咚的敲门声，跟着又是一声“报告”声，当即冲断了两人恩恩爱爱的热恋高潮。这下子惹恼了向天涯，气得他操着大嗓门喊道：“轻点敲门好不好，我的耳朵也不聋，想把人吓死不成？”听到准入，值班军医轻轻推开房门，双脚还没站稳立正，就一眼发现向天涯怒不可遏，两眼瞪得比鸡蛋大，看样子要拿他是问。铁心红实在看不下去了，双脚猛地朝着向天涯的屁股踢了一下，责怪道：“行了，你说的像人话吗？一点文明也不讲，明明是人家好心好意来帮咱的，你倒是不知好歹。”向天涯看到妻子当着下属的面，让他下不了台，气得歪嘴斜眼，敢怒不敢言，摇晃着脑袋走出了急救室……

这小子老想发脾气、耍威风，今儿个我倒想看看他有多牛，就不信治不了他的坏毛病，看他还敢不敢当着俺的面收拾人。铁心红目送着向天涯走出病房，而向天涯绷着脸，嘴唇咬得死死的，无疑是做给病床前那位只知服从、不敢拒绝的值班军医看的。值班军医看出了其中破绽，强带着笑颜，点头哈腰地对铁心红劝道："嫂子，可不敢胡整，没听人说嘛，火大烧心，气大伤身，再说，我们是坚决的执行者，领导愤怒跺个脚、拉个脸、瞪个眼，我们早就习惯了，你可别看不惯。""什么？你说什么？你们站长也是这种人，那种官？"铁心红听到这样的话，觉得有些寒心，猛然坐了起来，眉头一皱，气哼哼地追问。

坏事了，这下可捅娄子了，一旦传言让向站长知道了，那咱可就惨了。值班军医一听不妙，慌忙应对，一边给她打针输液，一边耐心解释："嫂子，你才来部队没几天，只看我们表面上队列走得整齐，番号喊得响亮，其实呢，一级比一级要求严格，叫你干什么就得干什么，没有商量的余地。在平时工作训练中，带长的没有好脸、好话送给你。特别是到了非常时期，骂几声、打几下，也都是家常便饭，我们都习以为常了。"铁心红聚精会神地听着，不时惊讶地瞪大眼睛，张大嘴巴，觉得不可思议。值班军医生怕发生意外，急忙转移话题，分散她的注意力，免得她小题大做，影响情绪。

谁知铁心红听得入神，浮想联翩，至于对方何时中断了说话，她并没在意。当她缓过神来，仔细一瞧，发现值班军医的脸色变得煞白，汗水浸透了白大褂。估计他十有八九心上增加了沉重的压力。铁心红急切地追问："刚才还好好的，怎么转眼间就变了呢？是不是家里发生了什么事？是不是女朋友和你吹了？是不是……"一连串追问咄咄逼人，使得值班军医连连摇头。这就怪了，问他这么多都不是，究竟是何缘故呢？铁心红一问三摇头，急得犹如狗咬刺猬——有口无处下。“嫂子，这不关你的事，别想那么多，好好休息吧。”值班军医终于开腔了。这就好，这就好，省得言多失态，让人听到了，心里反感。铁心红不想多思，也不想再问，两眼一闭，静静平躺在了床上。不一会儿，便一口粗一口细地打起了鼾声，就好像与人说笑和人打斗似的。值班军医感到平安无事，便轻轻地走出急救室。

第二天早上，操课号吹响，铁心红在向天涯的搀扶下，一瘸一拐地走出了卫生队。真是的，让我说句什么好呢，不行就是不行，非要打肿脸充胖子，死要面子活受罪。向天涯看着铁心红痛苦不堪的表情，心疼得难以言表，手脚配合跟不上节奏。铁心红越来越觉得不自在，渐渐产生了厌烦情绪。“看看吧，这么早来接我，又赶上部队出早操，我痛苦，你也难受，咱俩都出洋相了吧，谁不笑话咱！”向天涯一听不妙，慌忙央求：“说的倒是，干脆别逞能，我背你走吧！”人在屋檐下，不得不低头啊。铁心红知道身体不允许，哪能再与人较劲，只好顺从默认。谁说咱这个小男人征服不了那个大女人，今天非做个样子给小子们看看不可。向天涯心里乐开了花，一会儿搀着，一会儿背着，可谓费尽周折，整得铁心红爹呀娘呀喊个不停。

官兵们出早操刚解散，忽见这般情形，哪还顾得上进屋洗漱，便蜂拥而来。这个说：“向站长你累了，我来吧。”那个说：“嫂子不要走了，我帮你。”向天涯一时慌了，嘴里吞吞吐吐地说不清楚，双手挡着官兵靠近。铁心红急红了眼，一把推开向天涯，吼道：“你滚，烦死人了，俺自己来。”说罢，猛地甩掉了向天涯的扶手，转身就要冲向卫生队。不成，万一她……

向天涯手脚灵敏，双手抱住了她的虎背熊腰央求：“你这是干什么？说翻脸就翻脸，也不怕人家笑话。”铁心红不理这一套，仍一个劲儿向前挣脱，晃动的身子说倒就倒下了。向天涯知道再折腾下去不好，更害怕影响到部队官兵的情绪。长痛不如短痛，只见向天涯一个箭步冲上去，紧紧抓住她的后背衣角，呵斥：“你给我停下，好不好？”铁心红执意不肯，开口反驳：“给脸不要脸，亏你还是个大男人。”

向天涯不在乎这些，洋洋得意，手脚不停地做起了小动作。铁心红知道他在故意捉弄，也知道小两口这样闹下去，对谁都不利。实在没办法，就只好听他摆布，走走停停、蹲蹲坐坐，像个磨洋工的老滑头，非要动摇他的耐心不可。向天涯一眼看透了她的用意，一个劲儿笑呵呵陪伴着，始终没有一点冷落她的表情，这让铁心红一阵阵紧鼻子眨眼，伸手直摸后脑门。

官兵们一看向天涯占了主动，有的点头称赞他是爷们，有的摇头埋怨嫂子心太软，不该听从摆布，这种事，谁都爱操这份闲心。可话又说回来，有啥意义呢？人家毕竟是两口子，争争吵吵可谓家常便饭，而我们中间插一竿子算干啥？大家看透了、想通了，一个跟着一个离开了现场。向天涯明白了官兵们离开的道理，张嘴哈哈大笑起来。铁心红以为他在糊弄自己，抬起手，朝着他的屁股狠狠地打了一巴掌，跟着就是一句：“叫你傻笑，不给你点厉害尝尝，你就不知道俺是谁。”向天涯打不还手、骂不还口，犹如老鼠见了猫，任其摆布。向天涯忍让是情有可原的，如果自己动口又动手，那官兵可就另眼看待了，这些小儿科的道理，他心中早就有数了。

耶——小子老实了，变乖了，早这样对待俺，不就对了嘛。何必让俺生那么多气、上那么大火，逼得俺动手揍你。铁心红细心观察着向天涯微妙的变化，总觉得他还是个不懂事的傻小子，后悔自己不该当众大打出手，弄得他抬不起头来。可是，既然产生了这种局面，就得硬着头皮顶下去。当下，说啥也得表现出贤妻良母的大爱和厚爱，装也得装出个样子。她那颗坚硬的心，还是软了下来。铁心红没用语言表达歉意，只是一个劲地偎依在向天涯怀里，让将功补过点燃爱的欲火。天上下雨地上流，小两口争吵不记仇。向天涯也有同感，更何况爱妻重伤在身，急需体贴关爱。此刻他开始主动示好，不停地问候，一切显得那么轻松和自然，此举产生了无穷无尽的幸福和快乐，同样也给官兵们带来了新视觉。

一个月过去了，铁心红整天躺在床上重复着打针吃药、伤口消炎、功能康复、营养补充等救治程序，过着单调枯燥、寂寞无味的烦心生活，急得她一会儿坐起，一会儿躺下，一会儿喊叫，一会儿撞头，恨不得插上腾飞的翅膀，再返回大通道一展才艺。可她知道，自己的心比天高，想得再多也没用。眼下，一个女卫生员负责治疗护理，一个通信员担负安全警卫，没有向天涯的命令，铁心红不得离开家门一步。两大员明白了上级领导的意图，只要发现铁心红情绪烦躁，有夺门出逃的迹象，就会向上级领导火速报告，采取果断手段予以控制。始初，铁心红试探过多次，想以调虎离山的方式达到目的，谁知她的动机都被两个小家伙给识破了，气得她直抓头发，乱摔东西，发泄着心中的不满情绪。

嫂子可是向站长的爱人，既然向站长把她交给了咱关照，那就得尽心尽责地服务到位，决不能有半点马虎。尤其趁着这个难得的机会，要好好表现一下，让嫂子发自内心感到满意，从中加深领导对我们的印象，说不定对自己今后的成长进步会有帮助。两大员带着这种想法对待铁心红，点点滴滴考虑周到，做得扎实。然而，铁心红却不顾两个人这份情，起因就是奉令行事，限制活动，看得太紧、管得太严，不时发生争执，引发双双不愉快。严重时，彼此竟成了冤家，谁见了谁，脸都拉得很长，没有一点友好的样子。关系搞僵了，两大员的初步打算变成了空想，他们知道这一切被动意味着什么，严峻的现实让他们端正了思想动机。

听了铁心红又哭又笑的唠叨，向天涯答应要找两大员算算账、出出气。谁知他刚走出家门，就大夸特夸两大员看得合适、管得合理，还在大会上点名表扬。他怎么是这样的人呢？当面是人，背后是鬼，这下子可气坏了铁心红。每当和向天涯相见，她就劈头盖脸地骂一顿，有时还想拳脚相加，非要解解心头之恨。向天涯打不还手、骂不还口，忍气吞声不发火。默则进、忍则和，向天涯十分清楚运用软能力，形成软对抗，产生软作用的效果。在十多年的情感交流中，他对铁心红的古怪脾气、情绪变化、微妙举动等可谓了如指掌。

眼前这件事，向天涯早已料到铁心红心情烦躁，如果和她据理相争硬碰硬，肯定会引起她的反感和抗击，到那时他也会弄得里外不是人。处于这种忧虑，向天涯改变了攻心战术，当铁心红态度强硬时，他就连哄带骗地搀扶着走，当铁心红的态度变软了，他就强行向她灌输一些心理教育内容，使她诚恳接受别人的批评教育，彻底改变小农意识和拖拉毛病。刚开始，向天涯就像老子教小子，嘴总是贴着铁心红的耳边千叮咛万嘱咐，这句话该说，那句话不该说，这件事该干，那件事不该干，搞得她晕头转向，无所适从。好在时间久了，她渐渐养成了部队的生活习惯，说话走路像个当兵的样子，可是一旦遇到烦恼和打击，她的老毛病就会复发，搭话气死人、同路拖死人、处事急死人、感化累死人，臊得向天涯低头不语，无脸见人。

这就不错了，一没搞过军训，二没当过新兵，能够在较短的时间有所改变，应该说是很可观了，那些老士官、老班长看法一致，每次遇到铁心红又是主动问候，又是敬礼致意，谁都喜欢她心直口快、为人善良，连那些刚刚入伍的新兵，也是跟着效仿。困难面前不低头，勇闯难关不停步，有胆大的新兵还当着铁心红的面说："嫂子，自从您到了边防站，整天让我们吃得饱、睡得香，感觉和在家里一样。战友们都说，只要天天看到了您，就好像见到了自己的老母亲，感到很亲切。"铁心红听到官兵们的当面夸奖，一口一个不要客气，心里却是美滋滋的。在一次春节茶话会上，她满怀信心地说："谢谢你们这些小战友高看，俺是一个农家女子，这回来部队干了一点点应该干的小活，既然你们这么相信俺，那俺就在这里长期扎下去，好好体验体验你们的战斗生活。"

向天涯惊呆了，他原本想，铁心红千里迢迢来探亲，住不了几天，就会因高原反应和边防生活不适自动离开军营回老家，但她硬是扛下所有的不适住了下来。这次遭遇了大难，死里逃生，她天天吃不了饭、下不了床，随时都有生命危险，可她还是偏偏不提下山治疗，也不提回老家治疗，这下可难住了向天涯。如果劝说她立马下山，十有八九会争个面红耳赤，到最后彼此心里都窝火，如果忍三分，让她继续留下恢复身体，那每天晚上躺在床上不吃不喝不睡觉的痛苦样子，谁见了谁难受。不妥呀！我得打个电话给她爹娘，让家人给她施施压，也许会有效果。可向天涯想错了，家人给铁心红打了好几个电话，都无济于事，反倒引起了不少麻烦。无奈之下，向天涯只好默认了，让她想干啥就干啥吧。铁心红和衣躺在被窝里，两眼凝望着天花板，脑子里浮现出了父亲常常对她说的话、母亲教她做的那些事，不由得产生了乐为官兵干点事的愿望。自己说啥也不能躺在床上吃闲饭，让人流血流汗又流泪。

于是每天起床号一响，她就咬着牙爬起来，一瘸一拐地出早操整内务、唱军歌，吃了不少苦、掉了不少泪，可她总算找回了自己的尊严。

让她折腾吧，反正咱也改不了她的野路子，总有一天她会张口求咱。向天涯心里有了主意，每当部下问他这些烦心事，他就毫无掩饰地说：“这还用问，整天和你们又说又顶牛，哪个不了解她，要问的话，我看你们还是去问问她好。”领导的气话情有可原，咱明知他忌讳这些，非要惹他吹胡子瞪眼的自找苦吃。官兵们脑袋终于开窍了，只要铁心红离开家门、走进伙房、步入菜地，能和大家一起忙碌着，谁也不想问她的家庭琐事，更不想谈敏感话题了。官兵们说：“我们在这里当兵很快乐，头顶太阳暖洋洋，身披白云笑呵呵，脚踩冰川美滋滋，大自然给我们提供了人间仙境，一辈子站岗放哨不后悔。”铁打的营盘流水的兵，新兵入伍来到高原，刚开始有些胆怯，怕这怕那、顾虑重重。三个月新兵训练结束，下到班排没几天，能吃能喝能睡觉，猛练猛拼猛挑战，什么顾虑也没有了。当服役期满时，个个要脱下这身军装，要向军旗告别，要离开边防哨卡，要……谁愿意呀！但命令如山倒，别无选择，他们个个只好含泪站好最后一班岗、巡逻完最后一次、比完最后一次武……那些生死患难的战友，那些随行的无言战友，那些美丽可爱的边防哨卡，那些曾经的战斗岗位，再也看不到了。吼吧！笑吧！他们就像孩子要离开父母，久久不能分开。这一幕幕催人泪下的场面，让铁心红看得动情，看得哭泣悲伤。忽听她的哭声像笑声，向天涯擦了擦眼泪，怨声道：“你这是干什么，哭不像哭的样子，我们这个很严肃、很痛心的场面，让你这个腔调给搅得变了味。”铁心红恶狠狠地瞪了他一眼，用带着男中音的腔调逼问：“小子，你把刚才这句话再给我重复一遍，狗嘴里吐不出象牙，今天老兵退伍又哭又喊，俺就不能掉几滴眼泪、吼几声吗？”向天涯强装着笑颜说：“媳妇，俺从来没听过你这么哭，这可是头一回，哭得比唱得都好听。”铁心红不甘示弱:“这有什么大惊小怪的，什么样的哭腔，俺见得多了，不一定哭得声高、掉得泪多就是真情，而哭得声低、掉的泪少就是假意。记得那年，姥姥走了，俺娘跪在她的棺材前，整整守了一天一夜灵，她嘴里就是没喊一声，眼里没掉一滴泪，难道她对老人没有感情吗？”“你说得对，有情不在于哭喊掉泪，而在于是不是有情、是不是有爱、是不是有恩，就像你刚才的表现，是不是这样？”向天涯说。铁心红扑哧笑出了声，两眼望了望，抿了抿嘴唇，头一仰轻声念叨：“晴天漏呀，这不是淋着俺了吗？看来好天好日也得穿雨衣，打把伞，提防老天爷变脸下狠心呐！”向天涯一听她在指鸡骂狗，故意与他作对，气得哼了一声，扭头就走。铁心红一看坏事了，疾步追上，双手紧紧抱住他的后腰央求道：“兵哥哥呀兵哥哥，你给我老实点好不好，有话好好说嘛，没看见人家都在后面看笑话，咱的脸可往哪搁呀？”向天涯经她折腾了大半天，心终于软了下来，站在原地不吭不哈不挪步，像个电线杆杵在那里。铁心红每当静下心来，回忆起那段啼笑皆非的小插曲，就要回头唱一遍。有时候她和官兵坐在一起聊天，还稍微透露一点，逗得年轻战士们捧腹大笑。她觉得这样放开说话，大家轻松、开心。依着她吧，谅她喊得再凶、跳得再高，也不会做太过分的事。向天涯平时不太在乎这些鸡毛蒜皮的小事，几乎把全部精力都投入到了边防站的建设之中。这样就好，谁也不碍谁的事，铁心红求之不得，脑子里涌现出了一连串急事、好事、喜事的美景，热血一下子沸腾起来。

“爹娘，高原这个地方比咱家艰苦，天涯在这里当站长受了不少罪，战士们守边防也很不容易，俺来到这里感到一切都不适应，可考虑到官兵生活改善的需要，俺想在这个地方多待几天，你们二老同意吗？”铁心红给母亲打电话，抽泣着、央求着，也想听听老人的意见。父亲一把从母亲手中夺过电话，严厉地说：“闺女呀，你给俺听好了，你已经是向家的人了，自个又走得那么远，只要部队用得着、天涯同意，俺看可以！”

母亲重新从父亲手中夺过电话，叮嘱道：“闺女，俺知道你的脾气，可要悠着点，别跟小向老争吵，让人家笑话呀。”铁心红紧握着手机贴在耳边，一会儿细听父亲的要求满口答应，一会儿聆听母亲直言，愉快接受。她知道，自己这时候与父母争论，很有可能会气坏二老的身子，到那时后悔也来不及了。父母养育了女儿几十年，从小就知道她的点点滴滴，从刚才通电话的语气判断，她的处境恶劣。老两口没有把话点透，只是一个劲儿安慰和鼓励，让她安心照顾丈夫的生活，支持丈夫的工作。铁心红猜透了父母的心，觉得应该回家看看，尽点孝心，可忠孝不能两全呀，她只能顾眼前的事，按照自己的长远打算，大胆往前走，也许会有转机，甚至有出头之日。几经思考，总算找到了头绪，这才让官兵们看到了盼头，尝到了甜头，更是得到了丈夫向天涯的赏识。可不是嘛，人活这一辈子，不在于性别之分，不在于个头高矮，不在于能量大小，就在于脑袋开不开窍，手脚勤不勤快，意志坚不坚定。如果不具备这些先决条件，那你想得再多，喊得再响，光有想法没有行动，岂不是白费心机，纸上谈兵？向天涯看到了铁心红那种老牛拉犁不松套的劲头，硬是拍着脑袋，悔恨自己的小农意识和过激行为，他下决心回家向媳妇铁心红赔个不是。

又过了大半个月，铁心红在临时来队家属院的小平房里，经过封闭式治疗和康复，手脚渐渐地活动自如了，全身疼痛解除了，精神状态改观了，一切感觉正常了。官兵们看到她又说又笑又唱又跳的高兴劲儿，伸出拇指夸她。可不敢让她胡整，一旦有个什么闪失，那向站长可是有言在先，不管是什么原因，都要毫不留情地追究军医、卫生员的看护责任。军医、卫生员相互提醒、相互替补，主动形成了合心合力态势，寸步不离紧跟着，强求铁心红遵守规定，阻止她大运动量热身。真是没办法，想把人闷死吗？铁心红不停地寻找突破口，责怪向天涯对她干啥也不放心，生怕让人抢走似的。婆婆妈妈个没完，真是小家子气。可咱也不能像小脚女人走路，迈不开步，上不了路，缩手缩脚地原地踏步吧？她灵机一动，开始与身边的小战士斗智斗勇，捉起迷藏。经过短暂的脱身战术练习，她的上肢下肢力量逐渐增大，全身由笨重变灵活，由无汗变有汗，饭量日趋大增，睡觉也觉得香甜了。小战士们并不迷糊，眼珠转了转，便猜透了铁心红的苦心和用心。撒手放松了对她的种种限制，任她我行我素，只要不出事就行。没过几天，铁心红的脸色变得红润，动作变得自如，手脚变得飞快，几乎与正常人没什么两样。

世上没有不透风的墙。向天涯终究掌握了自己没想到没看到的真实情况，心情异常兴奋，当即将军医和卫生员叫到跟前，大夸特夸，还声称到年终工作总结时给他们表扬奖励，让全体官兵都知道立足岗位、吃大苦、耐大劳的人都会受到器重的。铁心红看得真切，觉得向天涯对她主张不搞过量活动，防止身体疲劳过度，伤口感染及病情反弹，有利而无害，内心感恩不尽。但她嘴边就是不挂一句，看起来面无表情。军医和卫生员观察了许久，也觉得铁心红有点变态，两眼紧盯着，默不作声。铁心红偶尔还会产生爆发力，又蹦又跳，又喊又叫，神经似乎不正常。她笑了起来，跟着来一句："哈哈，都以为我神经不正常，让我看鸡蛋比地蛋，都差不多吧。"军医和卫生员一听，气得干瞪眼，谁也没了招。“行了，对人客气点，不能恩将仇报，回头想想人家的辛苦和汗水，可不能因一时一事而变脸呐。”向天涯实在看不下去，直言不讳地斥责铁心红。铁心红听了又听，想了又想，觉得在理，不好意思地回了一句：“你说的靠谱，俺听你的。”向天涯满意地点了点头，刚转身离开家门，铁心红又起身跳了起来，一会儿马步冲拳，一会儿掌劈土堆，一会儿腿踢火墙，一会儿……像个武林侠女。“好身手，武功可不一般呐！”卫生员惊讶地喊出了声。“咱们边防站的官兵，都能达到这个标准，我看没有武器，照样能守好边防线。”值班军医对着卫生员瞧了一眼，道出了自己的观后感。不一会儿，向天涯闻讯赶来，望了一阵，带着哭腔说：“要命啊！要命啊！”随后摇着头、摆着手，无精打采地走了出去……

咱可不能好吃懒做，整天让人伺候，官兵们都非常忙，要体谅部队的难处才是。铁心红觉得身体恢复得差不多了，走出了家门，下厨房做饭炒菜，上屋顶搭棚育苗，跑房后圈养家畜，手脚忙个不停。司务长单心汉生怕累坏了她，特意对炊事班班长、给养员交代：“你们给我听着，嫂子再来帮厨的话，一定不让她多干，最好让她多动嘴不动手。”谁知两个人挠着头，要道出苦衷时，只见单心汉死羊眼一瞪，勃然大怒：“啥？你们两个怎么这么死脑筋，就不会把她挡在门口吗？”两个人挨了训，相互对看了一眼，觉得很无奈。

过了一会儿，铁心红满面春风地来到了伙房门前，双手推了推，两扇门关得紧紧的，丝毫未出现松动的迹象。真奇怪，平常伙房门一推就开，今天咋回事呢？铁心红感到其中必定有诈，转身找了一块冻土，双手搬到伙房一处窗口下方，踮着脚尖向上一挺，低头再朝窗内一望，惊得大喊：“俺的娘哟，怎么会呢？”眼下两扇门板被两根圆粗棒顶得牢牢的，别说她一个女子想推开，就是再来几个或十几个男人也不行。我说嘛，门老是推不开，原来是这些小子在捣蛋。可恶呀，铁心红看清了真相，气得手脚抖起来，嗓门吼起来。房内炊事员只知低头干活，好像没听到似的。“坏小子，坏小子……”铁心红嘴里嘟囔着，慢腾腾地从土块上退了下来。活见鬼，梯子不见了，铁心红走近房前屋后，原先安放在墙边的那两个梯子，不知何时被人挪走了，急得她看来望去。“唉，都没了。”铁心红又走进圈养的藏獒基地，一切设施全被拆除，大小藏獒无影无踪。她挥舞双拳，怒吼不息。

伙房大门堵死了，圈养的藏獒不见了，这一切不是自然形成，而是人为所致，最大可能是大权在握的一站之长所为，肯定是心上人向天涯故意刁难。铁心红知道找谁都没用，只好强打着精神望了望她牵挂的地方。随着开饭号阵阵骤响，这才打破了她浮想联翩的思绪，头沉脚重地返回家中。

午饭过后，向天涯回家轻轻推开门，探头一瞧，只见铁心红挺直身子坐在一张四方凳子上，胳膊紧挨着一碗米饭、一盘炒鸡蛋，两眼凝望着窗口发愣。再看她那泪痕斑驳的脸庞，松散凌乱的长发，瑟瑟发抖的手脚，好像受尽了莫大的挫折和欺辱，让人格外揪心和同情。这家伙有可能去了不该去的地方，或是没有达到自己要想达到的目的，要么她不会拉着脸给人看的。向天涯很快看出了她的忧伤，也意识到了自己的做法的确有些过分。可咱也不能眼巴巴地望着她内伤外伤尚未痊愈，就扑下身子挑重担吧。一旦她累倒了，或病情转变成其他恶性顽症，那哭天喊地也不灵了。想到这些严重后果，向天涯以为采取一些不近人情的强硬手段，是迫不得已和非常必要的。他定了定神，鼓足勇气，笑嘻嘻地拍着铁心红的肩膀说："娘子啊，你今天怎么了？脸拉得那么长，是不是想家了？是不是生病了？是不是……"铁心红见不得这种油腔滑调的笑面虎，猛地甩了一下肩膀，扭头说："少来这一套，你搞什么名堂自己还不清楚吗？一个大上午，俺走了好几个地方，都让你给堵死了，俺问你到底安的什么心？"向天涯听着句句怒言，没发火，也没让步，心平气和地说："媳妇呀媳妇，言重了，俺还能安什么心？都是好心，不信，你到外面去打听打听，兄弟们会向你说个明白。"铁心红猛地跳了起来，双手拍着膝盖大怒："这不明摆着吗，让俺问他们，他们还不是你这个师傅带出来的徒弟，会有什么两样吗？"说罢，转身走进了卧室。"唉，没办法，说变就变，简直属孙猴子的，让人摸不着头。"向天涯随步跟上，嘴里喋喋不休个没完。他知道铁心红从小到大发脾气时，不吃不喝不说话，蒙头大睡静养心。可她一觉醒来，就会怒气消散，嗲声嗲气地向人要水喝、要饭吃，这是她的老把戏。

气大伤身，病重丧命。再这样折腾下去，从表面上看身体大有好转，实际上则损伤了五脏六腑，一旦出现什么精神分裂症，那咱就是有天大的本事，也很难治愈她的病啊！向天涯不时反问自己，觉得光靠高压逼迫压服方式，反倒引起妻子的全力反抗，也会引起官兵的埋怨，那自己的处境会更加尴尬。眼下，咱不能胆小怕事，干脆放她一马吧！向天涯别无选择，当即向厨房值班员、班排值日员、营区警戒员下达了铁心红可以在所辖区域自由活动的命令，并一再要求提供安全保障，不得设置阻碍。军人以服从命令为天职，各个要点上的值班员、值日员、警戒员立即行动起来，点面结合地恢复了原来的基础设施，热情期盼着铁心红的到来。说实话，谁都想看看她昔日的风采，尝尝她烹调的风味小吃，听听她家乡的小调。

铁心红听说丈夫给她开了绿灯，说话声音清了，走路步伐稳了，待人态度好了，与先期冻伤的她，完全是两样。

官兵们看到铁心红拿出了冲天牛劲，知道是站长向天涯开了恩，再加上大家跑断了腿，才换来她的好心情。一个大半天，铁心红该去的方位都去了，该看的地方都看了，该干的活儿都干了，心里还是感觉不过瘾，非要冲出重重岗哨，钻进大通道不可。向天涯突然接到营门卫兵的电话，心急如焚地跑了出来，看到铁心红还在和哨兵大吵大闹，便一把抓住她的胳膊往后拉，厉声训斥："真不像话，乱喊乱叫也不分地方，让人家怎么看咱，你让俺的脸往哪搁啊。"铁心红不听劝："你松手，听俺说行不行，看看谁有理？"向天涯不理她这一套，死死抓住她的衣襟大骂："荒唐，够不要脸啦，赶快滚回去！"

铁心红渐渐意识到再胡搅蛮缠对自己、对丈夫都不光彩，应该放弃对抗，以和为贵，就乖乖地跟着丈夫离开了营门哨位。头脑简单、四肢发达，早知如今，何必当初呢，向天涯回头看着她。这个时机，好好治一治她的坏毛病，树树自己的威信。可自己再静心细想，假如一旦心血来潮，不计后果的话，她大有可能像一匹受惊的烈马，趁机乱蹦乱跳，横冲直撞，定会导致意外发生。此刻，向天涯脑子里不时闪现出一幕幕可怕的魔影，使他那颗坚硬的心软了下来，说话显得甜蜜，举动变得温柔。铁心红点头笑了笑，感觉从未有过的满足和幸福，小两口一路有说有笑地回到家中。铁心红屁股还未坐热，便带着感恩的心说："亲爱的，你看看俺的身体好利索了吧，这几天干什么都不觉得累，多亏了你的热心关照。"向天涯忙摆手："看你说的，咱俩谁和谁呀！一家人总说两家话，只要你开心就好！"铁心红兴奋极了，一下子把向天涯搂在怀里："天涯，你看这样行不行，今天的阳光不是太强，天气也不是太冷，咱们吃完饭一块到大通道去溜达溜达怎么样？"谁知听到这话，向天涯惊讶地说："啊？"随即睁大眼睛，急忙解释："你看看，你不说我差点把这事忘了，昨天晚上上级发来传真，让我尽快带领干部去大通道查看地形，准备举行打藏攻防战斗演练现场会呢。"铁心红说："这不正好嘛，咱一块进去看看，省得让你不放心。"向天涯一听正中下怀，伸手揪着她的耳朵说："老婆，我看可以，就按你说的办吧。"不一会儿，小两口你看着我点头，我望着你微笑。中午这顿饭吃得非常开心。

午饭后，向天涯走出家门，直奔办公室，命令前哨班班长、勤务排排长、侦察队队长，以及各驻扎点上的战斗骨干，立即赶到作战会议室受领任务。铁心红目送着向天涯走向远处，心里觉得缺点啥，但是说不清楚。她回过头来，两眼望着向天涯之前探亲回去，他俩领结婚证前拍的婚纱照，双手托着下巴，欣赏了好大一阵子，这才不知不觉地进入了甜蜜的梦乡。

蒙山高，沂水长，我为亲人熬鸡汤……

老奶奶坐在小板凳上，哼着《沂蒙山小调》，飞针走线纳着老头鞋。“奶奶，你都快九十了，怎么老是爱做针线活？”小姑姑坐不住了，起身问。老奶奶没住手，也没抬头，轻声回了一句：“看你说的，干针线活是老祖宗留下来的手艺，女人家不养儿育女，不多干点家务活，能当好这个家吗？”听到这里，铁心红的母亲说：“娘，听说你在抗日战争时期帮过八路军打鬼子，还听说你用乳汁救活了一个八路军伤病员，是真的吗？”老奶奶点头说：“是有这么回事，不过那都是老皇历了，还提它干什么呢？”小姑姑觉得好奇，双手摇晃着老奶奶的肩膀，一个劲儿央求：“奶奶，那些年代俺都没经历过，你就说给俺听听吧！”铁心红的母亲也觉得新奇，附和着：“娘，你说说吧，俺也想听听。”

满足她们吧，要不然她们还会多嘴多舌，逼个没完没了。老奶奶干咳了一声，慢慢放下了手头的活儿，仰头望了望天空，这才不紧不慢地道出了那年那段亲身经历……

“怎么样？睡好了没有？”向天涯轻轻将嘴唇贴在铁心红的耳边问候，试探她真睡还是假睡。“啊——”铁心红觉得耳边有人，顿时吓得尖叫起来，瞪大了眼睛。这时候，向天涯嬉皮笑脸、阴阳怪气地说：“你这个人呐，狼心兔子胆，大白天谁敢到咱家对你动手动脚的。”铁心红一听就来气，举拳捣了他一下：“俺刚梦见奶奶给我们讲过去的故事，正听得津津有味，你就把俺弄醒了，太坏了。”向天涯听得不耐烦，摆手打断她的满腹牢骚，一本正经地说：“你别啰唆了，刚才俺和大家开了个会，凡带长的马上乘车挺进大通道看地形，你觉得身体能扛得住，顺便把你也带上，要是实在不行——”“没有什么实在不行的，我行！我能扛得住，带上我吧！”铁心红一听急眼了，表明了决心，生怕失去机会。“这可是你说的，说话要算数，别到关键时候掉链子。”向天涯眼睛一瞪说。铁心红知道他的尾巴往哪里翘，直言不讳道：“这话是我说的，决不食言。”向天涯心生一计，眉头一皱，变本加厉地说：“带你去倒可以，不过得听招呼，决不能想干什么就干什么，要和大家一块行动，要是……”铁心红明知他仍在敲竹杠，故意发难，可还是痴心不改地说：“行，俺听你的，你说咋办就咋办，一切由你说了算。”两人一拍即合，一前一后、一摇一晃地离开家门，奔向步战车和指挥员的临时集合点。

车头蜿蜒迂回穿行，车厢颠簸碰撞伴行，车内人装跳跃奔行，大小指挥员拥挤在车厢里，不时传来怪叫声。向天涯觉察到乘车运行不如徒步携行的勘察道理，便一挥手让驾驶员停车，让指挥员下了车，迅速形成一路纵队挺进。他要求大家紧握手中的笔，在现场调制要图，标明地理方位、地形走势、地物符号。开进中，他不间断地预设复杂情况，命令各级指挥员制定战斗想定，完成战斗预案，开展沙盘作业，实施红蓝对抗，包括空地一体化兵力兵器攻防战斗演练，让参加实地勘察的战斗骨干始终绷紧速战速决这根弦。

“奇怪，人怎么不见了，刚上车还在一起，下车没走多远就掉队了。”向天涯奔前跑后，四处张望，不禁吓得额头直冒冷汗。他见一个人就问：“见到你嫂子没有？”战斗骨干们回答:“站长，没见到。”不对头呀，一个大活人能跑到哪里去呢？向天涯觉得蹊跷，一股子火气和怨气涌进了胸膛。要人命啊，早知道她会出尔反尔，毛病又是这么多，咱说啥也不会让她跟随行动，搞得人焦头烂额。向天涯喋喋不休，后悔自己心慈手软，让她钻了空子。

可不是嘛，大小指挥员一路上忙得不可开交，偏偏碰上这么一个令人心烦的事，真是把人害苦了，大家嘴上不讲心里讲，目光都对准了向天涯，埋怨他自作主张。向天涯好像看出了破绽，果断下达命令：“原地休息。”接着独自一人返回原路。这怎么行呢？他一个人去，万一……有个老指挥员怕他有危险，便不自觉地迈开了双脚。他走，咱也走。在场人一看前头有人动了身，谁也不想落在后面，一个赶一个冲到了最前头。

不好，这些野小子不在原地好好休息，怎么全都跑来了啊？向天涯费尽九牛二虎之力靠近了悬崖洞口脚下。正准备抬头望一望，忽然听到身后传来此起彼伏的呐喊声，他回头一瞧，很快明白了来龙去脉。他气得挥手就说：“野小子，都跑来干什么？马上给我滚回去！”“怕什么，咱们不能回去，我去向他请示。”前哨班班长郝汉不听劝，央求向天涯：“站长，这不明摆着嘛，你不走，我也不走，大家都不走！你走，大家都跟着你走呀！谁都懂兵倒倒一个，将倒倒一片的道理。”话未说完，巡逻队队长时力接过话茬：“站长，你找妻子心急，我们找嫂子也心急，咱们可是为了一个共同目标，应该一块行动，你不应该单独行动。”这时，一个个抢先发言，表达心声，形成了强大的凝聚力。大家的心都是淳朴善良的，咱必须要有一颗感恩的心善待大家。向天涯感激地说："本来嘛，这是我个人的事，真没想到，兄弟们想我之所想，急我之所急，让我不知道怎么感谢你们才好，这些人情账我一定要向你们偿还。"头一回听他这样表态，竟然向部下低头让步，太阳从西边出来了啊！战斗骨干们大开眼界，感动得快要喊破了嗓子。小子们，也太狂了，看样子都是朝咱来的。向天涯反思了一阵子，心里难受，自责刚才不该放松对他们的高标准、严要求，弄得相互间没大没小的。"跟上，别掉队。"不知谁大喊了一声，指挥员一听有令在先，不敢怠慢，一跃而上，就像万马奔腾似的，势不可当。向天涯回头望了望这场景，感慨万分地说："还行，有点野性和野味，像我带的兵。"

"哎——都来看呐，嫂子在那边……"忽然听到侦察排排长王远山一声高过一声地呐喊，指挥员们不由得转头张望，紧盯着目标辨认。向天涯吃力地爬了起来，睁大眼睛终于认出了铁心红，用手握成喇叭状，朝她呼喊："快过来，快过来呀！"向天涯以为对方听不到他的喊话，急得立马从腰际拔出手枪，朝空中就是砰砰两枪。刹那间，冰山爆发出轰轰的连爆声，紧跟着产生了蘑菇形状的巨大气流，直泻峡谷，呼啸奔腾。铁心红一看大难临头，马上意识到这是雪崩的征兆。说时迟，那时快，她像猛虎下山似的，又喊又跑地冲到指挥员们的面前大怒："你们不要命了，赶快跟我进山洞！"说着，拉上一个指挥员直奔悬崖洞。向天涯也意识到眼前的处境险恶，尾随大家的脚步，催促着，并利用随身携带的北斗军用电话，命令步战车驾驶员全部撤离，命令执勤点、观察哨、巡逻队官兵密切注视雪崩走向，加强自身安全防护。当他最后一个入洞时，大通道雪浪紧跟其后，呼啸封洞。好险呐，今天如果没有心上人临危相救，也许自己这条小命就没了，手下这几十号人也被包饺子了。向天涯脑子里突然闪出了一个念头，简直把铁心红佩服得五体投地。太可怕了，多亏嫂子主动接应，要不然谁也别想活着回去。指挥员们也深有同感，纷纷在铁心红面前敬礼。铁心红不在乎这些，一再声称："这算不了什么，咱吃过这个亏，总不能让大家伙再吃这个亏吧。"向天涯听得不耐烦，伸手打断她的话，埋怨道："好了，你还有脸说这些，如果大家不去找你，哪会遇到这桩倒霉事？"铁心红不服气，厉声问："什么，埋怨我的不是，如果你刚才不乱喊乱叫乱开枪，哪会发生雪崩呢？"向天涯毫不让步，怒道："那我问你，你是不是掉队了？大家是不是找你找错了？"铁心红说："我没说你做得全对，也没说你做得全错，可我也不是到处乱跑，没事找事的人。"向天涯气得浑身发抖，可动手打也打不得，动口骂也骂不得，急得双手直摸后脑勺，眼球鼓得吓死人。两虎相斗，必有一伤啊。有个老指挥员挺身而出，一会儿劝向天涯，一会儿哄铁心红，这才渐渐平息了小两口的风波。大家说得有道理，俺两口子在大众面前争执不休，成何体统呢？再说咱一个堂堂正正的男子汉，怎么能和小女人斤斤计较争个高低呢？向天涯想通了，知道丢了脸，便脑袋一低、两眼一闭，假装疲劳睡觉了。让他装吧，反正我不理他，看他有没有脸再碰我！铁心红心里怨气不减，两眼狠狠瞪了他一阵子后，转身坐到另一个指挥员身边。

　　大约过了三个小时，天空乌云飘散，阳光普照大地，通道风平浪静，恢复到了本来面貌，一切显得格外壮丽。“睡好了吧，都打起精神来，准备出击。”向天涯以为时机成熟，果断下达了口头命令。这小子不了解险情，非要下达这样的命令，搞不好会出人命的。铁心红考虑到这些，抢先拦住了他的去路，说：“别急，等雪融化了再走，这会儿往外走，路很滑，容易摔伤人。”向天涯说：“你说什么，这会儿出去有危险？”铁心红回答：“说得没错，我上次走这个地方遇到的危险，你连想都不敢想，老老实实听我一句没亏吃，你不听会后悔的。”向天涯心里明白她说这句话的分量，本打算和她再争论一番，发现部下的眼光在劝解，便改变了初衷。

“这个岩洞不错，和窑洞差不多，挺暖和的，住几天问题不大。”前哨班班长郝汉坐了起来，双手抚摸着石墙，来了一句。巡逻队队长听着点点头，跟了一句：“都看见了吧，雪崩都奈何不了它，估计敌人什么武器也奈何不了它，我看是个防空袭、防核武的好岩洞。”铁心红笑了笑，心有感触地说：“听到了吧，这就是我想用它的道理，平时在洞内搞点种植养殖产业，说不定还真行。”向天涯豁然开朗，急忙插话：“大家的看法有道理，平时训练避风雪，业余搞点小生产，战时能藏能防能战斗，是个一举多得的好山洞，这个有利地形可以标图选用。”侦察排排长王远山举手提议：“站长，这次咱们进通道看地形，我认为最大的功劳，一是嫂子救了我们，二是嫂子给我们找了个消灭敌人、保护自己的安全洞。我提议报请上级给嫂子记大功。”话音未落，指挥员们异口同声：“对对对，应该给嫂子记大功。”向天涯听着摇了摇头，摆了摆手说：“说得倒轻松，还计功呢，刚才差一点让她把咱们都害死。”大家仔细一听，他在故意说笑逗乐，便仰头哈哈大笑起来。铁心红看着向天涯演戏，看着指挥员高兴，自己却没有丝毫的笑颜，难道说她真没有动心动情吗？其实并不是这样，她在想，既然自己已经当众放出话来，就要用一个实实在在的行动兑现诺言，决不能让人听不到、看不到，把自己当成吹牛大王。想到这里，她抬起头，睁大眼，握紧拳，更加坚定了信心。

第八章

军嫂墓前立誓言
扎根高原守防线

“冰天雪地映山川，达坂复步登云尖。峡谷通道钻深涧，悬崖岩洞盼春风。”铁心红走出宿舍，抬头仰望，不禁有感而发。

耶——咱可是头一回听到，原以为她只是个头脑简单、四肢发达的农家女强人，咋会出口成章呢？莫非今天一夜变成仙，简直让人难以置信。十几个嬉皮笑脸的老士官擦身而过，私下议论纷纷。有的老士官还故意放大嗓门，自编自演小快板，操着山东快书的腔调，便一会儿狂风，一会儿暴雨，不停地讽刺挖苦铁心红。“讨厌鬼，想打俺的主意，没门！”铁心红实在听不下去，一步蹿到说山东快书的老士官跟前，手指着他的鼻梁怒道。“嫂子，别发火，我没说你，只不过是随便学学山东话！”老士官止住了山东腔调，用普通话客气地解释。火气挺大的，咱以后可得当心点！一看亏了大理，不能死要面子活受罪，和她正面硬碰硬，只好低头让步。“哼哼，俺就不信治不了你小子的毛病！”铁心红一时占了上风，冷笑着来了一句。就好像天老大，她老二，谁也奈何不了她似的。

官兵们见怪不怪，习以为常，但他们心中只有一个想法，就是为了赶时间、赶任务，希望向天涯走得越快越好，尽快解脱心中的烦恼。也许顶头上司知道部下的心思，小腿迈得飞快，一闪就到了前头。决不能落下！顿时，官兵们充满了火气，便嗷的一声，全都跟了上去。

铁心红向前走着走着，听到身后传来呼哧呼哧的急喘声，还有那咚咚的沉重脚步声，不用回头辨别就能猜出是丈夫向天涯在跟随。“没出息，那么大的官，不指挥大家完成任务，跟着俺一个妇道人家看什么？”铁心红回头说了一句。

向天涯一听铁心红小看人，便疾步跃到她的前头，随即来个急停步，猛转身，虎视眈眈地说：“你给我站住，刚才胡言乱语在说谁？”铁心红不甘示弱，张口反问：“耶——你小子还挺牛的，敢跟俺来撒野，不想跟俺过了？”咱可是这里的最高军事长官，稍有闪失，那就威风扫地了。向天涯意识到自己的处境，赶紧躲在她身后，故意走路摇晃打绊，看样子就要栽倒了。

铁心红听到身后的喘气声，心里清楚是谁，便假装没听见，头不回、步不停，哼着小调向前走。气死我了，一点同情心也没有，哪像两口子。向天涯气得咬牙切齿，故意喊了一句：“俺的娘呦！”随即全身失去了平衡，一头栽倒了。

“坏了！”铁心红吃惊地掉过头来，上前死死抓住向天涯的胳膊，生怕他滑向深沟。接着，劈头盖脸地狂喊：“你呀你，真是个跟屁虫，大白天不去指挥当兵的训练打仗，非得拽着俺干什么，还要不要脸！”

向天涯一看苦肉计奏效，心里偷着乐，可嘴上还是一个劲儿央求：“哎呀，我的胳膊疼啊，你帮我搓搓吧！”铁心红忙个不停，以哄娃娃的腔调说：“别叫，忍着点，让俺好好看看！”折腾了好大一会儿，向天涯觉得不能再拖延时间了，便假惺惺地说：“多亏你帮我处理及时，要不然我就爬不起来了。”说到这里，起身活动了一下手脚和腰背，又侧身走了过去。“慢着，你再不听话，俺就回去了！”铁心红一声吼，一动不动地站着。向天涯正要向前走，忽听身后铁心红厉声呵斥，吓得他立马收住了双脚，回头一望，忙问：“又咋了呀？跑不让跑，退不让退，这是为什么？”铁心红晃了晃脑袋，嗲声嗲气地说：“这不明摆着嘛，看你傻乎乎的，还愣着干啥，赶快过来拉我一把，走吧！”“好！好！”向天涯这才领悟了她的用意，答应着跑了过来。

“树上的鸟儿成双对，绿水青山带笑颜……”望着他们夫妻手挽手、肩并肩地缓步走着，官兵们不约而同地唱起了黄梅戏。向天涯见官兵跟着起哄，瞪眼歪嘴地来了一句：“看我以后怎么收拾你们！”铁心红一听嘲笑道：“行了吧，瞧你这话说的，人家高兴还不好，何必大动肝火！”“真是，你也跟着欺负我。”向天涯脸一下子拉得老长，双手不停地拍打着屁股和小腹。铁心红实在看不下去了，伸手拧住了向天涯的耳朵怒斥："看你这个熊样，想在俺眼前耍威风，真不知吃了几碗干饭，非治治你这个坏毛病不可！"向天涯犹如老鼠见了猫似的，全身蜷缩成一团，不停地求饶："我不敢了，我不敢了，松开手好不好？疼死我了！"铁心红看他的狼狈相，心渐渐软了下来，手也跟着放了下来。"心红，我在跟你说正经话。"向天涯看铁心红心平气和，不紧不慢地说。铁心红立马收起笑脸，莫名其妙地问："啊——这就有问题了，难道说你刚才给我说的都不是正经话吗？"

向天涯一听事又闹大了，急忙改口道："哎呀，我的大老婆，你怎么这样看事呢？我是说——"铁心红见缝插针，忙打断他的话追问："什么，你说什么？我是你的大老婆，分明你还有二老婆、三老婆、四老婆，要不你不会说出这样的话。"向天涯急了，一下子抱住铁心红解释道："心红，你这个老婆今天咋回事，老是听话听反了，让我长一百个舌头也说不清，想气死我吗？"

铁心红两眼一眯，从牙缝里挤出了一句："都老大不小了，还和小孩子一样，记吃不记打，不知道什么时候才能长大懂事，真是没法子啊！"向天涯听了这句话，一股怒火涌上了胸膛，头发全部都竖了起来。

铁心红见势不妙，点头哈腰佯装内疚地说："天涯呀，你可别往心里去，刚才是和你乐和乐和，你没听说嘛，不说不笑不热闹。"向天涯那火冒三丈的脾气即将爆发，谁知经她吹了一阵枕边风，心中的怒火渐渐熄灭，脸色变得好看多了。

向天涯重新打起精神，调整思路，把话题转到了一块儿下山散散心上。“就是！老待在高山上，和聋人、盲人差不多，外界变化一概不知！”铁心红听了高兴地说：“太好了，太好了，我们啥时候走？”向天涯望了一会儿，才满意地点了点头道：“咱们早就该下山看看了。”两人说着，笑着，情不自禁地动起了手脚，且动作凶狠，谁也不甘败下风，似一对猛虎在撕咬。“好狠咧，小两口哪能往死里打呢。”“不能见死不救。”“再这样打，会出人命的！”官兵们惊慌惶恐，掉头跑了过来，围了上去。

铁心红最先发现了不妙的征兆，猛然推开向天涯呵斥道：“快停下，你看看，坏事了！”向天涯不听她那一套，以为她在搞声东击西，准备脱身而去了，反而把她搂得更紧，下手更狠。“哎——不要脸了。”哪知铁心红怒火涌上了胸膛，用下农田刨大地的力气，双手猛然一推，双膝不停地顶着他的大腿、小腹，使他疼得“妈呀！妈呀！”喊出了声，铁心红才渐渐松开了双手。

铁心红一看得手，随声说：“小子，不信我就治不了你的臭毛病，今天不给你点苦头尝尝，你不知道我是干什么吃的。”向天涯咬了咬嘴唇，咽了咽火气，点头哈腰地再次央求：“咱不说了好不好？让人看见了多没面子！”铁心红觉得理亏，抬头瞅了瞅，无奈地摇了摇头，便转身离他而去。咱啥也不说，跟着她走吧！向天涯看出了名堂，双手一背，八字步一迈，摇晃着脑袋跟了上去。

头顶天降倾盆雨，身挡岩石顺山滚，眼盯夜空云追月，耳旁深谷声回荡，脚踏雪痕沿线走，怀揣恩情守边陲。铁心红回忆着半月前那天昼夜少见的光景，不时产生了感悟，并将这些心得一字不落地记在笔记本里，作为自己的座右铭。

向天涯听了几遍，觉得没有诗意和激情，却点头迎合“不糙！不糙！”就又埋头干起了军务。这小子不说心里话，说得心不在焉，嬉儿马哈的，十有八九是在应付我。铁心红听其言，观其行，意识到他的用意，心里很不高兴。可当想到向天涯答应她下山走一回，那让人感到期待的承诺，随即将刚刚冒出来的火气又强行压了下去。让他几分吧，反正都是夫妻，张口就骂，动手就打，极不明智。再说让官兵们看见了，向天涯的威信只会降、不会升，而自己的粗鲁同样会受到冷遇和蔑视。铁心红终于想通了，脸色一变，露出了笑容，嘴一撇，发出了笑声。真是属孙猴子的，说变就变，让人摸不着头脑。向天涯望了望，摇了摇头，无奈地说：“没办法，找这么个老婆生活一辈子，真有受不完的气！”“你说什么，再给俺重复一遍！”铁心红气恼了，疾步追上，瞪眼怒道。向天涯心软了，忙改口说：“你看看，听话听反了吧，我没说你啥呀。”铁心红明知他在糊弄自己，可由于彼此相距远点，根本听不清他说的什么气话，而这时又被他反咬一口，气得浑身直冒汗，嘴不停地嘟囔：“小子，这是你说的，等着瞧！”向天涯知道惹恼了她，急忙改口认错：“你看看，和谁生气呢，也不怕人笑话。”

铁心红一听这话，猛然将头撞到了他的怀里，嘴里不饶：“再叫你跟俺坏，看你还敢不敢欺负俺了！”这下防不胜防，向天涯“妈呀，妈呀”喊出了声。“快来看呐，小两口干仗了！”“不要管，反正他们不会下死手！”正在执勤巡逻和体能训练的官兵，看到右翼达坂上这一怪景，个个望着，情不自禁地说出了自己的见解。向天涯一看现了丑，忙推开铁心红怒道："快撒手，快撒手，回头看看人家都笑你。"铁心红认为他在声东击西，说假话，还是死死抓住他的双臂纠缠道："谁相信你的鬼话，想跑，偏不让你跑，看你能把俺怎么样！"向天涯苦苦哀求："行了，我的姑奶奶，不信你回头看看，我真的不骗你！"铁心红还是不肯罢手，两眼瞪着他。"嫂子，消消气吧，我们要和向站长讨论问题了！"这时，一位上尉军官带着几个年轻军官、士官出现在铁心红的身后。

忽听身后有人说话，铁心红啊了一声，松开双手。向天涯一看自己解了围，却不买她的账，埋怨道："你们跟着起什么哄，没看见我和你嫂子在切磋功夫吗？讨厌！"铁心红一听他在装腔作势，做了个鬼脸。"刁婆呀刁婆，蛮横得让人头疼，这一辈子怎么和她过呀！"向天涯不由得顺口来句调皮话。"话可不能这么说，嫂子对我们倒挺好的，什么活都干，什么事都办，帮大家解决了不少困难，她从来都不摆架子，也没说狂话呀！""就是的，嫂子为人厚道，通情达理，从不亏待大家，谁都说她是大好人。"官兵们不由自主地形成了包围圈，一个个临场发挥，说得向天涯直喘粗气，连连摇头。官兵们一看大有成效，知道再围而不散毫无意义，于是便来了个一百八十度大转弯，成疏散战斗队形跃进狂奔。

"又丢丑了，叫人脸往哪里搁呀！"向天涯气得挥舞拳头，大喊大叫。铁心红知道他儿时的老毛病又犯了，眉头一皱计上心来，便换了副面孔，嗲声嗲气地说："向弟弟，咱俩谁和谁呀，可别生气了，消消火，咱们回家吧，听话！"向天涯经不起铁心红连推带搡，倔强的脾气渐渐软下来，乖乖跟在铁心红后面走了。不一会儿，小两口肩并肩、手拉手，嘻嘻哈哈起来。

这片雪域高原美如画，这道千里防线如长城，这面五星红旗迎风展，那可是无数年轻官兵用宝贵生命换来的呀！他俩一会儿乘车穿越达坂腹地，一会儿徒步走近烈士墓前。向天涯将一段段山路、一幕幕战斗场景，带着极其沉重的心情不停地向铁心红讲述。

英雄啊英雄，安息吧！你们的丰功伟绩，我们永远铭记在心，一定要让更多人，将你们的精神发扬光大，永保祖国的大好河山不遭侵占。铁心红默默地站在烈士墓前细听着，含泪望着墓碑。向天涯不时观察着她的表情，有点沉不住气了，觉得再这样下去会影响后续行程，便连声催促：“走吧，老婆，路还远咧，再不走就天黑了，搞不好咱俩就被狼叼走了！”

铁心红一听就来气，转头厌烦地说：“大白天说瞎话，有那么玄乎吗？亏你还是个当兵扛枪的，胆小怕死的东西，没出息！”听她这样挖苦，向天涯气得咬牙切齿，握紧拳头，勃然大怒：“你这个不识抬举的臭老婆，给脸不要脸，看我怎么收拾你！”铁心红不吃他这一套，胸脯一挺，嘿嘿一笑：“好小子，挺凶的，敢在你姑奶奶头上撒野，看看你敢把俺咋样？”说罢，摆出一副认输挨打的样子。小两口想打不敢打，彼此较起劲来。岂能让小两口横眉冷对，没完没了？也许雪山实在看不下去了，便狂风呼啸，好似一场特大自然灾害即将来临。

“不好，天要大变！”向天涯猛然发现了这不祥征兆，立马意识到暴风雪将会铺天盖地。想到后果可怕，向天涯慌忙拉着发愣的媳妇往车门方向跑。“有那么可怕吗？大惊小怪的，想整死我！”铁心红坚决不肯，斥责着。管她呢，反正不能让她一个人丢在这里，咱可是一片苦心。向天涯同样不肯撒手，抓紧硬拉。

不一会儿，只见铁心红的一双衣袖分了家，小臂也被抓得青一块、紫一块，衣服没有一处是完整的。再看向天涯那双手皮开肉绽，鲜血直流；那双腿脚，一瘸一拐。尽管这般惨相，可他们还是不离不弃。“天呐，这可怎么好，万一……”向天涯倍感无奈，仰天叹息着，全身已使出九牛二虎之力，但毫无进展。这时，天空突然俯冲下来一群看得清、数不尽的黑鹰，并伴随着怪叫声，气势汹汹，势不可当。

铁心红忽听头顶出现阵阵怪叫，仰脸一瞧，“娘呀”一声，随之，松开双手，一头钻进向天涯的怀里。向天涯仰头一望，两眼一瞪，喊道：“黑家伙，少来这一套，我见得多了！”说着，伸出双手朝天挥舞了起来。黑鹰眼看就要落到向天涯和铁心红的头顶上，它们突然改变了落点，顿时黑压压地一片，犹如露天煤矿。“哎——这些黑老鹰会听你的，真奇怪！”铁心红目睹着这一切，不禁惊讶了起来。向天涯瞥了她一眼，嘻儿马哈地回道：“没见过吧，今儿让你开开眼界，省得你天天欺负俺，把俺看得一文不值。”铁心红撇撇嘴，眨眨眼，故意从牙缝里挤出一个字：“哼！”接着，乖乖地跟着向天涯走向了“猛士”停车点。

铁心红和咱可是从青梅竹马走过来的恩爱夫妻，也是雪域高原的患难夫妻，更是情系边防官兵的热心夫妻，无论如何，作为丈夫都应该处处体贴、事事关心她，不能为一点小事，就对人家耍脾气、动肝火，甚至拿出大男子主义的派头对待，把自己的幸福建立在她的痛苦之上，岂不是太无人性、太缺德了吗？更何况自己又是一名堂堂正正的解放军指挥员，这不是有愧于党和军队的培养教育吗？向天涯呀向天涯，你要吸取这些沉痛的教训，从现在开始必须对待爱妻铁心红心要热一点、话要甜一点、礼要让一点，自觉养成家风习惯，树立模范丈夫形象，让她不生气、少流泪，为父母操心，为官兵操心。想到这些，向天涯不由得掉眼泪，觉得亏待了爱妻铁心红，脚步渐渐地放慢了下来，显得十分吃力。

耶——这小子咋了，走路慢了，刚才还好好的，怎么突然又显露得那么悲伤呢？而咱没有做对不住他的事啊！这是为什么？为什么？铁心红想了想，就是找不出什么答案。于是，她轻轻拍着向天涯的脊梁说：“小宝贝，告诉我，怎么啦，是不是我待你不好？”向天涯摇摇头。铁心红又问：“是不是想家了？”向天涯摇摇头。铁心红再问：“是不是有什么压力？有不顺心事？还是身体有啥不舒服？”向天涯还是一个劲儿摇头。“真是的，什么都不是，那你为什么走路挪不进三指，为什么哭哭啼啼不像个大男人，到底是咋回事，你给我说清楚，要不咱俩没完！”铁心红一看他这个熊样，气得火冒三丈，非逼他道出个一二三不可。这娘们，有点得寸进尺，本来不想讲夫妻感情之事，她非逼我，看来只能如实招了。向天涯抬手擦了擦眼泪和汗水，望着铁心红点点头，便全盘托出了内心之苦。“何苦呐，早说不就不那么疑神疑鬼了吗？”铁心红化怒为喜，冷不防拥抱着向天涯亲了几口。向天涯慌忙推开她说：“老婆，你疼爱我也不分个地方，在家怎么都行，在外边万一让人看见了，多不好意思！”铁心红伸手拧了拧他的耳朵，调侃道：“小坏蛋，这儿荒无人烟，谁能知道咱俩在干什么，真是小题大做，无情无义的东西。”向天涯一看她又恼了，急忙顺水推舟，温柔地说：“你看看，小孩脾气又来了，这不是逗你玩吗？”铁心红狠狠抓住他的双耳拧了拧说：“你坏呀！你坏呀！一会儿气我，一会儿爱我，到底安的什么心！”“我安的是诚心，是热心，是善心，是爱心，是铁心，是红心。”向天涯一口气说了很多。铁心红再一次双手搂住小个子大丈夫，且越搂越紧，越搂越狠，越搂越热。

天为什么这么神？刚才那兴风作浪的鬼天气，转眼间变得风和日丽、阳光明媚。“好舒服啊！老天爷呀，你算是睁眼了！土地老呀，你算是让步了！要是再折腾下去，我们就被你们吞了！”向天涯指天骂地一阵子，满腹的苦水，一下子倒了个一干二净。“得了，别再磨蹭，赶快上车吧，再晚黑鹰又要飞来了，搞不好你再使招也不管用了！”铁心红讨厌向天涯自高自大、黏黏糊糊的老毛病，趁他得意忘形、自我陶醉时，一股子火气冒了出来，这让他哑口无言。这个老刁婆子，猪头烂了嘴不烂，分明是我刚才救了她，她却不领情，反倒咬一口，说我的不是，让人气愤！向天涯思前想后，心里觉得窝火，手脚有点发痒，看样子就要动真格的。铁心红发现苗头不对，以毒攻毒，怒道：“臭小子，看看你这个德行，浑身长刺是吧，到底想干什么？”

向天涯一听铁心红来硬的，心里一怔，暗自吃惊，奇怪呀，老婆怎么这么敏感，咱的言行企图，她猜得好准！眼前的一幕，让他不敢轻举妄动，只好乖乖地来了一句：“你说了算，我没意见，那就上车赶路吧！”小子终于老实了，不信治不了你的霸气和傲气，假如放任下去，俺这个大女人永远翻不了身且不说，恐怕还要受一辈子窝囊气。

铁心红考虑到现在和以后，硬是狠了狠心，给她心疼的小丈夫不时拉脸、挠头、叹气，降服他的狂热劲头。向天涯一肚子委屈，真想和她理论一番，把她不可一世的派头压下去。可是，眼前闲话说得再多，有什么用呢？赶路才是上策，到位才是目的。无奈之下，就只好点头哈腰地应付、配合、顺从，随和地关心体贴。

这还差不多，早这样俺还生啥气呢！铁心红感到非常满足，觉得也该到此为止。不敢再胡整了，怕假戏真演，难以收场。她脸色一变，嗓门一亮：“你说得对，咱们废话少说吧！”说罢，撒腿跑到前头。哈哈，跟我来这一套，看谁比谁能？向天涯一看就来劲，嗷地一声怪叫，一个百米冲刺，一跃而过。小子够猛的，以后还用这套办法对付你！铁心红跑步落后了，可心理上却获胜了，脸上还是那样满面春风，斗志更加昂扬。

天空变得蓝又蓝，雪山显得白又白，唯独达坂还是那弯弯曲曲、忽上忽下的老模样。向天涯和铁心红乘坐“猛士”步战车，一会儿腾空跃起，一会儿跌入深坳，好像国际汽车拉力赛似的，让人眼花缭乱、心惊肉跳。天呐，这小子简直发疯了，车开得飞快，一旦有个什么闪失，那咱这小命可就难保了！铁心红吓得叫爹喊娘，一个劲儿央求向天涯：“小祖宗，你开慢点好不好？不要吓唬俺好不好？以后俺对你好点好不好？”哈哈，真没想到你今天还会低头说软话！向天涯得意忘形，回头望了望，说了一句：“看你个熊样，怕死鬼！”随即又掉过头来，双手紧握方向盘，两眼紧盯正前方，把油门踩得更猛了。刹那间，车飞得更快，跳得更高，吼得更欢了。“你心太狠了！你太坏了！”铁心红一次次被弹跳车体抛向空中，吓得她叫苦连天，怒骂不休。

管她呢，只要不出事就得练练手脚，她总是横挑鼻子竖挑眼，说咱人小个小本事小，一无是处。向天涯满脑子男子汉大丈夫的意识，自然也就举动粗鲁，这让身后坐着的妻子铁心红无可奈何。

意思意思就行了，可不敢再胡整了，如果把老婆吓坏或碰坏，那自己就无法面对任何人。向天涯心里有了底，渐渐地将车速降了下来，如同老牛拉破车，越走越晃悠。“神经病！”铁心红瞅着向天涯那副皮笑肉不笑的面孔，恶狠狠地骂了一句。向天涯根本不在乎这些，继续保持着稳定的心态，车速没有变化。铁心红一看占了上风，一阵狂吼：“啊——啊——老天爷呀，你总算睁眼了！”霎时，泪水淌了下来。发现她流泪了，向天涯知道自己大错特错，悔恨自己的所作所为，伤害了妻子那颗善良的心，于是，便举起拳打自己的胸部，打自己的脑袋，以求得妻子的饶恕。

这小子又在耍花招，想动摇俺的心，俺偏不吃他这一套，看他还有什么鬼点子。铁心红一看他在自残，就知道葫芦里装什么药，当即来了个将计就计，假装心疼地说：“天涯啊，你这是何苦呀，老是打自己不疼吗？要是你残废了，或是死了，俺可怎么活啊？”说着，便“娘啊！娘啊！”号啕大哭了起来。

向天涯一看坏事了，手忙脚乱地刹住了车，接着翻身跨步走到铁心红身旁，一边帮着擦眼泪，一边脸贴脸地安抚：“老婆，老婆，别哭了好不好，你哭坏了身子我可就受罪了，我可就没办法向家人交代了！”经过一番假戏真演，铁心红知道目的已经达到，就带着逼迫的语气说：“小子，这是你说的，以后再欺负俺，俺就死给你看！”向天涯紧紧抱住她的后腰说：“我向你保证，从今天开始，我打不还手，骂不还口，绝对给你当个模范丈夫！”铁心红心花怒放，猛地伸出了食指，朝他鼻梁上划了一下：“既然话到这里，那咱俩就拉个钩吧。”“拉就拉，反正身上也少不了一块肉。”向天涯说罢，伸手与铁心红拉钩，立言约定。

小两口还像小时候一样，一会儿打打闹闹，一会儿哭哭笑笑，一会儿搂搂抱抱。说归说，笑归笑，赶路到达是目的。当小两口激情渐渐消退下来，心情趋于平静时，又很快意识到此地不可久留，必须在天黑之前回到宿营地，否则就会凶多吉少、后患无穷。小两口交换看法，达成了共识，重新跳上步战车，再次奔向目的地。一路上，两人没有言语交流，没有停车休息，没有瞌睡打盹，只想插上翅膀跨过梯形达坂，翻过雪山冰川。他们觉得眼前一切是那么奇特古怪，那么美丽壮观，那么让人陶醉，心潮犹如波涛汹涌的大海，一浪高过一浪奔向前方。

大约行驶了两个小时，“猛士”步战车在一片墓地翼侧突然刹住了。铁心红转过头来一看，不禁惊讶道：“哎呀，埋这么多人！”向天涯不做解释，向她挥了挥手催促：“快下来吧，大惊小怪的，等会儿听我给你说！”铁心红讨了个没趣，只好乖乖地顺从，小心翼翼地从副驾驶座位上挪了下来。向天涯看她不紧不慢、不吭不哈的黏糊劲儿，心里没有一点好感。可眼下又处在荒山野岭之中，如果自己不顾后果，破口大骂，动了手，导致矛盾激化，感情破裂，或者出现伤亡情况，那自己跳到黄河里也洗不清了。随她去吧，爱咋想就咋想，爱咋干就咋干。头脑清醒了，向天涯开始着手完成预先准备的事情。还可以，她挺老练，转来转去，看这看那，心情悲喜交加。

向天涯走近三座小坟头，停住了脚步，转过头对铁心红说：“你靠近点，我给你讲讲这三座墓的人和事。”铁心红一听有故事，说：“好。”便一阵快步来到了墓碑前。待她情绪稳定，向天涯伸手指着第一座坟墓讲述：

这座墓埋的是个老军嫂，名叫王丽花，甘肃张掖人，年龄40岁，农家子女。

1962年中印边境自卫反击战打响后，王丽花正好来到边防看望边防三连一排二班班长、丈夫万金堆。这可让我怎么办呢？部队马上要出发打仗，妻子却偏偏这个时候来部队看望咱，简直把人逼死了！万金堆一时慌了神，顾了这头，却顾不了那头，心里有话吞吞吐吐说不出来。“看你那屄样子，脸皮拉得那么长，想把我一口吃了吗？”妻子王丽花忍不住了，冲着丈夫万金堆就是一顿臭骂。

万金堆忙一摆手责怪：“你这个人咋了，胡说个啥呀，没看见都到了什么时候，咱们还在打嘴仗，让领导知道了多不好！”自来到那一刻，王丽花很快就看出了部队有大动作迹象，心里也明白自己这个兵头将尾的小班长大丈夫万金堆，十有八九要上战场。但话又说回来，再忙也不能一句话没说，一次面没见就各奔东西吧！再说部队首长也是通情达理、体谅部下的父母官，或多或少也能给一次见面和说话的机会吧！看她一动不动地站着，一声不吭地望着，万金堆猛然咬破食指，一笔一画、一字一句在岩石上书写出爱党、爱国、爱军队的豪言壮语。

“好了，别再拿身体当儿戏，要是血流光了，还能往下写字吗？还能上战场保家卫国吗？”王丽花看出他的为难，便不管他爱听不爱听，张口就是一阵狠话。

“这话我爱听，光考虑自己痛快，不考虑别人痛苦的男人，并不算什么英雄好汉！”正当这时，身后突然来了一位个头高、块头大、身体壮得像头牛，说话腔调吓死人，看上去就是个五十出头的中年人。“哎呀，首长过来了，实在不好意思影响您！”万金堆一眼就认出这位首长，是边防部队赫赫有名、智勇双全的司令部参谋长成钢。他十分清楚这位首长业务精湛，说话干脆，整人凶狠，部下稍不注意自身要求，就会受到他的严厉处罚。平时，官兵们一听成钢马上就到，吓得惊慌失措，四处躲藏。别看他长得凶狠，说得凶狠，做得凶狠，可到了关键时刻，脑子比谁都聪明，干得比谁都到位，往往一下子将被动化为主动。这是大家有目共睹的，没有谁不敬佩他，甚至给他磕几个响头也愿意。然而，如果某个人说话随意，做事应付，作风松散，一旦让他发现就会让那个人背个处分、关个禁闭。在他看来，制度要严，管兵要狠，训战要猛，决不能让后进兵影响先进兵的情绪，这是一支部队形成凝聚力和战斗力的重要举措。

万金堆回过神来，立正行礼道："首长好！"王丽花忽听这话，惊讶道："什么，首长？"成钢一听哈哈大笑起来。彼此相视片刻，成钢恶狠狠地质问万金堆："你小子是翅膀长硬了，人家那么远来看你，你还给人家摆架子、耍威风，还有良心没有？"万金堆急忙回答："首长，首长，我说！我说！""你什么也别说，都是我的错，我来的不是时候，影响你们了！"王丽花说着，情绪很激动，鼻涕眼泪伴随而下。成钢含着热泪，目不转睛地听完了这对夫妻的现场对话，只觉得他们说的做的谁也没有错，错的是这场战争来得这么突然，错的是领导机关考虑得并不周到，错的是自己不问青红皂白乱下定义。于是，便含泪深情地说："我看这样吧，你们俩谁也不要埋怨谁，干脆今晚到招待所住一宿，好好商量商量家务事，明天小万赶快回部队执行任务。小王在后留连队多住几天。"一句句掏心窝子的话，感动得小两口又是频频敬礼，又是深深鞠躬，这让成参谋长应接不暇。第二天起床后，丈夫万金堆打起背包跑进了集合操场，跟随大部队冲向了杀敌战场，妻子王丽花拎着随身携带的红包袱，一步一回头地踏进了后留连队宿营地。

丈夫在前线胸装祖国大地，英勇打击侵略者，咱在后方营房等待着，可不能衣来伸手、饭来张口，光靠部队来养活，让家乡人知道了多笑话。想得倒天真，能干点啥呢？王丽花愁得白天吃不下饭，晚上睡不着觉，接连试过多个项目，总觉得不适合自己。有道是功到自然成。就在一天清晨，太阳刚刚露出红色曙光，像往常一样出门散步的王丽花，猛然发现不远处山坡上闪闪发光，并能闻到一股股扑面而来的香味。啥东西又好看又好闻？王丽花加快了脚步，直扑阳坡方向。噢，原来是这些不起眼的野山花，把我整得好苦啊！王丽花气喘吁吁、大汗淋漓地跑到阳坡一看，那片望不尽的金黄色昆仑雪菊，像刚刚化了妆的女孩子，纷纷抬头行注目礼。美！美！太美了！这正是我想要的！王丽花弯腰伸手摘了一朵雪菊花，仔细瞧了瞧，闻了闻，顿时一股清香直钻鼻孔，浑身上下舒服极了。欣赏了好大一阵子，王丽花这才抑制住了燃烧的激情，就地盘腿坐下来。她两眼一闭，寻思着阳坡上这片美丽的昆仑雪菊，该怎么用、何时用、用到何处等一连串问题。对了，那年她高中毕业的时候，跟着父母到陇南文县碧口镇农村茶场打工，正是这一整套制茶的方法，这会儿可派上用场了！当时，她不分昼夜学习制茶技艺，掌握了采茶、造茶、加工茶等方法和工序，于是她便用之前所学的制茶手艺将昆仑雪菊制成茶品，送到了官兵的餐桌、宿舍、训练场上，从而结束了官兵长年喝不上茶水的历史。听当地藏族牧民详细介绍，昆仑雪菊稍做加工，人们可以饮用强体，还可以治病防病、调理身体等。不能听说，只能眼见！为了尽快学会这些知识技术，王丽花请懂行的老人手把手示范，面对面传授，渐渐掌握了一些配方操作技巧，并很快推广和运用到了边防基层连队，深受官兵们的称赞。也许命是天注定吧，就在一天上午，王丽花像往常一样爬上阳坡采摘昆仑雪菊，在返回途中，忽听身后一阵轰轰作响，她转过身抬头一望，山洪浪头已涌到了跟前，她还没来得及躲闪，就被那滚滚的巨浪卷入洪流中。

嫂子没有了！嫂子不见了！官兵们闻讯火速赶到阳坡山，大范围、全覆盖展开搜救。官兵们嗓子喊哑了，眼泪哭干了，三天后终于在一条小河道中找到了王丽花的遗体。只见她头发缠泥，眼睛鼓肿，手脚僵硬得像钢筋，全身伤痕累累，皮肉浸泡得浮肿，怀里紧紧抱着一捆凋谢的昆仑雪菊，此情此景，惨不忍睹。战士们号啕大哭，呼喊着，盼望着好军嫂尽快醒过来。然而，她的心脏早已停止了跳动，永远离开了她亲爱的丈夫和可爱的战友。为了让她和昆仑雪菊一样，冬去春来向阳开，鲜艳芬芳撒人间，部队首长作出决定，将她埋葬在向阳坡的梯梁上，永不滑落，永不凋谢。没过几天，中印边境自卫反击战前线又传来噩耗，她的丈夫万金堆在战斗中为掩护战友撤离，不幸中弹牺牲，很快将遗体辗转运了回来。上级首长又作出决定，将万金堆和王丽花合葬在一起，愿他们夫妻生死不分离，相亲相爱到永远。

向天涯立正站在坟墓前双脚没有挪动，以极其沉重而悲伤的心情，一口气讲完了这对夫妻生前的感人故事。“太了不起了，太悲壮了，俺和他们相比，差得太远了！”铁心红念叨着，突然身子栽倒下去，随即大哭起来，拼命扑向墓碑。向天涯见势不妙，一把抱住她的后腰，央求道：“别哭了好不好，人死不能复活，赶快离开！赶快站起来！”经过苦苦劝说，铁心红这才控制了悲伤情绪，身子缓缓挺了起来。“还有呢，再往前走走，我简单给你讲讲。”向天涯再次提醒着，示意她加快脚步。

“那好，俺再听一会儿。”铁心红说。“你看，这个是一位四川美女，她来边防看男朋友，途中因高原反应强烈，突发心脏病，经军医抢救无效死亡，还没有见到心爱的男朋友就这样离去了……”向天涯正说着，铁心红突然打断了话，连声叹息道：“真可惜，这么年轻漂亮，真遗憾，还没有见到未婚夫。”他们走到最后一座堆压石块、长满雪菊的坟墓，向天涯语气沉重地说：“这可是咱山东老乡的好嫂子，听说她是结婚三年的一位胶东农村妇女，刚生下孩子不到半年就来边防看丈夫，真没想到两口子相见不到一周，嫂子在返回途中，不幸遭遇雪崩身亡。”铁心红极度悲伤，声音嘶哑了，泪水流尽了，总觉得这些早逝的姐妹是自己身上割掉的肉，是自己最心疼的人。好在身旁丈夫向天涯关照得力，这才一次次避免了她过激自伤的举动，让她渐渐从悲伤的阴影里走了出来。是啊，她们人不在了，可她们的精神还在，咱要铭记她们的奉献和爱心，肩负她们没有完成的重任，走完她们没有走完的路，让官兵安心站岗放哨，让家乡父老幸福生活。铁心红猛然间眼睛睁大了，头脑清醒了，心胸开阔了，面向墓群紧握拳头发誓：安息吧，亲爱的姐妹们，你们都累了，好好在这里休息吧，我会经常来看你们的，也会像你们那样善待穿军装的丈夫，扎根高原边防线。

第九章

情系大龄热心肠
纫线穿针当红娘

自打从墓地回到营区，铁心红好像换了个人似的，说话嗲声嗲气，待人毕恭毕敬，举止轻手轻脚，官兵们觉得奇怪，向天涯也感到惊讶，唯独铁心红心里清楚是什么原因。其实铁心红并不想改变自己，只是因为去了一趟远方，特别是看了早逝的同胞姐妹，内心深处在一夜之间产生了质的变化。女人要贤惠、要体贴、要忍耐，可不能男性化，动不动就大喊大叫、胡打胡闹、野蛮粗暴，令人惧怕。这些做女人的起码常识，让她与长眠在雪山高原上的年轻军嫂相比，她看到了自己的差距和毛病，决心以那些军嫂为榜样，提高自身素质和道德修养。正是具有了这种思想基础和行为规范，才有了如今官兵们看得见、听得清的直观感受。这才像新时代好军嫂的风范，说啥干啥让人评价很高，留个好印象，才算真本事。向天涯看到铁心红的美言善举，心里高兴得快要叫爹喊娘了，恨不得抱住她啃一口，可细心一想，觉得这样做不妥，如果这样放肆下去，那让官兵们巧遇了，成了一个特大新闻，或者是传到了上级首长耳朵里，恐怕自己的脸就没处搁了！还是老实点好，向天涯咽下口水，扭头走上了边防瞭望塔。装得倒像，瞎子听见了还以为是真的，等有空了非治一治他的假正经不可。铁心红一眼看清了他的伪装，只是不挑明。猛然间，想到了急需要干的手头活，铁心红这才转移了视线，起身奔向需要帮忙的一线岗位。

不对劲呀，年纪轻轻的军官刚刚换了军衔肩章，理应兴高采烈地站排头、当领头、使劲头才是，为啥一夜间变成了寡言少语、无精打采的鬼模样？更为不解的是，刚刚回老家探亲的老士官，一副愁眉苦脸、唉声叹气的可怜相，让人见了感到不安和揪心。看来天涯有直观感受，没有精力投入，咱有空闲时间、有精力了解，可不能眼看着这些好兄弟继续郁闷和痛苦下去，得和他们靠近点，聊聊天，拉拉家常，摸清到底有什么难处。铁心红考虑再三，决心已定，很快厘清了重点走访的对象。

“哈！哈！哈！”铁心红刚走到集体宿舍门前，就听房后传来上气不接下气的喊叫声，侧耳再细听，像拳打脚踢的声音。哎，这小家伙要干什么？她顿时觉得吃惊。“老毛病又犯了，还有脸出来见人，要是我干脆一头撞死算了吧！”谁知道这时，一个老士官突然朝着铁心红火上浇油，另一个年轻学生官轻手轻脚地走到他跟前做起鬼脸，不紧不慢地说：“你这个老班长不能这么说话，没看见站长夫人在这里吗？要是让站长知道你口出狂言，你小子不会有什么好果子吃！”铁心红眉头一皱，生气地说：“你们这是干什么，阴阳怪气的，让人讨厌不讨厌，没看见你们的兄弟还在里面难受吗？”一个军官，一个士官，相互看着，谁也想不出一句话来解围。算了吧，不和他俩磨牙了，省得在这儿浪费时间。铁心红一看俩小子站在面前发愣，心里又气又急，只好摆了摆手，无奈地说：“可怜啊可怜，一个是考军校当军官的，一个是兵龄长的老士官，连个话都不会说，哪个女人跟着你们算是瞎眼了！”“什么，你说谁？”“什么呀，把我们看得一文不值！”俩小子反应过来，咄咄逼人地追着说。谁理他们这一套，走为上策！铁心红皮笑肉不笑地一眯眼，掉头迈着八字步绕到了房后。

“嫂子，什么风把你给吹来了？”大个子罗小虎发现铁心红出现在面前，立刻停住手脚，惊慌失措地来了一句客套话。铁心红嘿嘿一笑，两眼上下左右扫来扫去，默不作声，可脑袋跟着摇个不停，手脚动个不止。不对头呀，嫂子今天是咋了呀，她不是这种人呀，平常爱说爱笑爱逗乐，莫非……大个子罗小虎觉得不可小觑，开始谨慎起来。“我说大个子，你刚才还在这里大喊大叫、又蹦又跳的，怎么转眼间就没劲了？是不是我来影响了你？”铁心红说话带有演讲语调，先高后低，先长后短。再看她那双铁脚板，说一句跟一步，一直逼得大个子连连后退，摆手道：“嫂子，嫂子，别这样好不好，叫人看见了我就算跳进黄河也洗不清啊！”铁心红一听恰到好处，立刻止住了脚步，伸手拍着他的胸脯说：“那好，我信你的话。不过，我倒想问问你刚才在这里发什么疯，谁惹你了？”罗小虎知道铁心红不会让步，也知道说假话她不会相信，就紧鼻子眨眼地说："嫂子，咱坐下来好不好？听我慢慢给你说。""可以，你早该这样了，何苦呢？"说完，罗小虎原地靠墙角坐了下去。铁心红也不管那一套，紧紧挨着他的肩膀盘腿坐了下去。罗小虎有点不自在，低着头，红着脸，结结巴巴地讲述探亲假期里那段难忘的经历。

三个月前，罗小虎经司令部机关批准，开始休一年一度的正常探亲假。考虑他当兵时间长，年龄偏大，又没有找到对象，组织上特殊照顾他增加了二十天假期。小虎啊，小虎，你可知道领导为什么要给你多批二十天假，如果再不好好珍惜，那谁也帮不了你，看着办吧！罗小虎双手捧着军人通行证，望着、想着、走着，忽然咚的一声，脑海波浪掀起，眼前火星缭乱，他不由得叫出了声。当他伸手抚摸了几下脑袋，强力睁开眼睛仔细瞧，这才发现自己一不小心脑袋撞到了路边的护栏上。渐渐地头上的紫黑包鼓得像个小馒头，气得他抬脚连踹不止，嘴里大骂："妈的，这些破东西放在这里干啥，护栏把老子都给拦住了，今天我非得把你踩扁不可！""哈哈，没事找事，拿着固定设施发什么火？说不定当兵当傻了，不知天高地厚了！"远处士兵隐隐约约发现了这种怪象，看笑话的，说风凉话的，指手画脚的，不时随风飘进了罗小虎的耳朵里。"狗拿耗子，多管闲事，碍你什么事！"罗小虎听到议论声，心里更加不快，反击了一句。接着，他瞪大眼睛，迈开大步，朝着班排宿舍方向气呼呼跑去……挺牛的，不听大家劝，以后会有好果子吃的。士兵们望着他那股子犟劲，嘴里不说，心里在想，小子走着瞧吧！

罗小虎归心似箭，赶乘县际班车，搭乘长途客车，恨不得一步跃进家门，看看父母变成了啥模样！他思念父母之心太迫切了，在旅途奔波中，两眼熬得血红，脸色变得灰暗，嘴唇干得破裂。顾不上了，等到家再好好休整吧！望着别人冷漠的表情，罗小虎心里一清二楚，可他假装没看见的样子，急呼呼地问路、赶点、进站……一连两个昼夜，他没洗过一次脸，没吃过一顿饭，没买过一瓶水。这小子老是不吃不喝，挺会过日子的，谁家姑娘跟了他，肯定享一辈子福！旅客们看他委屈自己，抠门小气的寒酸劲，背后指着他嘲笑、摇头，议论不休。真是的，都懂个啥呀，咱一顿两顿饭不吃饿不死，省点钱给父母买点好吃的，补补身子，买点好用的添添家当，尽点孝心。更何况，咱是参过军、当过兵、经过强化训练的硬汉子，这点旅行生存能力还是具备的。罗小虎的自信超出了人们的想象，连他自己也觉得该施展就施展，该发挥就发挥，应当在大庭广众面前表现一下军营男子汉的非凡之举。“这小伙子八成是老兵！”“这个年轻人肯定是个特种兵！”“这个硬汉子好像是个大教官！”身旁几个参加过军训的大学生，看出了他的军人作风。还有身旁那些当过兵的退役军人，也觉察到他是个服现役的基层士兵。什么，他是个现役军人？当兵不容易啊！我们应当关心爱护他！看不起军人，就是看不起自己！短暂观察和分析罗小虎的言行后，人们改变了看法。有的漂亮姑娘主动给他递毛巾擦脸，有的青年学生勤快，给他倒开水解渴，有的年轻夫妇干脆自掏腰包买食物给他充饥提神。但他坚决不肯接受，总是一个动作——连连挥手，总是一种回应：“谢谢大家关心，你们留着自己用吧，我自己什么都有。”随后，他强打着精神，硬撑着身子，缓步离开了人们的视线。

“儿呀，你可回来了，把我想死了！”母亲坐在炕上，突然听到屋外有人打开街门，抬头朝窗户一望，原来是儿子罗小虎头戴大皮帽，身披皮大衣，脚穿大头鞋，手提大皮包，风尘仆仆地走进了院子。老天爷啊，你算是睁眼了，我做梦都没想到儿子从天而降！母亲激动得热泪盈眶，浑身都是力量，一个猛翻身单脚踩到地上，双脚还没来得及穿上鞋，谁料儿子一头撞开了门帘，母子俩不约而同地喊出了声：“哎哟！”父亲坐在椅子上大口大口地吸着烟袋，忽见儿子一头撞了进来，烟袋从手上滑落了下来，说道：“哈哈，儿呀，这不是说嘛，怨谁呢？你冒冒失失回来，怎么也不打声招呼，还和过去当小孩子一样，要是今儿个把你妈碰坏了，我可没办法！”老伴一听这话心里窝火，转过头两眼怒视道：“大白天睁着眼睛说瞎话，分明是碰了下头皮，没像你说得那么严重，我的头皮也不是气球，一碰就爆了！”老头子知道她爱叨唠，不想和她在儿子面前争高低，便两眼一眯，身体一转，重新举起烟袋，大口大口吸起来，顿时烟雾弥漫了屋内，气氛再度紧张了起来。

家和万事兴呀！不能眼看着父亲母亲相互斗气，一旦这时谁患了急病，那一切责任都由我这个儿子来承担。这时，罗小虎想到了很多不愿看到和遇到的严重后果。于是，他就自责地说：“爸爸、妈妈，都怨我没张嘴、没长眼，光顾着推门往里走，想早点进来看看你们，没想到和妈碰头了，要是早知道这样，我就在外边敲门，慢慢再进来！”说着，羞愧的眼泪淌了下来。

“咳——咳——怎么会弄成这个样子，都怨你这个碍手碍脚的坏毛病，不在炕上好好坐着，非要跳下炕干什么，真他妈的气死人！”父亲手指着母亲数落。

罗小虎一看父亲大骂母亲，知道自己惹了祸，如果再偏向母亲劝说父亲，肯定会火上浇油，父亲会更生气，母亲会更难受。有啥法子呢？罗小虎站在地上右手不停地挠着后脑勺，两眼急得直冒火花，心里一个劲儿盘算。哈哈，这不有了嘛！罗小虎脑海里灵光一现——何不使用苦肉计，来化解二老的怨气和怒气呢？他眼球转了转，扑通一声跪在地上，向父母央求道：“爸，妈，我不是个人，对不起你们，让你们生气了，我向你们赔罪！”说完，他哭着用双手朝着自己脸上乒乒乓乓扇起了耳光。母亲一看慌了，急忙弯下腰双手死死挡了过去，喊道：“儿呀，你这是干什么，快住手！”父亲也不想当旁观者，紧跟其后抓住了他的胳膊，声嘶力竭地呵斥：“你小子想吓唬谁，再给我耍二杆子，没有人管你！”罗小虎一看父亲母亲一前一后面对面，形成了夹击之势，便放弃了持续自扇耳光，双手抱头，蹲在地上，任父母发泄。

母亲心软了，收回了阻挡的双手，两眼望着儿子念叨了几句。父亲的火也消了，转过身返回到椅子上又开始拿起大烟袋，一口长一口短地猛吸了起来。这个结局太好了，不正是自己想看到和得到的吗？罗小虎压低嗓音说：“爸、妈，我请假回来探亲太急了，就给你们二老带了点当地的土特产，没有其他东西。”“行了，人能回来，比带什么都好！”父亲抢话表明了态度。母亲狠狠地瞅了他一下，对罗小虎说：“净说好听的，要是你真的空手回来，有人脸拉得比驴脸还长！”父亲一听在说自己，气得从椅子上跳了下来，正要拿母亲是问，罗小虎挺胸挡住了去路，双手合掌连连求情：“爸爸，爸爸，你怎么又火了，可不能这样对待我妈，气大伤身啊！”父亲急得拼命摆脱，大有一口吃掉人的样子，罗小虎拿出了部队大比武竞赛的劲头，吃力地全身抵挡着，使得父亲的粗暴未能得逞，气得大骂儿子多管闲事。

母亲并不怕他撒野，步步逼近儿子身后，手指着他的父亲说：“儿呀，你不要拦他，我今天倒看看能把我怎么样？”罗小虎一看母亲跟着添乱，忙回头苦苦哀求：“妈，你就少说两句好不好？上炕坐下好不好？”父亲趁机挣脱了出来，忙转身跑出了里屋。“不好！”罗小虎感觉不妙，飞快赶上父亲的脚步。“神经病，去死吧！”母亲眼望着父子俩一前一后冲出屋门，气得双手连拍炕席，怒骂父亲坏了今天的好事。

罗小虎从记事起，就知道父母关系不和，动不动就吵闹，当年他当兵就想离家远一些，不想再为他们烦心。没想到这么久没回家，这次终于回来了，迎接他的又是一场吵闹。这让他又难过又烦乱，特别是家中的两个姐姐出嫁后，他不在家，没人劝解，父母几乎时时吵、天天吵……

不过，因为儿子的归来，父母亲还是很快和好了，父亲问儿子在部队的情况，母亲忙着给他做好吃的。

听说罗小虎在部队表现出色，年年立功获奖，父母亲年三十接到乡、村干部登门送来的立功喜报，高兴得不知说啥是好，笑容总是挂在脸上。当兵好啊，锻造了自己，夺得荣誉，咱们也应该向他学习，当兵去！七里八乡的小伙子看在眼里、急在心上，每年征兵工作刚一开始，便踊跃报名参军，把青春献给国防建设。人人都说，美女爱英雄。一些刚刚从学校毕业的女大学生，一些从事中小学教育的女老师，一些在商海打拼的女老板……慕名来到了罗小虎的农家屋。然而，当她们从罗小虎父母那里套出了实在话后，得知他们当兵的儿子罗小虎远在千里之外，雪域高原，生命禁区，边防一线工作和生活的恶劣环境让她们打起了退堂鼓，渐渐地，上门的女孩子少了。本村的女孩知道罗小虎父母不和，有的虽看重罗小虎，可想到他父母的脾气就摇头了。一年一次探亲假，一次只能休一月，时间短、接触少、压力大，罗小虎急得想闪婚，可前来提亲的媒人却说，不可能，心急吃不了热豆腐。当然，应邀约会的姑娘，不说便罢，若说肯定不会有下次相约。眼望着假期越来越近，而相亲的姑娘越来越少，罗小虎绝望地叹了口气，自言自语："咳——看来又泡汤了！"想到返回部队的路还很远，想到其他的战友还在等待他返回部队休探亲假，罗小虎觉得在家持续下去，前来相约的姑娘，谈得再多也成不了事，白白浪费时间，浪费感情投入。一气之下，他当即决定，提前归队。临行前的一个晚上，罗小虎与父母又哭又笑谈了大半夜，父亲最后送给了他几句话："儿呀，你要先立业，后成家，在部队大干苦干一番成绩再说，到那时一定会有找上门、挤破门、你想甩也甩不掉的好媳妇。"也许吧！罗小虎半信半疑地闭上了眼睛，心里感觉不是个滋味，双手紧握着拳头，不时击打着双腿。"咱们走吧，让他一个人再清静一会儿！"父亲一看儿子气恨交加的表情，知道老两口在眼前碍事，便掉头贴近老伴耳语了一句，老伴点了一下头，随即夫妇俩起身走出了里屋。都走吧，反正把话都挑明了，谁不知道谁！罗小虎一看父母故意找借口躲了，心中不免难过和惆怅，他睁着眼睛，躺在床上久久难以入睡。

第二天早上吃完饭，罗小虎含泪告别了父母亲，一阵快步走出家门，走到村口公交车停车点。他还没放下手中的提包，公交车已经飞驰而至，四轮稳稳停靠在站台旁。真是来得早不如来得巧啊，幸亏早来一步，稍迟一会儿就赶不上这班车了！罗小虎大清早坐上首班车，暗自庆幸碰上好运气，顿时心里乐开了花。

“哎——这小子神经兮兮的，莫非脑子受刺激了！”有的乘客发现罗小虎洋相百出，十分厌恶，故意放出怒言，打击他那不可一世的狂劲。话音刚落，大家的目光一下子落在了他身上，都想在第一时间看个明白。随便看，又能把我怎么样，到时候还是各走各的。罗小虎脸皮厚、胆子大，依旧做怪动作，以为谁也奈何不了他。

“傻样，觉得自己能得不行，我才不愿看呢！”“倒像个黑猩猩，恶心人，离他远点好！”几个留着披肩发或小辫子的农家姑娘，看不惯罗小虎那捉姿弄怪的丑模样，不时向他投来蔑视和愤怒的目光。“小伙子，稳重点，别让人家笑话！”只见一个秃顶、大脸庞、高鼻子，人高马大，身穿灰西服，脖子上系了一条大红色领带，说话声音如打雷的中年大汉，伸手拽着罗小虎的衣角嘱咐道。不听好人劝，吃亏在眼前。罗小虎猛然想起母亲常常挂在嘴边的这句话，心里不禁咯噔一下，止住了自己的动作。

是的，枪打出头鸟，人狂遭报应啊！罗小虎抬手拍了拍脑袋，立刻意识到此举不当可能会带来负面影响，会引火烧身。罗小虎坐在那里不说不动，直挺的身板，高耸的胸脯，端正的容貌，脑子里闪出一连串部队领导的追问、老家亲人的嘲笑、女友约会分手等伤心情景，泪水悄然汇成了一股热流，冲刷脸庞，浸湿单衣。男儿有泪不轻弹！看来这小伙子还真是有血有肉，有情有欲，要不他决不会当众动情泪流的。老少爷们和小媳妇目睹了罗小虎泪流满面的情景，都以为他内心受过打击和刺激，不由得开始可怜和同情起来。没过多久，班车不知不觉驶到长途客车转乘站，罗小虎急忙起身跟着众乘客的脚步，走下车门，走进长途客车候车室。

“上车了！检票了！”随着男女声阵阵吆喝，刚刚坐到长途客车的椅子上，屁股还没坐热的罗小虎，忽听身后有人催促，他无奈地站了起来，伸手提着大包、小包，摇晃着脑袋嘟囔:“都不是两三岁的小孩，吼啥呀吼，谁又不是没听到，想把人吃了啊！”一个女检票员看他满腹牢骚，说：“你这是什么意思，想挑事吗？”罗小虎一看势头不妙，忙改口道：“我是说我自己，不碍别人的事！”女检票员无言可对，恶狠狠地回了一句:“神经病！”说罢，伸手剪了他手中的车票。罗小虎一气之下，狠狠咬了一下嘴唇，一股猛劲跃到了座位上。

“这小伙子到底还是年轻，跑得比兔子还快！”一位年过七旬的老大爷不禁说道。这老爷子怎么这样说话，让人听了咽不进去，吐不出来，真窝火！罗小虎看出他是故意捉弄，只好忍气吞声，装作没听到，一屁股坐到了自己的座位上。“同志，里面这个位置是我的，请你让一让好吗？让我进去吧！”罗小虎正在回忆刚才那一幕时，忽听头顶有女人叫嚷，他全身一缩，猛地抬起头一望，便“啊——”的一声，他一万个没想到，来者竟是一位身材高挑，大眼睛、樱桃嘴、瓜子脸、高胸脯，留着披肩发，身穿花旗袍，脚蹬高跟鞋，佩戴金项链，走路像个模特儿，说话像个广播员，看上去二十出头的小美女。罗小虎心想：难道说她是从天上掉下来的仙姑？我要是能和她结为夫妻，自己的工资宁可月月交给她，方方面面让着她，就是少活几年也心甘情愿。只见罗小虎坐在那里一动不动，两眼盯着不放，大嘴张着不合，像个木偶。小美女心急了，伸手抓住他的右臂，用力摇晃着，央求着：“帅哥，行行好吧，你就让我进去吧！”罗小虎缓过神来，这才带着歉意说：“确实不好意思，昨晚没睡好，坐了大半天车，脑袋老是晕晕乎乎、迷迷瞪瞪的，怠慢你了！”说着，起身半侧体让开空档，小美女这才与他面朝面、胸贴胸、脚靠脚地挤进坐下。

“好香啊！”罗小虎突然冒出一句。这顿时让小美女不知所措，看着他，笑出了一对小酒窝。“太美了！”罗小虎又跟了一句。小美女不好意思地低下了头，手脚不停地摆动着。“这个人有点像电视剧《西游记》里的猪八戒，戏老婆！”“癞蛤蟆还想吃天鹅肉，自不量力！”后排几个乘客，你一阵风凉话，我一番小插曲，气得罗小虎不停地回头怒视。小美女听着身后有人抬高自己，打压别人，心里美滋滋的，不时偷偷观察罗小虎的表情。管他说啥看啥，反正咱不吃那一套，照样当咱的兵、坐咱的车、想咱的事，谁能奈何？罗小虎胸有成竹，一副大将气派，大口喝水，大口吃饭，自娱自乐，根本不在乎别人说三道四。

没出息，再饿也不至于怕别人抢饭碗吧！乘客们看他那狼吞虎咽的凶劲，有的张口大笑，有的摇头叹息，有的指手画脚，谁都看不起他。小美女一会儿侧耳听着，一会儿回头望着，想看清谁在大众面前显能耐，看样子要帮帮罗小虎出出气，挽回面子。

真厉害，天要下雨，娘要嫁人，随他吧！一个个爱起哄的壮年乘客自讨没趣，犹如缩头乌龟，低下脑袋，再也无人逞能了。“谢谢！”罗小虎掉过头，面对小美女道谢。“谢我干啥，我也没帮你啥。”小美女不假思索地回了一句，脸上那两个小酒窝又出现了。罗小虎睁大眼睛，仔细打量了一阵子，这才转移了话题，自我介绍了几句。“什么，你是高原兵？你是边防兵？太好了，我从小做梦就想当兵，可我爸妈就是不让我去，现在可倒好，年龄大了，想去也没门……”小美女说着，将自己的出生地方、姓名、年龄、工作单位、联系电话全都说了出来。

人家都那么爽快，咱还有什么可顾虑的。罗小虎毫无保留地把自己的联络方式和业余爱好，以及家里亲人的情况也进行了详细介绍。看他说话干脆、待人热情和雷厉作风，小美女陶醉了。一路上，两人又说又笑，聊得十分开心。长途班车行驶了八个小时到达终点站，罗小虎准备乘火车赶往部队驻地，小美女准备打出租车返回家中，两人就此开始各奔前程。谁知小美女一个冷不防，转身扑进了罗小虎怀里。罗小虎激动万分，紧紧地把小美女搂着，抱着，很想把这个情景告诉老家的亲朋好友，告诉远方的部队战友。返回途中，两人电话短信不断，微信视频不息，很快掉进深深的爱河之中，大有明天订婚、后天结婚之势。

罗小虎想得太天真了！他回到部队的那天晚上，小美女一个短信挑明了关系。“小虎哥，咱们相识太晚了，你这个人像个顶天立地的汉子，是个非常可交的朋友。不瞒你说，我已经有了男朋友，已经订婚了，明年这个时候就结婚，请你理解我的难处。不过以后咱们还可以做朋友，有需要我的地方，你就直接告诉我好吗？”罗小虎一看发来这种短信，大怒道：“你这个骗子，害死我了，谁和你再交朋友，等着吧！”一气之下，他举手摔掉手机，悔恨的泪水淌了下来。

“烟袋杆抽烟——一头热，单相思，有啥意思，你也不想想，马路朋友有几个能成的！”铁心红听完罗小虎的讲述，笑话他急于求成，劝他丢掉幻想，打起精神。罗小虎点点头，擦擦眼泪，觉得铁心红言之有理，起身就要离开。铁心红急了，忙伸手拉住他的衣襟，恳切地说：“小虎，别急，你听我把话说完！”罗小虎一听她还有话说，就止住脚步，转过身来望着她。铁心红蛮有把握地对他说：“小虎，凭咱五尺多的汉子肯定能找到老婆，只要你信得过我，这事我回山东老家给你跑一趟！”“啊，你说什么？这可是从你嘴里说出来的，可要说话算数呀！”罗小虎一听铁心红大包大揽，冰冷的心一下子变热了，高兴得胡喊乱跳起来。铁心红理解他的心，轻轻拍着他的肩膀说：“好了，别折腾了，回去听信吧！”罗小虎回头来了一句：“好咧！”

接着，跑步冲上了操场。真是的，这么好的小伙子找不到媳妇，谁信呢！铁心红望着他远去的脚步，心里不是个滋味，暗下决心要尽快帮他物色一个合适的人。

月光下，冰川雪山起伏，白浪翻滚。望着雪域高原这幅美景，向天涯与铁心红手拉手、肩并肩，漫步在营区操场上。小两口绕场转着，说着，笑着，总是闲不下来，显得十分亲热和开心。当向天涯提到大龄青年找对象的话题时，铁心红挠着头皮说："这可是大事，你们当领导的，早就该考虑这个问题了，千万不要以为这是小事,弄不好对你会有影响的。"向天涯听了，自觉心里有愧，忙点头认可。"回家吧，天色不早了，你还要查哨呢。"铁心红伸手指了指天空的月亮，心急了，双手推着他的后背，嗲声嗲气地撒起了娇。向天涯并不想往前走，可媳妇在后头硬顶着叫嚷，他身不由已地双脚挪动，嘴里埋怨着。

营区里，熄灯号吹响，灯光熄灭，官兵们各就各位，睡觉休息。只有夜间固定岗、流动哨及山顶上边防线巡逻的警戒人员坚守阵地。野兽出没跃山尖，蓝天白云奔四方，群星璀璨闪金光，唯独那山冈岿然不动，那国旗随风轻舞。一座座小平房营区，被大小四合院依次分割，紧紧环抱着，是易守难攻、居高临下的好阵地。据边防站军史室资料记载，1959 年西藏平叛战斗结束后，某边防独立团辖属两个加强连兵，曾在这里驻扎和守边。大家自已动手建营房、修场地、栽桩杆、架铁丝网等基础设施，曾牺牲了很多干部和战士。每年老兵退伍、新兵入伍，领导们都要组织大家到军史室、烈士陵园缅怀英雄的丰功伟绩，激发战士们爱边防、守边防、保边防的革命热情，用青春和热血报效祖国和人民。官兵们胸怀坚定的信念：立志边防守国门，誓当英雄记心间；苦练硬功当尖兵，咬紧牙关克难关；锻造利剑斩豺狼，铁血凝聚高如天；肩负使命重如山，乐为人民献青春。他们把这坚定的信念编成了歌曲，每天出早操、开饭前、走队列、换哨位、晚点名等场合，官兵们都要高喊高唱这首歌。时间长了，习惯成自然，大家养成了爱喊爱唱的习惯。可以说，部队战斗士气、生活作风、训练成绩、执勤任务，都发生了质的变化，实现了边防部队一线能打大仗、能打胜仗的根本性转变。

向天涯并不满足这一点，仍在从难从严强化训练官兵，可就是没有一个吭声的，没有一个后退的，训练热情空前高涨。每次上级组织专项考评，抽查单兵与班排进行理论知识和专业技术考评，官兵们都能对答如流，动作定型，总评成绩达到了良好以上，让现场组织考评人员心服口服。然而，是什么力量难不倒、考不垮这支远在天边、近在眼前的小小边防站官兵呢？其中，与向天涯组织指挥有方，言行模范带头，大干、苦干、拼命干等密不可分；与干部、骨干比着干、争着干、带着干有关；更重要的是，与部分入伍时间偏长、自身年龄偏大，未婚比例偏高的老班长、老士官一心扑在本职工作岗位上更有直接联系。年轻干部们说："老兵在边防站吃的苦、受的罪，比我们流的汗、掉的皮还多，我们还有什么理由怕苦怕累，消极应对呢？必须一鼓作气跟上去、赶过去，让老兵刮目相看。"

应该说，他们为部队建设付出太多了，我们也应该为他们的终身大事多动动脑、多张张嘴、多跑跑腿，决不能眼看着他们一直痛苦下去。上级首长机关部门领导意识到了，站里领导也看到和想到了，可进入实际操作阶段，谁也没有这个精力去投入，去跟上，往往有了上篇没下篇，半途而废已成普遍。

自从铁心红发现了罗小虎的反常情绪后，她就与内地亲朋好友多次打电话，让大家尽快行动起来，主动提供合适人选、合适时机、合适地点，让这些边防老兵前去约会。开始时，有些大龄老兵回到内地休假，初次与女方相见，因为害羞，不好意思，见人不敢抬头、不敢说话、不敢表示，女方以为男方没有诚意，要么见面后再无电话回音，要么再无机会相约相见了。

这怎么能行呢？得给这些傻小子上一课。铁心红想到做到，心直口快地将老兵们叫到家里，一口气将见到女方之前想干啥，见到女方之中要干啥，见到女方之后再干啥等具体要领，说了个清清楚楚，并与单个老兵进行演示，出了很多难题，让老兵临场发挥，这才解决了实际性操作的大问题。咱可要珍惜铁心红嫂子的这片良苦用心啊！老兵们心里有了主意，知道下次与女方再相会，该怎么说、怎么做了，相亲的成功率明显提高。官兵们知道是铁心红嫂子付出的心血，每次路上相遇，不是伸出大拇指当面夸，就是面带微笑点着头，几乎将她佩服得五体投地。哪知道，铁心红每次见到有人当面致敬，便是客套一番：“哎——哎——可别这样，一家人不说两家话，这都是举手之劳，没什么大不了的。”嫂子心太好了，咱们可得学着点，官兵们干工作的热情更高了，做人的格局也更大了。

按理说，罗小虎听课听得多，现场演示也最多，回家探亲假天数也最多，数他年龄最大，见到的姑娘也最多，哪一点都占有绝对优势，反而屡屡得不到成全，问题到底出在哪里了？

听他几次说，说也说不清楚，急得铁心红坐立不安，吃啥都不香，干啥都没劲。“何苦，光急有啥用，也不能钻到他肚子里听听，弄坏了身子，我可得受苦受累了。”向天涯知道她在想什么，便一针见血地点到了穴位！铁心红不耐烦地说：“这话出自你的口，那我倒问你，假如罗小虎一直这样下去的话，或者说他打一辈子光棍的话，你这个当父母官的脸上光彩吗？有脸向领导汇报工作成绩吗？有脸面对他的父母和你的部下官兵吗？”一连串的问句，向天涯无话可言！

待铁心红静下心来，向天涯这才开始稳住了阵脚，十分中肯地说：“你说得合乎情理，可我一年三百六十五天待在这个地方，与内地接触又少，哪有办法给他干这种事？除非我跑他家一趟，说不定还有点希望。”铁心红双手一拍膝盖激动地喊道：“天啊，你这话说到了点子上，你忙工作抽不出身，干脆我回老家去看看！”“耶——不孬，可以碰碰运气！”小两口一拍即合，兴奋地拥抱在了一起。

告别丈夫，踏上征程，铁心红回到老家，见到阔别已久的父母亲和兄弟姐妹。话不过三巡，她就把自已掏心窝的话全部汤汤水水端出来。老父亲一听，明白了女儿要给边防官兵说媒，摇了摇头说：“闺女，你都嫁那么远，回来一趟不容易，要不是你和天涯两个青梅竹马的话，我早就断了这个亲，现在你又帮别人说这事，我看拉倒吧！”兄弟姐妹们都觉得铁心红说得不靠谱，劝她打消这个念头，多和家人说几句开心话，免得大家有意见。正当这时，老母亲端着一碗鸡蛋汤喜笑颜开地走到铁心红跟前说：“你先把汤喝了，等会儿我有话跟你说。”老头子在一旁眼尖脑灵，立即看出了名堂，气得脸色铁青，眼球血红，手脚颤抖。

老伴忙向他使了个鬼脸，又缓慢掉过头来，扯开嗓门对铁心红说："闺女，我一猜就知道你回来有大事，妈支持你干这事，有合适的也帮那个兵多个嘴。"老头子坐不住了，跳下椅子，手指老婆的脸大怒："你——你——你——想把我气死，女儿胡思乱想我要管，你非要跟着打帮腔！"今天可是个好日子，不能让爸妈生气啊！儿女们一看事态严重，纷纷劝说父母消消气。

"唉——"铁心红仰头叹了一口气，随之开始自责起来，但为罗小虎动嘴跑腿说媒的事，说啥也不会改变！可是，家人为了她的到来，因为她不假思索地说了几句话，闹得大家不愉快，自己是多么不应该啊！正当她犯难时，忽然手提包里的手机响了起来，顿时打破了室内紧张而寂静的气氛。谁？这个时候打电话，烦死人了，她心里一股子火气涌到了胸口，涌出了两眼。她掏出手机一看，屏幕上出现了"天涯"两个字。

她打开了免提刚要张口，向天涯抢先问："怎么样，到家了吗？父母都好吗？大哥、大嫂、弟弟、妹妹们都好吗？"机会到了，可不敢失掉啊！铁心红立马多了个心眼，慌忙打断他的话："天涯，等等，听听谁在跟你说话？"随即将手机递到了老父亲手里。"天涯，怎么样，什么时候回来一趟？你怎么不跟我闺女一块回来呢？"老父亲拿着手机不停地抖动，嘴里客套个没完。

老伴一听是女婿来的电话，心急得怦怦直跳，可老头子颠三倒四重复个没完，气得她一把将手机夺过来，大声说："天涯，好孩子，你那里都好吧？什么时候能回来呀？"说着，哭了起来。"妈，我跟他说两句。""妈，我跟他说两句。"儿女们听出来电话里人的声音，纷纷涌到了老母亲身旁，不停地央求着，伸手争夺着。

铁心红知道在这关键时刻，自己的心上人来电话解围，犹如及时雨。

回家一个月，时间过得快如闪电，铁心红几乎白天很少回家，七乡八邻跑了个遍，总想给罗小虎物色个理想的女朋友，可找来找去、看来看去，总觉得不合适。不是因为这个姑娘个头矮，就是觉得那个姑娘头脑笨，急得她心里很窝火。有时候，白天吃饭没胃口，晚上睡觉不闭眼，痛苦极了。老母亲知道她的意思，便在一天晚上来到她的住屋，心疼地对她说："闺女，拿镜子看看你这个模样，整天光知道往外跑，累坏了可没人管你！"铁心红无奈地摇着头说："妈，你不是不知道，我回来是专门给人办事的，可回来这么长时间，连个眉目也没有，我能不急吗？""瞧你说的，没听人说嘛，给人搭桥穿线，得有人脉，得靠缘分，无缘，找人再多，看人再多，也没用呀！"老母亲说着，凑到她身边，紧挨着坐了下来。

铁心红感到有了依靠，心里的空虚和寂寞顿时减轻大半。不一会儿，母亲说起了这两年家人、亲朋好友、左邻右舍所发生的悲与喜的那些事。女儿也谈起远走高原边防，与丈夫一起生活的苦与乐。母女俩说着谈着，铁心红觉得疲劳过度，脑袋昏沉，和衣躺着睡着了。没过多时，便打起了呼噜，说起了梦话。

我不能再陪她了，让她好好睡觉吧。得去看看老头子在干啥。

女儿是咱心上的血和肉，必须疼爱她！关照她！老母亲也开始走亲访友，四处打听。很快有了音讯。一个个大学刚毕业，一个个身穿警服刚上岗，长得似花如玉、年轻漂亮的大美女，纷纷慕名来到了铁心红的家里。哎呀，长得都不错，可鲜艳的花朵只能摘一朵呀！那谁先来摘第一朵呢？想到此时，铁心红给向天涯拨通了电话，恳求他给罗小虎批个假，让他尽快赶过来相亲。向天涯一听有门，便答道："没问题，我马上办！"铁心红一听他满口答应，一个劲儿重复道："那好——那好——那好！""好什么好，你还不赶快放下电话去准备准备，千万别办砸了，这么远回来相亲不容易！"向天涯赶紧说。铁心红回过神来，以下级服从上级命令的语气应答："是，首长，请放心，坚决完成任务！"说罢，她嬉儿马哈地关上了手机，又蹦又跳地离开了家门。

三天后，罗小虎风尘仆仆地赶到铁心红家里，又马不停蹄地与一个女警察相约见面。过了一个星期，两人感觉脾气相投，志同道合，有说不完的知心话。又过了一个月，两人感觉有缘，之后，感情加深，共同作出了订婚决定，并在铁心红家里安排了一桌特殊的订婚宴。"亲爱的媳妇，你行啊，我真没想到你还有这么两下子，看来我们这些光棍汉有希望了，你可要把他们都承包了呀！"向天涯听说罗小虎今年订婚、明年结婚的特大喜讯，三番五次给铁心红打电话鼓励。他有他的想法，我有我的看法，各行各的道，反正都是为了边防站，也不是为了他一个。铁心红根本不理睬向天涯让她速战速决，立马赶回边防站的强求，她那颗急切的心，非要再找几个姑娘不可，让来年回来探亲的老兵也能像罗小虎一样，尽快相约相识相恋。几经软磨硬泡，向天涯终于被铁心红一个个大小道理所征服，再也不敢以大男子主义派头来责问、嘲弄她了，而说话的语气、说话的层次，与以往大不相同，简直就像换了个人，这让铁心红感到他已不是行伍出身的粗鲁人了。

铁心红回到老家已经过了百天，按原先与丈夫向天涯商量的回家时间，最多不超过两个月，可为了操心天边军营男子汉的终身大事，又不得不延长时间。对于她的出发点和落脚点，丈夫向天涯是非常同情和理解的，只是没挑明罢了。从大龄老兵微信群里看到了几个老兵按照铁心红提供的联系方式，主动与内地未婚大龄女青年接上了头。铁心红心想，看来已是万事大吉，咱该打道回府了，要不然向天涯又要变脸了，也大有可能一脚把她给踹了，到那时，就是哭天喊地也来不及了。此地不宜久留，此事不能低估，想到了退路和后路，铁心红向父母急忙打了声招呼，便连夜赶汽车、坐火车、乘飞机，风尘仆仆地赶往千里之外的边防站。

第十章

雪原搭桥迎红嫂
官兵喜获传家宝

回到边防站百余天，铁心红整天忙大龄老兵与内地姑娘约会、订婚、结婚的事情，这让官兵们发自内心佩服她的惊人毅力和能力，更让丈夫向天涯改变了观念，主动干起了家务活，当众点头哈腰恭维她。这有啥，都是一个营房里的战友，干点力所能及的活儿，是理所应当的。铁心红倒觉得是正常现象，说话的腔调、做人的格调、帮人的情调，与正常行为没有什么两样，还是喜欢与官兵们嘻嘻哈哈、打打闹闹的，这让大龄老兵觉得有点别扭，不太情愿与她接触，万一暴露了自己的弱点，稍不留意说给女朋友听了，那就麻烦大了。对于这一点，铁心红丝毫没有察觉，仍一会儿找这个军官聊聊，一会儿找那个士官谈谈，自我感觉很开心。刚入伍的新兵，甚至当了一年或两年的士兵，铁心红根本不和他们谈及婚姻之事，觉得他们还小，必须安心部队生活。随她吧，反正都是在帮咱做心理疏导和思想工作，于人于己于部队都有利而无害。向天涯耳闻目睹了铁心红大大咧咧、频频接触大龄士官的情景，心中倒也不吃醋，总是睁一只眼闭一只眼。但铁心红并不认为向天涯在这件事的处理上是个正人君子，总觉得他在暗地里监视她。因为听官兵们说向站长故意放出风来，要查查哪些人胆敢与他的妻子接触。真是小人之见。铁心红得知传闻，肺都气炸了，发誓要和丈夫大干一场，解解自己的心头之恨。

向天涯刚下班进屋，铁心红正想大动肝火，发泄自己的不满，可恨的手机铃声大喊大叫了起来。谁？这么烦人！只见她咬牙切齿地打开了免提，刚要张口问，对方抢言："闺女，这些日子都在忙些啥？怎么老不往家里打电话？你娘可想你了。"哼，小子，都是在卖官腔，说的比唱的好听，简直能把人气疯。铁心红憋了一肚子气，便哼呀啊呀地胡乱应付着，心里仍惦记着那些大龄老兵的婚姻事。"分明我是老子，你是小子，怎么变成了你是老子，我是小子了？我说的你听清楚没有？给我记住没有？"老父亲突然暴跳如雷，厉声骂道。

老天爷，自从懂事那天起，还真没听过老父亲发这么大的脾气，估计有要紧事，可不敢硬来。铁心红这才明白过来，赶忙说："爸，别发火，我都记住了。""胡说，你记住什么了？""我记住您说的全部话。""那我问你，那个女的什么时候过去？安排好了吗？"铁心红听到老父亲这么说，吃惊地问："什么女的？多大年龄？来我这里干啥？"老父亲再次大动肝火，厉声吼道："我看你是昏了头，为啥还来问我？听你妈说有个临沂的女老板来了好几次电话，说她认识你，你答应过她的事。"铁心红怔住了，不禁问："爸，这个女老板多大年龄？""看样子六十多岁。"老父亲肯定地说。"啊，你说什么？她六十多岁，我怎么想不起来有这么一个人？"铁心红越听越糊涂。"闺女呀，你都忘了吗？那个女老板祝老大是新时代的红嫂，她叫祝英君。"铁心红一听"祝老大"三个字，便一拍大腿兴奋地说："我想起来了，我去过她公司，听她讲过战争年代红嫂的故事，还在她公司休息了一晚上呢。"

铁心红听出来是现在老母亲接电话的声音。当提到沂蒙山区新红嫂祝英君，她的脑子一下子清醒了，说："妈，你别心急，听我慢慢跟你说。"接着，铁心红就把自己的打算一五一十地讲了出来。母亲听了，回了她一句："这还差不多，我和你爸以为你把这事给忘了呢。"正在这时，老伴一把夺过手机，催促道："闺女，好了，就说到这里吧，我和你妈还要下地干活呢。"说罢，挂断了电话。

当话题又回到沂蒙山区新红嫂祝英君的身上时，铁心红才猛然想起回老家探亲的那段日子里，曾为老兵提亲的事，她专程前往临沂市"祝老大煎饼公司"找过一位女职工，还见到了这个公司的女强人、女能人、女董事长、拥军模范，沂蒙山区新红嫂祝英君，并一起吃过饺子、煎饼，参观过红嫂纪念馆，详细聆听了她讲解在抗日战争和解放战争年代中，沂蒙山区广大妇女送子参军、送丈夫支前，她们做军鞋、烙煎饼、抬担架、推小车，舍生忘死救伤员的故事。有的红嫂用家里仅有的一把米、一只母鸡给八路军伤病员们熬汤养伤；有的红嫂用自己的乳汁救活了身负重伤、奄奄一息的八路军伤病员；有的红嫂冒着生命危险抚养我军官兵后代。

正是在过去战争年代红嫂精神的引领和激励下，祝英君下岗后，没有被一系列创业困难吓倒和打倒，最终用汗水和泪水创立了山东祝老大食品有限公司，其产品煎饼、饺子享誉长城内外、大江南北。当然，经济效益也相当可观，全国不少下岗职工、农家妇女、大学毕业生、退伍军人等，纷纷前来应聘上岗，以此实现人生道路上的梦想。上岗员工越来越多了，作为公司里的掌舵人，祝英君脑子里渐渐形成了一个大胆的计划：走过去战争年代红嫂没有走完的路，继续拥军爱兵，为边防海防部队免费送去大量的饺子等。这受到了部队官兵的欢迎，也受到了中央领导同志高度赞扬，她被誉为“沂蒙新时代红嫂”。

一天黄昏时分，来自大西北边防部队的老士官秦大龙，乘坐长途班车在临沂汽车站下了车，可是由临沂发往沂水的最后一班车，早已在半个多小时前出发了。干脆，住下吧。秦大龙一看这情况，明摆着望也是瞎望，等也是白等，当即来了个决定。然而，住到哪里合适呢？秦大龙提着军用提包，沿着大街从这头走到那头，一路上看了不少宾馆、旅店、招待所，走进一看，不是房间狭小，就是卫生条件太差，或是其他原因不适合自己入住，把前台小姐气得没有好话好脸送行。当他走得路太远，看得住所太多，觉得太累太失望时，忽然不远处有一排楼房灯火辉煌，格外热闹。哎——那是个什么地方？怎么那么热闹？过去看一看这般奇景，秦大龙眼前一亮，欣喜若狂，一阵快步奔了过去。

“好家伙，这个老兵像个蒙古人，块头挺大的。”“这小子，八成是个非洲人，脸黑得像锅底，走路姿势还倒轻松。”一些在餐馆门外车场上等候吃饭的青年男女，发现来了一个与众不同的黑大汉，议论纷纷。胡说八道，分明咱是地地道道的本地人，当兵人，想拿我开心不是，有种的给我站出来单挑，看谁能笑到最后。

秦大龙心烦意乱，恨不得伸手来个一锅端，看谁还敢再嘲笑他。他望着随意嘲笑他的人竟吓得低头哈腰地跑进了餐厅。“小子们，跑什么呀？有胆量过来跟我过几招呀。”秦大龙哈哈大笑起来。“谁？这么狂妄！”正在来客高兴时，忽听餐厅里传出一声女高音，接着，走出来一个人高马大、体重约二百斤，像个国家举重队员或摔跤队员的人。耶——这个女人咋越看越像铁心红嫂子呀！秦大龙听声望人，心里咯噔一下傻了眼。“在哪儿？我倒要看看这小子是谁，让我见识见识。”那女人嗓门大、块头大，一摇一晃地由远而近，渐渐地走近了秦大龙。“就是他，可凶了，能把人吃了。”这时，不知是谁在她身后冒了一句。哎——这小子好像是个当兵的，看他长得凶狠，可站有站相，正眼看人，很有教养，根本不像身后那些人说得那么坏呀。女人马上换了另一副表情，开始打量着这个陌生人。

秦大龙也觉得眼前这个大个子女人，比铁心红嫂子年龄大许多，可那块头、那模样、那举动，还真和她差不多，于是感到很亲切。大个子女人点了点头，张口问：“小伙子，你是干什么的？”秦大龙立正回答：“老嫂子，俺当兵的。”大个子女人说："什么老嫂子，你叫俺嫂子就行了，那你跑到咱家门口干什么？"秦大龙听她这温柔的话语，便消除了隔阂和疑虑，一口气将自己老家住址、部队驻地、途经缘故等情况讲了个仔细。"噢，原来是这样，那好办，先跟我到餐厅吃个饭，然后我给你安排住一宿，吃住都不用你花钱。"大个子女人说罢，就伸手帮秦大龙提行李。

哪知秦大龙却有点太固执，举手阻止道："嫂子、嫂子，这不行，我们当兵人有纪律，不能随便吃别人的饭、住别人的房。你要是这样，我就去找别的地方了。"大个子女人一看秦大龙这么犟，就只好让他一步，随声答应："那好，吃住钱你就掏吧，跟我走吧。"秦大龙一听，自己的条件得到了满足，松手让大个子女人提着行李，两人一前一后走进了餐厅。

"诸位，我给大家隆重介绍一下，我身旁坐着的这位是来自雪域高原的边防战士，最可爱的人，咱们家乡人秦大龙小兄弟。"大个子女人向在座就餐的朋友们介绍完，大家慌忙起立向秦大龙报以热烈的掌声。秦大龙反应灵敏，面向大家行了个标准的军礼，手久久不肯放下。看他动作敏捷、敬礼标准，大家再次报以热烈的掌声，又一次把宴席氛围推向高潮。

酒过三巡，秦大龙仍未开言。大个子女人首先来了个抛砖引玉，掉过头来对秦大龙说："说老实话，我奋斗了几十年，能达到现在食宿一条龙的规模，自己连想都不敢想……"说着说着，眼泪说啥也控制不住，像雨水般流了下来。听着她的讲述，大家心情也跟着悲伤起来。好好一台戏，本应高兴才是，大家却难过得跟着掉眼泪，吃不下饭菜。干脆，咱给她活跃一下气氛。

思路厘清后，秦大龙缓慢掉过头来，带着商量的口气对大个子女人说："嫂子，我向大家汇报几句行吗？"大个子女人掉过头瞧了一下，向他点了点头。秦大龙估计她是有点勉强，便带着慎重的心态，起身面向着大家说："各位大哥大姐，我向大家汇报一下自己当兵的成长过程。"刚说到这里，突然有人带头使劲鼓掌，紧接着，一个个跟着鼓起了掌。听说秦大龙要讲当兵的经历，大个子女人从伤感中走了出来，两眼傻傻地望着、盼着，却不知为何不见了下文，气得她没好气地问道："小伙子，怎么了？接着向下讲啊。"秦大龙看她催促，胆子就更大了，便滔滔不绝地讲起来……

当讲到边防部队山东籍军嫂铁心红的精彩片断时，大个子女人忽然睁大眼睛，屏住呼吸，伸长脖子，听得十分投入。当得知远在边防的军嫂铁心红竟是沂蒙山区后代、农家女儿时，大个子女人当即要求秦大龙把铁心红老家的地址、姓名和电话全部告诉她。真是太巧了，我早想去那个边防部队慰问一下官兵，可就是没个熟人引路，这下可好了，终于有女同胞作伴了。秦大龙看出大个子女人想与铁心红见面，拜访朋友心情迫切，于是当着她的面，拨通了千里之外、边防部队随军家属铁心红的手机："喂，嫂子好，我是秦大龙呀。""我知道你是秦大龙，你在哪儿？找我有什么事吗？"铁心红直截了当，声音急促。秦大龙忙答："嫂子，我刚下班车到了临沂，因为没有发沂水的班车，在街上找了一家旅馆，刚好碰上了一位好心肠的嫂子，她叫祝英君，是祝老大公司老板。""你什么也别说了，我早听说过了，她是全临沂、全山东的大名人。"铁心红说。秦大龙越听越激动，拿手机的手抖动得快要掉下来了。

“我可以跟她说两句吗？”大个子女人抑制不住内心的喜悦之情，带着商量的语气向秦大龙问道。秦大龙痛快地回了一句：“可以。”随手将手机递给了她。紧接着，她们双方一唱一和地聊了起来。晚上休息前，大个子女人领着秦大龙看了公司发展规模和车间加工产业链，看了老一代、新一代红嫂纪念馆。太厉害了，这个女人真不简单啊，咱可是头一次见到。秦大龙躺在旅馆床上，兴奋地翻来覆去睡不着，满脑子浮现着白天那一幕幕，沉浸在无比欢乐之中。第二天拂晓，秦大龙睡得正香甜，突然放在床头的手机响了起来。气死我了，大清早打什么电话呀！秦大龙眼不睁、头不抬，伸手摸到了手机，贴着耳朵打开，没好气地问：“谁呀？”正要往下说，对方马上打断了他的话，尖声说：“小子，翅膀还没长硬，就想上天高飞了？”“呀——是嫂子，有什么指示？”秦大龙一听是铁心红打来的电话，吃惊地睁开了双眼。铁心红没等他彻底反应过来就说：“你小子还在睡懒觉，没看见太阳都晒到屁股上了吗？告诉你吧，我正准备坐飞机往老家赶，就是为了你的大事。”秦大龙听到这里，一个仰卧起坐，端端坐在了床头顶端，后背贴着墙壁，两眼傻傻地望着。“咋不吭气呢，我明天上午到临沂，顺便到祝老大公司看看，你得跟着我一起去。”铁心红说了明天的行动路线。秦大龙满口答应，表示全程陪同，决不推辞。放下电话，他又觉得窝火，责怪道：“怎么说了那么多，偏偏不说什么时候领我去见见女朋友，真是没意思……”

铁心红回想起那天上午经过秦大龙的引见，有幸结识了新时代沂蒙山区红嫂的全过程，脑子里瞬间闪出一个灵感：俺的娘呀，八成她要过来呀，要不她打电话问我父母干啥？可不敢小觑，咱去人家公司上上下下都很热心，方方面面考虑得非常周到，可以说把咱当作英雄来接待。从老家回到边防，忙得不可开交，没有抽出充足的时间给祝大嫂回个电话，确实有点对不住人呀。于是，铁心红带着自责的心情，拨通了祝英君的手机号：“大姐，本来早就应该给你打电话报个平安，可俺一回到丈夫身边，事情多得忙不过来……”铁心红没等对方答话，就像背书似的，说了一大堆客观因素。她停顿了一下，祝英君以为她卡壳了，趁机向她慢悠悠地说：“心红，不瞒你说，前几天向你的父母亲打听，他们都说你从老家回到西部边防站了，一直没给家里回个电话，担心你会出什么事，我告诉他们不会的，我说你也不是个孩子，肯定在忙什么。这不，我正想和你说这事。”铁心红急切地回答：“大姐，你说得太对了，就是太忙，没顾上给你打电话报个平安。”“不要紧，理解万岁。可我还有一件事要告诉你，我很快要到你们部队看看，可以吗？”祝英君毫无掩饰地追问。铁心红干脆地说：“没问题，这事我跟当家的说了，他很明确地告诉我，随时欢迎。”祝英君听到她没有犹豫地回答，便说：“耶——不好，不好，我这就到了，马上到了。”铁心红没有反应过来，忙问：“你说什么？这就到了，很快到了？”祝英君忙答：“是的，到山根底下了，已经看到你们营房了，估计有个十里八里的。”铁心红哪里想到，说曹操，曹操到，兴奋地朝手机大喊了一声：“啊！慢慢走，我去接你们。”随后，关掉了免提，慌忙迎了过去。

向天涯从大门口步入营区拐弯处，正要抬头向办公室方向看，忽见铁心红一阵小跑迎面而来。老婆疯疯癫癫地搞什么名堂？向天涯害怕发生什么意外，猛地伸出双臂，挡住了铁心红的去路。“你快让开，我出去有急事。”铁心红头拱着，手扒着，拼命夺路硬闯。向天涯站在路中间，全身死死挡着，嘴里喊着：“不跟我讲清楚，想跑，没门。”正在这时，秦大龙带着一个班战士从训练场回来，遇到顶头上司和妻子动嘴又动手，便当即解散队形，站在一旁看热闹。“大龙，你嫂子精神有毛病，赶快派人把大门关上，跟我把她送回家，快派人把卫生员叫到我家。”“是！”秦大龙听到命令，当场向战士们下达了任务分工。“大龙，你不要听他胡说八道，我根本没有什么病，赶快帮我出去，真有急事呀。”铁心红声嘶力竭地喊叫，恳求他帮一把。就是啊，嫂子不像个有病的人，说话句句合情合理，哪能蛮待她呢？秦大龙进退两难，愁得直挠头皮。

向天涯看他无动于衷，勃然大怒：“你小子没听到吗？还发什么愣，赶快给我动手！”铁心红掉过头说：“大龙，别听他的话，我没错，看他能把我怎么样！”也是，小两口斗斗嘴、动动手，碍咱啥事？秦大龙挥手下令全班战士马上集合，跑步离开了现场。“哎——小子们都跑了，指挥不动了。”向天涯听到身后呼喊着番号声和跑步声，掉过头来一看，不禁说。“这就对了，应该走远点才好，我们的事，应该由我们自己解决。”铁心红仰了仰头，甩了甩头发，两眼盯着向天涯说。算了吧，咱已经在秦大龙和战士们面前献了丑，再胡闹下去让更多官兵看到，岂不成了边防站一大新闻了吗？想到这些不光彩的后果，向天涯故意干咳了一声，收手就要侧身而过，谁知铁心红伸手拦住了他的去路，恳切地说："我的小祖宗，你别回去好不好，今天有重要事出门办理，要不……""要不什么，说得那么神乎其神。"向天涯打断了她的话说道。

铁心红突然跳了起来，手指着他的鼻梁尖说："你这个大傻瓜，今天有个贵客马上就到，要不然我往外跑干啥？等一会儿能把你美死。"向天涯被她这么一说，更加不解，跟着就是一连串发问："快说，什么好事能把我美死？莫非你爸妈从山东老家来了？莫非我爹妈从山东老家来了？""那好吧，我跟你直说了，今天……"铁心红正说着，忽然大门打开，一个卫兵跑了过来，面向向天涯立正汇报："报告站长，大门口来了一老一少两个女的，她们说来找你和嫂子。"铁心红喜不自禁，一把推开了向天涯，边跑边说："你看看，还在这黏黏糊糊的，人家都找上门来了，多不好啊！"向天涯紧跟其后，开足马力跑得更快了。那卫兵小战士哪敢落后，飞身一阵迅速冲刺，一跃向站长，二过铁心红，最后当了领跑运动员。不服老不行啊，还是年轻好，干什么都有劲。望着前头的小卫兵，夫妻俩顿时产生了失落感，回想起了当年那风风火火的劲头。

"大姐！"铁心红一口气跑到大门口，传达室里一前一后走出来两个大个子女人。还没等对方张口搭话，只见铁心红喊着，一头扑到了领头女人的怀里。"什么大姐？"向天涯被铁心红这一举动弄得不知所措，吃惊地问。"天涯，我给你介绍介绍，这位是我常跟你说的，沂蒙山赫赫有名的新时代红嫂祝老大公司大老板祝英君大姐，这位女同胞就是……"铁心红正要往下讲，祝英君摆了摆手抢先说：“还是我来介绍吧，这位是我公司一朵玫瑰花，芳名孟艳芳，是贵部队猛士秦大龙的心上人。”向天涯听后，高兴地双手扑拍着膝盖，惊喜道：“俺的娘，早就听铁心红念叨过，一万个都没想到，你们今天送货上门了。”“胡说什么呀，这叫作上门道喜。”铁心红无奈地反驳了一句。向天涯忙改口：“对，对，对，老婆改得好，上门道喜。”说着，便伸手抢着提行李，与大家一块儿嘻嘻哈哈地走进了营院。

“班长，站长叫你跑步到他家里。”站部通信员站在一班宿舍门口，大声传达了向天涯的口头命令。秦大龙应道：“知道了，我马上就到。”随后，对照军容镜简单整理了一下着装，转身走出宿舍，走向了站长的家属小平房。

那次铁心红与祝大姐的红线引得特别成功。秦大龙与孟艳芳一见倾心，没过多久他们就领了证。秦大龙原打算第二年休假时结婚，后经双方父母同意，孟艳芳想在高原办个不一样的婚礼。

“报告！”听到门外有人呼喊，向天涯虽不见其人，但知其人是秦大龙，忙应道：“进来。”秦大龙轻轻推开门一看，哎哟一声，他哪里想到，大名鼎鼎的祝英君来到雪域边防，哪里想到，梦寐以求的未婚妻孟艳芳也来了，这情这景，他蒙了，一时不知说啥是好、干啥是好。还是铁心红心眼多、反应快，伸手指着一张空椅子说：“大龙，别站着，你的位置在那边，坐下吧。”秦大龙万分激动，连忙点头哈腰地感恩：“谢谢嫂子，谢谢站长，谢谢大家。”向天涯看他有点拘谨，当众责令：“谢什么谢，赶快给我坐下，到我家还客套起来了。”铁心红忙说：“行了，也不分个场合，都到咱家来了，都是兄弟姐妹，不允许摆官架子、耍威风，再不听话我给你两耳光。”话音刚落，大家就哈哈大笑了起来，气氛一下子活跃了。过了一会儿，祝英君说此次来边防要给官兵讲述沂蒙革命老区红嫂故事，传授烹饪技术，参加秦大龙和孟艳芳的婚礼。向天涯起身，拍着胸脯说：“大姐，放心吧，这些事都交给我吧，保证帮你办得漂漂亮亮的。”铁心红坐不住了，起身跑到向天涯的身边说：“大家伙可都听到了，你说话可得算数，要是变卦了，那咱们可要抓鼻子、揪耳朵、切口条，拌凉菜。”大家又是鼓掌呐喊，又是欢呼雀跃，再一次将气氛推向了高潮。今天，可是咱最高兴、最激动、最幸福的日子，要好好开开心、尽尽兴，玩个刺激的。向天涯一会儿学着新疆舞移动脑袋，一会儿学着西藏汉子爬高山，一会儿学着蒙古大汉练摔跤，一个接着一个洋相，大家笑得直掉眼泪。

第二天早饭后，铁心红陪着祝英君和孟艳芳走出招待所，直奔边防站军人大礼堂。她们知道，这是向天涯和站里领导专门研究决定，临时将训练和教育计划进行了调整，特意安排沂蒙革命老区新时代红嫂祝英君给官兵讲授红色精神教育课，配合当前站里开展爱边防、守边疆、保边疆的主题教育活动。

操课号吹响，部队从不同方向成一路纵队，呼喊着番号，高唱着军歌，如猛虎下山似的，跑步汇集一体，直奔军人大礼堂。“真是太壮观了！”祝英君看到这种场面，惊讶得喊出了声。“当兵就是神气，难怪秦大龙走有走相、站有站相、坐有坐相，姿态那么好，原来他们都是这样训练和培养的呀。”孟艳芳看着现场官兵的阵势，也对铁心红说出了自己的感受。这还不算好看的，这两天我要带着她们多走几个地方，好好开开眼界，增加美好印象。铁心红不停地观察左右两个人的表情，心里开始计划着每一天的行程安排，尽量让她们玩得开心，住得舒心，吃得放心。看她不言不语地思考着，祝英君和孟艳芳相互递了个眼色，开始搞起了小动作，使得铁心红难以承受，叫苦不迭。好在这时丈夫向天涯发现及时，这才言归正传，把讲台上就座的三位女性一一做了介绍，顿时，全场官兵爆发出雷鸣般的掌声。稍后，向天涯激动地说：“同志们，今天上午临时调整了课程，专门请沂蒙革命老区新时代红嫂给大家讲授红色精神，激励大家的拼搏意志。”接着，祝英君在热烈的掌声中，开始讲述当地当年一个个感人至深、令人难忘的故事。

1941 年秋天，日寇调集 5 万多兵力对沂蒙山区进行“铁壁合围”大扫荡。为了掩护老百姓安全转移，八路军山东纵队在沂水地区进行顽强阻击，打退了敌人一次又一次的进攻，为老百姓安全转移赢得了时间。在实施突围战斗中，八路军山东纵队司令部侦察员郭伍士，不幸被五六个鬼子包抄射击，身负重伤，当即昏迷了过去。凶残的日本鬼子，一个一个手持“三八”大盖冲到了跟前，像练刺杀似的，朝着他的身上突刺数次，鲜血顿时染红了郭伍士的全身，染红了地面，郭伍士的肠子流了出来，惨不忍睹。鬼子以为他必死无疑，收回枪转身而去。郭伍士渐渐地从昏迷中醒来，强忍伤痛，一动一个血印地朝前吃力爬行。当他爬了一公里后，爬到了一个村子的村头，遇到一个中年农家妇女——祖秀莲。我的老天呀，这不是八路军吗？怎么会伤成这个样子？突然见到这幅惨景，祖秀莲二话没说，当即将郭伍士背回家中，又是用盐水清洗伤口，又是上山采药材疗理伤情，又是亲自喂水喂饭，又是……待他像自己的儿子一样精心护理。有一天黄昏，听说日本鬼子又要进行扫荡，祖秀莲马上将郭伍士搀扶出村，隐藏在后山一个岩洞里。之后，天天上山送饭、疗理伤情，让他尽快恢复健康。祖秀莲付出了很大的心血，可以说比对躺在炕上的病重丈夫还热心，感动得郭伍士常常泪流满面，泣不成声。当伤情治疗到了二十九天，祖秀莲与地下党取得联系，八路军首长闻讯赶来，指派卫生员将郭伍士用担架接回了部队。临行前，郭伍士跪在地上向祖秀莲哭泣："娘，我一定回来看您，您的救命之恩，我永远忘不了！"抗日战争胜利结束，郭伍士因伤残行动不便，组织上决定让他退伍回到山西大同农村老家。救命之恩，永世不忘。郭伍士回家后曾多次打算离开老家，前往山东寻找当年救命恩人祖大娘，多次征求家人意见，最终得到了家人的同意。其实呢，看起来简单，做起来并不那么简单。当郭伍士千里迢迢，历经千辛万苦打听着来到沂蒙山区寻亲时，由于当年伤势较重、脑子处于昏迷状态，根本记不清是住什么村，祖大娘家的具体住址在哪里。这可怎么办？村貌都是石头砌墙根，麦草压房顶，四门朝南开，农妇都是围巾蒙头，身穿格布，脚穿布鞋，说话都是一个腔调，你爹俺爹的、你娘俺娘的。记得村头有条小河，大娘经常去洗衣裳，可是郭伍士找过很多靠近小河的村庄，打听过很多人，都说没有这户人家，没有这个妇女。难道说我记错了吗？郭伍士坐着想、走着想、躺着想、梦中想……功夫不负有心人，他终于想起来了一个标记，那个村头有一棵历史悠久的桃木梁子树，那个祖大娘脖子上有一颗黑痣。一天中午，郭伍士挑着货担像往常一样，沿村沿街叫卖。当他走进一个名叫桃棵子村的南头时，发现了一棵年岁很大的桃树，经打听正是自己寻找多年的桃树。难道说——正想着，不远处小河边传来棒槌的敲打声。看背影好眼熟啊。郭伍士放下担子，疾步走了过去。天啊，她太像了，郭伍士越看越眼熟，越看越激动，此时的他情不自禁地大喊一声："娘！"听到有人背后呼喊，那洗衣服的农家妇女回头一望，便啊的一声，猛地站了起来。郭伍士顿时大声哭喊："娘——娘——我是你的儿子郭伍士，找你好几年了——"随即双膝跪地向祖秀莲面前移动，锋利的尖石刺破了他的膝盖，鲜血淌成了一线。"儿啊，可不敢再折磨了，快起来，快起来。"祖秀莲见势心疼，一阵快步来到了郭伍士跟前，求他起身说话。郭伍士就是不肯，非要跪在地上磕响头，磕得头鼓包、非要磕得头破皮、磕得头淌血不可。"小郭，快起来，再不起来我就走了。"祖秀莲话语严厉起来。郭伍士慌忙抬起头来，凝望着说："娘，你让我起来可以，可我有个请求，你要是答应我就起来，要是不答应我就不起来。"这小子倒挺牛的，当年我救他没向他提条件，今天找上门来，倒给我提起条件来了。祖秀莲有点不快，便带着生气的语调对他说："哼，还跟我讲条件，那你就说吧，看我有没有这个能力帮你。"郭伍士听她这样说，便止住哭泣，说："娘，我求求你，以后我就是你的亲儿子，跟你生活在一起，伺候你一辈子。"祖秀莲猛然愣了一下，吃惊道：“你说什么？不走了？跟我住在一起？”郭伍士一看她犹豫不决，害怕她开口拒绝，双手把她的双腿抱得更紧了，还不停地摇晃着、央求着：“娘啊，行不行啊？你以前救了我的命，我早就有了这个打算了呀。”多么好的八路军退伍战士啊！祖秀莲的心终于被打动了，她含着热泪，深深地弯下腰来，双手托起郭伍士的双臂说：“儿子，赶快起来，看你膝盖上的血，和你以前打仗流血一模一样，心疼死俺了，娘答应你。”听到祖秀莲带着浓重的当地口音，接受了他的迫切恳求，多年的梦想终于得以实现，此时的郭伍士高兴得双手把祖秀莲抱得更紧了……从那以后，祖秀莲把郭伍士当作亲儿子，帮他照顾儿女，一家三代幸福地生活在一起。

“谢谢大姐，你讲得太感人了，讲得太精彩了。”向天涯向祝英君行了个标准的军礼，并紧紧握住她的手赞不绝口。台下的官兵们仍在一个劲儿鼓掌、呐喊，仿佛在训练场上完成一次比武夺魁大竞赛，气氛一浪高过一浪。铁心红起身拥抱着祝英君，敬佩地说：“大姐，真没想到你讲得这么好，我都听哭了好几次。”祝英君谦虚地回答：“今天有些紧张，在台下想着很多要讲，可上台就忘到了脑后，没全部发挥出来，估计效果不会太好。”“可以了，祝总，我觉得这次来部队演讲，比你在公司员工大会上要强百倍呢。”在一旁就座的孟艳芳站起来，朝着向天涯夫妻和祝英君道出了自己的观后感。

部队退出了会场，铁心红陪送祝英君、孟艳芳回到招待所，向天涯却急着走进办公室料理军务，根本顾不上陪客人聊天、喝茶。铁心红看出了祝英君不高兴的表情，便说他近期忙得顾了这头顾不上那头，甚至加班加点到天亮。可上级工作组来检查，总会从中找到点滴问题，迫使他接二连三查问题根源，找主观原因，写书面检查，弄得他哭笑不得。铁心红像妈妈哄孩子似的，抚摸着他的脸劝道：“天涯，你是一把手，可不能整天耷拉着脑袋、吊着脸，唉声叹气的，要是让部下看清了你的心思，说不定跟你一样，没心思干工作，问题就会更多呀。”向天涯细心听着，默默点了点头，表示认可她的这些看法，无论当官还是当兵，遇到任何问题、困难、挫折，都应该保持乐观的态度去对待、去克服，决不能消极、悲观地闹情绪、发脾气，那会影响成长进步啊。

向天涯从铁心红身上看到了越来越多的闪光点，学到和懂得了一些自己不懂不会的基础知识。有时候，他参加班务会，还抛砖引玉地和新老士兵们拉家常：“你们都老大不小了，该考虑找婆娘的问题了，但依我之见，你们都应该找像我婆娘这样的，个子高、块头大，为人贤惠，出门能干活、回家能做饭，既当爹又当娘，遇到麻烦事还能帮你开开心、消消气，就像妈一样疼爱你。”士兵们嬉笑着听了他的一席话，感觉就是这么一个理，至于以后找对象嘛，心里也就有了底。向天涯见他的话有些奏效，便开始扩大范围推广，让大家树立正确的恋爱观和婚姻观，尽量不走弯路，或者少走弯路，确保自己的家庭更和谐、更幸福。官兵们将他的好心好意深深地记在脑海里。闲聊中，祝英君、孟艳芳两人也深受启发，称赞铁心红有比钢铁还坚硬的强健身板，有比烈焰还要迅猛燃烧的激情，有比大海还要广阔的博大胸怀。铁心红不好意思地摇摇头说：“你们太夸张了，俺哪有那么能，只不过是干了一些微不足道的小事，可以说都是应该的，但和你们相比还差远了呢。”两个人听她又开始谦虚了，不想再讨论这个话题，只是向她竖起了大拇指。

第二桩事，该操办秦大龙和孟艳芳的婚礼了。铁心红和向天涯的初步打算，单独与祝英君进行了交谈。“我看可以，在高原边防部队办婚事有意义，俺是头一回参加。”祝英君表示赞同，没有提出更多建议。铁心红接着将婚庆时间、地点、内容、人数、宴席等具体细节全都说得清清楚楚。祝英君猛然抓住她的手说：“妹子，你们两口子想得可真周到，开始上山来，我也为这事担心和上火呢，没想到你们想到前头了。”“大姐，听说孟艳芳和秦大龙这两天有点不高兴，不知是什么原因？”铁心红问起这件事，想了解一下内情。祝英君把眼一斜，慢腾腾地说：“这就要怨秦大龙了，晚上到人家孟艳芳宿舍聊天不说，还要动手动脚的，赖着不走，别看他拿了结婚证，可老辈传下的规矩，非得举行结婚仪式，才算成为一家人。”祝英君一口气说出了新郎新娘闹矛盾的原因。铁心红笑道：“大龙也没出息，就不能忍一忍，差个三天两天算个啥，非得强人所难，闹得不愉快。”“年轻人嘛，谁不渴望甜蜜的爱情，可以理解。我听说以前你和向天涯还没举行结婚典礼，也是早就热乎起来了，哈哈。”听祝英君笑着把话引到自己身上，铁心红一个冷不防撞到她怀里，嘴里不停地埋怨：“大姐，你听谁胡说的，怎么把这事扯到俺身上，你太会耍人了，我要打死你。”说着，嬉笑着动起手来和祝英君打打闹闹。

恰巧是个周末，星期六，向天涯特意把婚礼安排在 1500

米综合战术训练场上。十一点的时候，当打扮得非常漂亮的婚礼主持人铁心红穿着一身红，迈步走进婚礼现场中心时，官兵们高兴地吼着、唱着、跳着、扭着，各显神通。让他们尽兴折腾吧，反正今天是个好日子，不大闹再也没机会了。铁心红手拿麦克风，操着浓重的齐鲁方言："亲爱的战友们，大家好，新郎秦大龙、新娘孟艳芳婚庆仪式，现在开始，让咱们以热烈的掌声欢迎新郎新娘走进婚姻殿堂。"接着，铁心红宣布："下面请证婚人，西域边防站站长向天涯宣读结婚证书。"随着热烈的掌声和欢呼声，向天涯走上前台，声音洪亮地宣读了男女双方的姓名、结婚时间、登记机关等。下面请新时代红娘，沂蒙山区祝老大公司总经理祝英君女士讲话。接着，官兵们再一次爆发出热烈的掌声和欢呼声。祝英君用地地道道的齐鲁方言，赞扬了新娘孟艳芳在家庭、工作上的能力等各个方面，回顾了三次接触秦大龙的深刻印象。特别对来到高原以后，官兵们对自己的热情关心，表达了由衷的感谢。婚庆仪式结束后，向天涯再一次登上了婚庆台，当众宣布："同志们，今天咱们餐桌上加了几个菜，就算是婚宴小庆吧，但没有酒，有饮料，有牛奶，有鸡蛋汤，有白开水，还有红嫂祝英君、新娘子孟艳芳和我老婆铁心红，她们共同下厨做的煎饼、糖葫芦、红烧肉、熘肝尖、德州扒鸡、大卤面等美味佳肴，但愿大家都喜欢。"官兵们分成一路纵队，兴高采烈地离开了婚庆场地，又如饥似渴地步入了婚宴饭堂。

第三桩大事，也是最后一件心事，就是祝英君的拿手绝活——示教做糖葫芦和煎饼。可不能草率应付，咱来一趟高原边防部队不容易，必须抓紧时间，认真对待。祝英君接连三个昼夜，因高原反应强烈，心跳不断加快，脑袋、眼球胀痛，总是吃不进、睡不着，犹如大病一场，身体难以支撑。但想起官兵们冒着零下四十摄氏度的极端天气，像巨人一样屹立在国门、国界上；想起官兵们踏着茫茫积雪巡逻在祖国的边防线上；想起官兵们持着沉重的武器，摸爬在冰山雪地练本领；想起……她坚定了信心，行也得行，不行也得行，必须发挥一技之长，让官兵们学到真本事、硬功夫，等退役后，说不定自己凭这点能力，走南闯北还能混口饭吃呢。祝英君顿时感到浑身都是力量，不停地催促铁心红，赶快把人叫过来，迅速战斗吧。求之不得，我早就盼她说话了，铁心红把这事深深闷在肚子里，曾有几次，话到嘴边又咽了回去，总觉得时候不到。今天可倒好，咱不张口，她反倒催了起来，简直是水到渠成、锦上添花呀。见时机成熟，铁心红快步走进了丈夫的办公室，见面就说："天涯呀，人家红嫂催咱们了，你赶紧选几个喜欢当老炊的人，集中到伙房里，让红嫂祝英君教几手，估计人家着急要走了。"向天涯听老婆说得有理，当即回答："老婆，我总觉得你的境界越来越高了，有些事都想到了我的前头，看来我找你当老婆算是找对人了。""废话，油腔滑调的，说的比唱的好听，赶快去找呀。"铁心红不管丈夫爱听不爱听，张口就是一句当娘的气话。向天涯可能习惯了她的严厉，知道她的一言一行是为了部队好，也是为了支持自己的工作，便带着勉强的表情，无奈地应付着："那好吧，我就答应了，你先回家，等一会儿我派兵去接你们如何？"铁心红看出了他的心思，故意埋怨道：

“看你个熊样，跟我打起官腔来，看回家我怎么收拾你。”“我的姑奶奶哟，你饶了我好不好，我不是答应了你吗？怎么还来刁难我呀？”向天涯觉得不妙，赶紧放软话，求她宽宏大量。铁心红一看目的达到，伸手点了点他的前额，嬉笑道：“你呀你，幸亏是我的大男人，要是换成别的男人，你猜我怎么办？我非一脚踹死他。”向天涯轻轻地拨开她的手指，央求道：“我的姑奶奶，你还有完没完？赶快去办正经事吧。”谁知，铁心红放下手指，冷不丁朝他屁股狠狠踢了一下，教训道：“我踹死你，要是再跟我耍二虎，我非扒了你的皮！”好汉不跟女斗呀，向天涯勉强忍住了，身体紧缩着，没有一点反抗的意思。教训他一下算了，毕竟是自己的爱人，打坏了自己可要受苦受累受罪呀。铁心红点到为止，不舍得出手太重，只是意思一下。收手后，铁心红便装腔作势，头一扬、身体一晃，迈着四方步，走出了办公室。看她的毛病，在我的办公室牛得很呢，要是到别的领导办公室，她敢耍这个威风吗？要是站里官兵来到我的办公室，她敢这样对待我吗？向天涯望着铁心红走出门的姿态，气得咬牙切齿，坐在椅子上摇着头，叹着气，仿佛觉得感情到了即将破裂程度。

一阵小跑，一身汗水淌。祝英君快速将随身携带的烙子，轻轻平放到了地板上，随即又将事先备好的稀面，一勺一勺舀到烙子平面上，尔后再拿出自制的木板勺，不停地开始摊面、旋转、翻烤，屋子里顿时散发出了浓浓的香味。不一会儿，一张张煎饼被铲出烙子，又经过煎饼包卷大葱和面酱一一送到了培训骨干的面前：“你们都尝尝，看看好吃不好吃。”“挺香的，好吃。”“挺脆的，味道不错。”官兵们边大口咬着煎饼，边夸赞着。就连军嫂铁心红和孟艳芳，也挤进了人群，跟着沾光。“都是些饭桶，光知道吃，技术学会了没有？”不料，向天涯突然带了一大群指挥官纷纷涌进伙房，见面就是一顿训斥。铁心红接过话茬，当众问道：“你听听这话，什么叫饭桶？大伙儿尝尝煎饼不应该吗？告诉你吧，尝尝煎饼也是学技术，不尝尝能知道和面的标准吗？能知道饼馅怎么搭配吗？能知道口感和味道吗？能……”“你可别唠叨了，是我的错好不好？我再不说了好不好？”向天涯被打压了下去，当众说了软话。祝英君一看不好收场，便端着一大摞煎饼，笑嘻嘻地走到向天涯面前说：“你们两口子，谁对谁错有啥争的，都消消气吧，先尝尝我的手艺。”说着，一把将煎饼放到他手里。“就是的，咱也尝尝，也跟着学学摊煎饼的技术。”向天涯故意来了一句调皮话，接着大口撕咬起煎饼。“咱也尝尝，咱也尝尝。”几个军官、士官带兵人，纷纷向祝英君伸出了双手。“没问题，稍等两分钟，绝对每人一份。”祝英君当众承诺，手脚开始忙活起来。“小伙子们，咱们该动手了，助红嫂一臂之力吧。”随着铁心红的提醒，前来参加培训的技术骨干，这才缓过神来，和面的、洗菜的、刷碗的、端盘的……开始热火朝天地干了起来。

一个星期过去了，收获最大的应该是军嫂铁心红，小到和面配料，大到成品制作，可以说样样都能保质保量地独立完成。她回家告诉丈夫，咱可得出点力，学点东西，不然的话，人家离开了军营，返回山东老家，那自己再看什么、学什么，也是空想呀。丈夫不用她说，心里早已知道了彼此关系程度，只说了一句："你不要一口吃个胖子，悠着点，能学多少就学多少，过量过度累倒了，我可得又当爹又当娘哟。"铁心红没有多言，只是一个劲地笑个不停，离开家门后，还是那样风风火火，手忙脚乱地拼个没完。

可不敢再耽搁下去了，祝英君惦记着公司那些人、那些事，向铁心红和向天涯提出了下山回家的请求。够意思了，人家红嫂上山给官兵进行了老区人民爱国拥军传统教育，给秦大龙送来了新媳妇，给部队骨干传授特色餐饮技能。向天涯感激不尽，便代表部队官兵，自驾车携带着妻子和新娘子孟艳芳，将红嫂送下山，送上了驶往大都市的长途班车。

在返程的路上，铁心红和孟艳芳没说一句话，只是哭哭啼啼个没完。这让向天涯心里也难过，可他硬是强忍着，把精力集中到了车辆驾驶上。"这家伙，没心没肺的东西！"气得铁心红终于开口指桑骂槐了。"老婆，小孟，以后你们常和祝大嫂联系，多向她请教就是了，现在咱高高兴兴回驻地吧，别再哭了，小孟来高原时间短，小心哭坏了身子。"铁心红说："哟，你个没良心的，还知道安慰人，俺以为你是个石头心肠呢。"这话把孟艳芳惹笑了。

第十一章

功臣起身离达坂
官兵目送下山岗

女人嘛，养儿育女，乃是义不容辞的责任和义务。对于这一终身大事，铁心红自结婚那天起，思想上就做好了充分准备。母亲几乎天天晚上来电话，问得最多的是身体有什么反应，孩子什么时候出生，在什么地方坐月子等话题。铁心红回了上句接下句，有时觉得问得太多了，就会顶撞几句。母亲并不在乎，照样问下去，铁心红只好勉强应付。向天涯实在看不下去了，觉得铁心红太过分了，便怒斥："你这个人对老母亲这样蛮横，让官兵们听到了，他们没有一个不骂你的。"铁心红见他故意找茬，跟着老母亲打帮腔，气不打一处来，根本不吃他那一套，说道："哎——倒挺牛的，那我问你，你想干什么，你对我妈又想怎么样？那等我坐月子生孩子了，住在你家会咋样？"向天涯说："我爸你不了解，还是我妈你不了解？他们对你怎么样，你心里不清楚吗？亏你当初跟我说老人这好那好。"

铁心红一下子老实多了，坐在凳子上两眼瞅着门窗，好像又有了什么心事。算了吧，人家那么听话，咱还想干吗？向天涯被妻子的可怜相所感动，慢慢靠近了她的身旁，双手轻轻地摇着她的小臂恳切道："夫人啊夫人，你又生我的气了，你实在不解恨的话，就给我两耳光吧，我决不还手！""少来这一套，你把我当成什么了，想哄就哄，想骂就骂。"铁心红不想搭理他，身子一转，屁股对着他。

向天涯知道她又要起了小孩子脾气，仍然毕恭毕敬地对待她，为的是心中一件大事——腹中的小宝宝！铁心红扛不住他的黏糊劲儿，只好改变了强硬态度，随后，长长地叹了口气，心平气和地忙起了针线活。向天涯以为气氛恰到好处，就头挨着她的头说："我有个想法，准备和你商量商量。"铁心红没好气地问："说啥？又有什么鬼主意？"向天涯忙答："你看这样好不好，这几天正好有下山拉物资的采购车，你搭便车坐三十里，转喀什长途班车，到了机场再坐飞机回老家休息好不好？"

铁心红沉默了许久，慢慢抬起头来，伸手拍了拍他的后脑勺，说："你是家里的主人，我是家里的妇人，你说了算！过去都是你听我的，今天那我就听你的！"向天涯一听，差点儿跳起来，自己终于达到目的了，忧愁的心情一下子好转了很多，就连说话的方式、看人的表情、办事的举动，都显得十分轻松和自然。

这是求之不得的！铁心红不想让他天天跟在屁股后面念叨，也知道当下自己所处的环境，特别是腹中的宝宝，不可能久待在高原当儿戏。本想找个合适的时间，与他商量一番，没想到的是，今天他却主动提出了看法。那好吧，咱就给他来个顺水推舟，两全其美吧！免得双方都不愉快。

自从铁心红答应了向天涯尽快离队返乡的央求，总觉得在边防站这些日子里，自己所付出一切，会人走茶凉，官兵重蹈覆辙，继续过着以前那单调的生活。正是为了这些，她不止一次和丈夫说过，临走前，说啥也要抓紧对骨干进行种植和养殖、烹调技术培训，确保官兵生活水平在稳中向好发展。

嫂子真是不要命了，整天挺个大肚子，一会儿进厨房，一会儿走温棚，一会儿钻羊圈，咱可不能偷懒耍嘴磨洋工，应付差事对待她呀！听说铁心红因身孕缘故，没几天就要离开营区了，临行前，她还要临时组织部队专业技术骨干对弱项种植养殖和主副食技能进行突击式培训呢。一个个军官，一批接着一批士官、士兵，都拿出训练场上摸爬滚打的小老虎劲头，就连一个细小问题也是相互纠正，苦练数遍，非要达到精益求精、完美无缺不可。大家苦学技能的热情，被铁心红的叫喊声和鼓掌声所鼓舞，一次又一次掀起了比学赶帮超的新高潮。

秦大龙是第一次参加这种专业培训，也是新媳妇孟艳芳逼他来报名培训的。为这事，小两口吵得面红耳赤，心里产生了隔阂，谁也不搭理谁。铁心红得知，没有向秦大龙问过一句话，反倒把孟艳芳在电话里埋怨个不休，甚至叫到家里说她这不好那不好，让她主动给爱人赔个不是。孟艳芳岂敢恩将仇报，她强忍笑颜，含着泪花开口答应了。

还是听老婆的吧，人家大老远专门上高原和咱结发为妻，何必拿她当外人，如果把她气病了，自己就要吃苦受罪了。第二天上午操课号吹响，秦大龙向上级申请了参加由军嫂铁心红举办的专业技术骨干培训班。

孟艳芳惊喜爱人突然改变了态度，心情一下子高兴起来，嘴里不停地重复着："小子算是懂事了！小子算是懂事了！"秦大龙走进培训班，才渐渐意识到自己所听所看所学所练的专业技能，与自己的军事技术、战术技能和执勤巡逻的本职业务大不相同。有时候，听着铁心红的授课理论，他睁着一双大眼睛，张大嘴巴打呼噜、说梦话，惹得在场听课的官兵哄堂大笑。"看到了吗？这小子不结婚精力旺盛，几天几夜不吃不睡，也不是这个劲头，看来不结婚比结婚要好啊！"大家交头接耳、私下窃语。

这还了得！铁心红大喊了几声，不见他反应，便走近秦大龙跟前，伸手拧着耳朵，说："懒小子，你可会装，俺头一回看见睁着眼睛听课打呼噜、说梦话呀！"这引起官兵哄堂大笑。秦大龙被扯醒，猛然发现前后左右的官兵全都对他哈哈大笑，羞得低下了脑袋……据说丈夫在培训中丢了脸，气得孟艳芳心里直冒火，望着窗外掉眼泪，悔恨当初听了他的谎言，弄得自己如今没脸见人，回不了家，随不了队，一刀两断的念头开始滋生。

秦大龙回家大大咧咧，又说又笑，可新媳妇孟艳芳调了个屁股，坐在那里，就是不给他正面看。这可咋办呢？说不能说，拉不能拉，光知道坐在木椅上哭哭啼啼。哭坏了身子，老家亲人、部队官兵们肯定会埋怨咱呀！秦大龙感到问题严重，转身走出了房间，直奔向站长宿舍。

听到门外有人敲门，铁心红大喊了一声："谁呀？"秦大龙回应："嫂子，是我呀，秦大龙！""进来吧。"铁心红心直口快，爽快地回应。看到秦大龙推开房门，耷拉个脑袋，双手擦着鼻涕眼泪，向天涯劈头盖脸就是一句："看你个熊样，打败仗了吗？"铁心红接着问："到底怎么回事，是不是小两口吵架了？"秦大龙没吭声，只是默默点了点头。向天涯火气更大了，一步蹿到他跟前，厉声道："大龙啊大龙，你算什么龙，我看就是熊，一点本事也没有，连个老婆都对付不了，把以前参加战区大比武的二杆子劲使出来呀！""什么，你这个人怎么胡说呢！"铁心红挺着大肚子，双手捂着腹部，一摇一晃走了过来说。向天涯后悔说出了狠话，便借口军务在身，灰溜溜地蹿出了家门。哈哈，猛虎也怕老雕，没想到嫂子一句话竟吓得他比兔子跑得还快呀！秦大龙偷偷转头扫了一眼，看他狼狈逃窜的慌张样子，兴奋得露出了笑脸。"俺就不信你有多牛！"铁心红走路显得十分吃力，可嘴上叫喊得响亮，看那凶劲，真想抓住丈夫咬他几口。秦大龙一下子被解围了，急忙向铁心红深深鞠了一躬，含泪道谢："嫂子，多亏你帮我！"铁心红手一摆说："说这个干啥，咱们到炊事班看看去！"秦大龙迅速半面侧身、退步让路，铁心红这才微笑点头缓缓走出了家门。

打发走秦大龙，孟艳芳恨天怨地好大一阵子。突然，屋外传来官兵行进番号声、训练场上喊叫声、文化中心拉歌声，她的心情也跟着愉悦起来。与这群光棍汉子在一起，有苦有乐，比在老家跟着别人打工好得多。孟艳芳犹如孩子的脸，说变就变，头发一拢，起身跳了几下。接着，换下睡衣，穿上高跟鞋，屁股一扭一扭地走了出去。

铁心红特意将秦大龙和孟艳芳叫到跟前，带着开玩笑的语气说："你俩真是树上的鸟儿成双对，到哪儿都是形影不离，生怕别人抢了哪一个！"秦大龙心直口快："我是男子汉，本来动枪动刀的，可看到你们女人手艺那么好，我也想学几手！"孟艳芳不服气，随即反驳："你听听这话说的，明明是女人干的活儿，一个大老爷们不去好好练武，非要夺女人的饭碗，有啥出息！"好极了，孟艳芳能有这样的心态，省得让人磨破嘴皮子。铁心红偏向孟艳芳，双手轻轻按着秦大龙的双肩说："大龙，听我一句，你就别争了，还是回到班里带兵练武吧，参加种植养殖和烹调技术培训这事，让你媳妇艳芳跟我干就行了！"

秦大龙有点难为情，赖在那里一动不动。孟艳芳突然冒出了一句："大龙，你在想啥？没听见嫂子跟你说什么吗？赶快出去！"秦大龙火了，猛然一跺脚大怒："好，累死你可没人管，我走！"说罢，扭头离开了炊事班。

"好小子，火气倒不小，别碰到枪口上！"铁心红看他急乎乎的样子，故意扯开了嗓门，在场的人看着，个个哈哈大笑起来。听到身后爆发出嘲笑声，秦大龙回头望了望，回敬道："别看你现在笑得欢，以后累得干不动了，总有你哭着求人的时候，等着瞧吧！"他转身向热火朝天的训练场奔去。

"嫂子，你可别见笑，我跟他结婚后才知道，堂堂的大男人做事和个黄毛小孩似的，整天没正经地胡喊胡叫，让人干生气。”孟艳芳看到铁心红盯着秦大龙远去的身影，以为她在怒视、在怀恨、在发誓，吓得开口来了一句。铁心红回过神来，望着她笑着说：“那倒不是，我是看你家这个傻大个，挺有个性的，比我那口子要强得多，将来一定是个人才。”孟艳芳听了一席赞誉之言，觉得是给她吃开心丸，便试探着对铁心红说：“嫂子，你的意思我明白了，但愿他能像你说得那样有出息，可他现在这个倔脾气，干什么都不动脑子，我是恨铁不成钢啊！”铁心红肯定地说：“艳芳，你请放心吧，他越是脾气犟，越能干成事，要是和小绵羊一样，那就一事无成了！”

孟艳芳听来听去，终于明白了铁心红对她的丈夫高看一眼，顿时全身上下热流涌动，想表达却表达不出来，只是嘴张着，好像被人抛到了空中，幸福的感觉从未有过。兴奋中，她猛然甩起了披肩发，青春洋溢，不巧的是头发缠在了身后一根晾衣服的铁丝上，疼得她啊了一声。“别乱动，光知道高兴，我来帮你解！”铁心红说着疾步走了过去，伸手分离着被缠的头发。孟艳芳死要面子活受罪，非要摆头挣脱，哪知她越用劲，头发缠得越紧，疼得大喊大叫。铁心红一看这劲头，朝着她脊梁狠狠拍了一巴掌，说道：“你这犟驴，真不听话，要是把头发拔光了，看秦大龙还要不要你！”这一招，既打又骂，孟艳芳老实多了，再也不敢随心所欲了。吓唬吓唬她吧，不能眼看着男子汉大丈夫受气，铁心红并无其他意思。当然，孟艳芳也明白她的意思，只不过没有开口，没有当众挑明罢了。

接连数日，秦大龙从训练场上、从执勤点上、从瞭望塔上、从边防线上汗流满面地回到家中，孟艳芳总是笑脸相迎，脱衣擦汗，递水倒茶，关爱有加，好像换了一个人似的。哎——她怎么对我这么好，前几天可是凶得很呀，难道说父母来电话说了她？难道说自己有了悟性？难道说……秦大龙回忆着前前后后，分析着诸多原因，但他坚信媳妇这几天的巨变，十有八九是有人给她进行了心理疏导和精神教育。咱可要以心交心，重重回报啊！秦大龙也明白这道理，懂得感恩，决心拿出最大的干劲和热情，给媳妇来个惊喜，让她更加热爱边防生活，增进夫妻感情。之后，秦大龙心理和行为也发生了变化，每天早起烧开水、打扫卫生、洗衣服、挤牙膏，就好像新兵给老兵、班长做好事一样，把媳妇伺候得妥妥帖帖。

到了晚上，秦大龙见老婆也是忙了一天，很是心疼，又是用热毛巾给老婆擦脸擦手擦身子，又是给老婆洗脚捶背揉脖子，十分勤快。有时候，由于双手用力过重，孟艳芳便发出呻吟和喊叫声，秦大龙知错认错，让孟艳芳任意惩罚他。

人家对咱忠心耿耿，咱又怎能任性胡整呢？孟艳芳能忍则忍，能笑则笑，能合则合。她比丈夫起得还早，大小家务事抢着干，尽量不让丈夫操心，让他把劲头用到练军事、守边防，干本职工作上。

看到秦大龙干啥都是乐呵呵的，官兵们不用问就知道，肯定是嫂子孟艳芳在家里给他好脸相迎、好话相待，这才有了更好的精神状态。将来有一天，咱找媳妇也是这个标准。老兵是这样认为，新兵也有这样的打算。

向天涯在与几个新老兵聊天当中得知，便一个劲儿鼓动："大家的想法，我举双手赞成，不过眼前是国，身后是家，把这两种情怀都理顺了，那我无话可言！”领导说得对着呢，咱现在就要一心守好祖国西大门，让全国人民安居乐业，等到了法定年龄，再考虑个人问题，也不为迟呀。官兵们经过向站长的开导，心里一下子亮堂起来，思想觉悟也高了起来。

当看到军官组织指挥有方，看到士官专业技能提升，看到新老士兵士气高涨，向天涯满意地点头称赞：“非常好，照这个势头发展下去，全边防站软硬件建设，考评验收咱不数一，也数二，外国鬼子胆敢来侵犯，定叫他们有来无回一扫光！”“对，咱们拼了，一定干出个名堂给他们看看！”官兵们当着向天涯的面，表达了自己的坚定誓言。“好小子，看你们的实际行动吧！”向天涯对他们只是一句应答，他想用语言来激励，用命令来召唤，顺便观察每一个人的反应。当然，这也是他带兵、教兵、练兵一种惯用的尝试和探索。

男子汉能喊叫、能大闹、能拼命，当兵打仗就需要这种硬骨头。说实在的，俺女人嫁男人，就爱嫁这样的军营男子汉，死见不得那些说话阴阳怪气、走路拖拖拉拉、办事黏黏糊糊的男人，三脚踩不出个屁来。铁心红与孟艳芳几次交流，几次都是同样的看法。

铁心红不知失过多少次眠，也不知流过多少次泪，很不情愿离开丈夫和边防军营，这是因为自己从开始到现在，从点到面，付出了血的代价，甚至生命危险，才好不容易发展到了如今官兵能吃上新鲜蔬菜，新鲜猪肉、羊肉、鸡肉，能吃上一日三餐不重样的饭菜，能为大龄青年搭鹊桥，使他们过上幸福美满的生活。而今自己将要踏上回乡的路，非常担心官兵们的生活保障和其他方面，会不会好景不长，又变成了走过去的路呢？假如自己没结婚，假如自己没怀孕，假如自己没随军，假如……联想了多个假如，她想得头疼脑晕，可就是没有一个切实可行的应对办法。唯一开心解闷的，只有在屋里不停地来回踱步，在室里转圈圈，直至累得眼皮打架，浑身疲乏，才爬上床睡一觉。

真拿她没法子，一旦有个闪失，大人孩子可就风险大了呀！向天涯心里急得火烧火燎，不要说在家里头皮发麻，就是坐在办公室里，心情也无法平静，总希望她早走、快走。为这件事，他接连给父母亲、岳父岳母家中打了好多次电话，让双方二老出面催促，施加压力，迫使她尽快动身。有时又让孟艳芳出面说服，以苦肉计催促她尽早动身返乡，可都无济于事。没办法的办法，甚至让为找对象犯愁的大龄军官、士官以休探亲假为由，请她穿针引线，但到了最后，同样未能如愿。这家伙顽固不化，让人头疼啊！向天涯绝招使尽了，但毫无进展，他只能自欺欺人，对大叹息。可群众的眼睛是雪亮的，几个聪明过人、能力超群的军官、士官，挖空心思，绞尽脑汁，想出了一条条绝招妙艺，采取车轮战术或邀请战术，轮流上门约谈，与铁心红谈人生、谈家常、谈子女等。还有那白天形影不离，晚上电话短信不断的好妹子孟艳芳反复劝说，铁心红渐渐地开始产生了动身下山、尽快回家的想法。那就传授给她吧！铁心红觉得无法摆脱现实，决心将自己所经历的经验和教训，毫无保留地传给孟艳芳。看到妻子与孟艳芳越走越近，无话不说，向天涯心中明白了，整天高兴得合不拢嘴。

铁心红早走一天，向天涯心里就早踏实一天。秦大龙听到孟艳芳谈情论理，知道嫂子打算回老家，把心事托付给了媳妇，便关切地说："艳芳，看来你的任务艰巨呀，嫂子的意思再清楚不过了，你可要有担当呀！"孟艳芳点了点头说："我也是这么考虑的，估计她待不了几天，说走就走，我得抓紧时间，跟她多学几手。""我看可以，家里的事你不用操心，一切都交给我，你就去大胆干吧！"秦大龙大包大揽，满口答应。孟艳芳猛地抓住他的双肩摇晃着，兴奋地说："这可是你说的！这可是你说的！以后家里的事我不管了，那就看你的了！"秦大龙突然紧张了起来，反问道："你弄错了，我说的是现在，不是以后，家里主人是我，夫人是你，等外面任务完成了，你还是给我在家里好好待着吧！"孟艳芳气愤极了，一屁股坐在床上，说："你还是不是个爷们，刚才说得那么坚定，马上又变了，真是后老婆子脸，说变就变了，干脆不出门了吧！"秦大龙一看好事变成坏事，急忙走到她的跟前，苦苦央求："好老婆，怎么耍小孩子脾气了，俺和你说着玩呢！"孟艳芳双手用力，狠狠把他摁倒在地上，来了一句："去你的，看错了人！"秦大龙措手不及，被重重地压在了地上，难受地嚷嚷："疼死我了，心真狠，想弄死我吗？"孟艳芳冷笑着说："也许吧，告诉你吧，俺不打好人，还能不打坏人吗？""俺看你也不像好人！""你看我像什么人？""俺看你像个坏人！"小两口你来一句、我回应一声，谁也不服气谁。正在这时，屋外传来咚咚的敲门声。秦大龙止住手脚，说："请进！"门还没推开，便听到熟悉的声音破门而入："这不是说嘛，大白天的，小两口悄悄话说得倒挺长的，让我在门外干等着，啥意思？"坏了，怎么会是向站长来敲门，莫非他有急事找我？秦大龙想得复杂又严重，立刻以紧急集合动作，闪电般地完成了细小物品放置、军容着装整理，立正靠墙等待，像是准备出击的勇士，只要指挥员一声令下，就勇敢地冲入敌战场。天呐，猛虎也怕好猎手啊！孟艳芳一看这凶劲，顿时心中产生了惊奇、震撼、惧怕等综合反应，觉得指挥员和战斗员还是大有区别的。难怪领导台上一声吼，台下官兵一片涌，原来是这样啊！孟艳芳很快明白了彼此间的关系。

咱可不吃他那一套，他们身穿军装，走行伍之道，咱是平民百姓，理应和他们平起平坐。孟艳芳想到了自己的身份，便大胆扭起屁股，三摇两晃地迎过去。“怎么搞的吗？磨磨蹭蹭，哪像个军人！”向天涯听到了脚步声，以为是秦大龙前来迎接，张口训斥了一下。孟艳芳急忙打开了屋门，还没见到人就说：“向站长，你可是稀客，能到俺家，肯定有好事和喜事吧？”向天涯仔细一瞧，来者不是秦大龙，竟是孟艳芳，吓得双脚连连后退，双手频频摆动，嘴里反复说：“怎么会是你！怎么会是你！”不行，得给他个台阶下！孟艳芳主意拿定，便使劲抓住他的胳膊央求：“向站长，你进俺屋和大龙谈事，俺去你屋和嫂子说话好吗？”说着就将向天涯拽进了屋内，随即又转身跑出了宿舍小院门。

“站长，都怨我太傻，让媳妇过去给你开门！”秦大龙不知何时站到了向天涯的身后，心里感觉有点委屈，自责地说。向天涯掉过头来，望着他满脸苦相，无奈地摇了摇头，从嗓子眼挤出了一句：“别说这些，你我都清楚，咱们进屋再聊吧。”

秦大龙不敢再言，便步步紧跟着他走了进去。

忽听屋外有人敲门，铁心红烦躁的心情又增加了几分厌恶，极不情愿地问道：“谁，有啥事？”“嫂子，是我，孟艳芳呀！”“啊，是你！”铁心红后悔刚才不该口出怨言，反倒不好意思与人见面。由于想得太多，反应迟钝，手脚笨重，房门久久未能打开。奇怪呀，她和我都是女人，明明知道我在门外等待，为什么迟迟不肯开门呢？再说她男人已经在我家和我男人聊天，也是自己亲眼所见，肯定家里没有外人。一连串思考从孟艳芳脑海里浮现了出来……“小孟，让你久等了，快进来！”铁心红一身漂亮的打扮，满面笑容，终于开门迎接老朋友。

孟艳芳眼睛一亮，惊喜地说：“嫂子，你今天大变样了，太漂亮了，也年轻了！”铁心红听了她的夸赞，心跳到了头顶上，全身飘到了空中，说：“是吗？”孟艳芳伸手拉着她的手，摇了摇，诚恳地说：“嫂子，我还能说假话？你不信，咱俩到操场上和那些光棍汉见个面，看看他们会怎么看你，听听他们会怎么说你。”铁心红轻轻用手拍打着她的后背，微笑道：“好妹妹，不用他们看，也不听他们说，我就想让你看，让你说！”随后，两个人又说又笑，手拉着手、肩并着肩地走进里屋。

铁心红给孟艳芳倒了杯茶水，抬头望了望墙上的结婚照，向她揭向天涯的短：“你看看这家伙，自从跟我结婚到现在，跟个小孩子一样，每天下班回到家，开门连个招呼也不打，一头就撞了进来，能把人吓死！”孟艳芳吃惊地说：“是吗？”铁心红继续说：“这还不足为奇，他每天离开家门，丢三落四的，老是忘带东西，你不贴着他的耳边念叨，准会出来进去个没完，让你有操不完的心。”听到她喋喋不休地说丈夫的小毛病，孟艳芳情绪烦躁起来，深有同感地说：“嫂子，俺那口子更要命，晚上睡觉打呼噜、说梦话、放屁、牙齿咬得咯咯响，害得俺一晚上睡不着觉。天亮了，俺困了，刚要睡个觉，起床号又吹响了。实在没有办法，只能白天睡懒觉，什么早饭、午饭的，根本没心思吃。”铁心红举手拍了拍后脑勺，猛然醒悟道：“对呀，我说嘛，你这个人隔三差五不出门，老是不参加课余活动，原来是这个原因。”孟艳芳没接话，仍在不停地摇着头，唉声叹气。铁心红生怕她产生过激行为，便开导她：“你干脆晚上睡觉的时候多个心眼……”听到这里，孟艳芳打断了：“嫂子，不用你教，我已经有办法了！”“什么，你有办法？”铁心红问。孟艳芳微微露出了笑容，连连点着头。铁心红觉得应该谈谈正事了，双手摸了摸小腹，难为情地说：“有啥法子呢，就怪这个小家伙，我不得不回老家待个一年半载，到那时候还不知道边防军营变成啥模样了。”孟艳芳心里也不太好受，望着铁心红悲伤的表情，满腹的话儿却不知从何说起。铁心红看出了她的心思，起身缓慢围着小餐桌转了几圈，嘴里嘟囔着，停下脚步，拍打着小餐桌解心里的怨恨。铁心红是咱们的重点保护对象，可不能跟着她乱动乱跑、胡喊胡叫，万一她有个三长两短的，向站长肯定会拿咱是问！

孟艳芳仔细端详着铁心红，心里琢磨着怎么开口，话怎么说，很想一招制胜，让她乖乖顺从。孟艳芳知道，铁心红并不是好对付的，无论头脑反应、毅力意志、技术技能、素养程度、影响范围等，都在自己之上，根本无力和她抗衡。然而，她也有不少毛病，遇到急情和险情头脑不冷静，明知吃亏不听好人劝，当众揭人短，待人不留情。孟艳芳抓住了把柄，心里有了底，开始反守为攻，大胆对铁心红提出问题，并且一个接着一个，问得既直接又尖锐，铁心红惊奇地问："妹妹，你不会是听家人和别人说的吧，怎么知道这么多，我都感觉有点奇怪。"

孟艳芳知道击中了要害，高兴得想动手给她一下，可有那个贼心没那个贼胆，只好伸手搓了几把脸，哼了几声吕剧《李二嫂改嫁》。铁心红被惹恼了，厉声道："你哼什么不好，偏哼这种腔调，让人烦不烦！"孟艳芳听了心里觉得纳闷，当即回了一句："哎——嫂子，不明白，你这话什么意思？"铁心红直言道："这么简单的道理不明白，那我问你是不是想离婚？是不是想再嫁人？""停，怎么这么说话，我啥时候有这种想法？啥时候有这种说法呢？"孟艳芳实在忍不下去，打断了她的话。

铁心红嘿嘿一笑，头顶头、眼对眼地嬉笑道："傻妹子，这个在俺老家只能是寡妇学唱，有夫之妇可不能胡唱，多亏你在我跟前哼哼，要是在山东老乡跟前，要是在老家亲朋好友身旁，我断定人家会戳你的脊梁骨呀！"孟艳芳终于领会了她的意思。

算了，不跟她玩虚的，直奔主题吧！铁心红感到时机成熟，便用协商的口气，对她恳切地说："好妹子，说归说，笑归笑，咱们还是谈点正经事吧。你是知道我这个情况，死逼梁山啊！依我看，你赶紧到伙房多干点，到猪圈、羊圈、牛圈多看看，到房顶上、岩洞里多转转，如果有不懂的或不明白的地方，你问问大家，也可以问我，方便的话，我跟你一块儿走走看看。"

孟艳芳被她的话深深地打动了，双眼睁得大大的，紧盯着她的小腹，坚定地说：“嫂子，你什么也别说了，我知道该怎么做，你就赶快收拾东西回老家吧。”说罢，起身就要离开。“好妹子，再坐一会儿吧。”铁心红还想留她说说话，哪知孟艳芳笑着谢绝，急乎乎地走了出去。这媳妇，有点像秦大龙，脾气也够倔的，拿她没办法。铁心红望着她一会儿点头，一会儿摇头，一会儿仰头，一会儿……心情喜忧参半，难以形容。但自己心中已经得出结论，孟艳芳会比自己想得更周到，干得更扎实，玩得更快乐。想到这里，她便放心地关上门，安心爬上床，不知不觉进入了梦乡。

孟艳芳回到宿舍，心情久久不能平静，思考的问题越来越复杂，压力也越来越大，觉得摆在自己面前的很多事情，只能想想，只能说说，却不能轻易完成。就拿伙食和种植养殖来说，自己在老家以前接触过，可与秦大龙结婚来到部队后，跟着铁心红当了几天帮手，论技术、论经验，与她相比，那可差得太远了。既然大话已经向铁心红表明了，再苦再难也得承受，决不能让她失望，也决不能让官兵生活水平下降！面对着困难和挑战，孟艳芳想起了铁心红的顽强毅力和创立的功绩，下决心接过她的班，沿着她开辟的后勤保障之路走到底，甚至干得比她还要卓有成效，让官兵们开心快乐有滋有味！孟艳芳想得更明白、更透彻了。

好马要有好鞍配呀！官兵们起早贪黑与时间赛跑，谁都想当个领跑者，可谁都跑不过身体壮如牛、面相像黑塔、说话吓死人的军中硬汉——秦大龙。习惯了操枪弄炮、摸爬滚打的秦大龙，突然转行干这慢腾腾、黏糊糊的女人活，手脚显得笨重，心里也觉得不痛快。

“看看你这个样子，还赶不上人家向站长的手艺，让人笑话。”孟艳芳在一旁观察着秦大龙，毫不客气地挖苦起来。秦大龙本来肚子里就窝火，听她一番丧气话，刚要发脾气，正巧向站长满面春风地走了过来。“大龙，怎么样，还适应吗？”秦大龙哪敢拒绝，只好顺从，张口回答：“适应！”

向天涯信以为真，满意地点头说：“这就好，当兵嘛，就得一专多能，样样精通才行，包括干点家务活。”秦大龙耳朵听着，脑子想着，开始与向天涯对比着，没有说赞成不赞成。这小子胡思乱想什么，怎么不吭声？一气之下，向天涯问：“大龙，你在想啥，怎么不说话？”秦大龙回答：“站长，我没想啥，你有什么指示请吩咐！”向天涯恼羞成怒，立起了右手掌，厉声怒斥：“你小子昏了头了，看我收拾你！”秦大龙见势不妙，吓得全身缩成一团，忙举手求饶：“站长，你不能这样，我错了还不行吗？”看他吓成这个样子，向天涯感到既生气又好笑，便伸手在他头顶上拍着说：“我还没动手，你就吓成这个熊样，要是上了战场，你肯定是个猥琐不前的怕死鬼，肯定是个临阵脱逃的胆小鬼！”秦大龙反驳道：“站长，我在你面前是下属，是服从者，你随便打随便骂，我决不还手顶嘴，可我上了战场，就是子弹长眼睛，刀架在脖子上，都不会后退一步。”向天涯高兴地抬脚踢向他的屁股，连声称赞道：“小子呀小子，我就想听你这句话，就想看你这股劲！”

孟艳芳有了家中的得力帮手，跟随铁心红学知识、学手艺、学做人的热情越来越高了。丈夫秦大龙每天晚上回到家里，提前把各项工作准备得充分周到。咱还有什么可说的，丈夫里外付出的太多太多，如果不尽快学会和掌握铁心红传授的各种技能，那就对不起心上人了。孟艳芳看到丈夫满头大汗，心疼地望着，感慨万千。秦大龙问道："艳芳，你怎么老是用这种眼神看我，老是神魂颠倒地问话，是不是中邪了？""胡说什么，俺不心疼你，别人谁管你身上冷热？"孟艳芳反咬一口，开始狡辩，自以为真理在手。秦大龙知道她在故意撒娇，不愿惹是生非，便礼让三分，继续干着家务活。这伙计，看他傻，其实并不傻，看来咱这一辈子没嫁错人，应该好好对待和珍惜他呀！孟艳芳想到自己婚后言行过激，开始反思和检讨自己，默不作声地低下了头。坏了，她又怎么了，可能咱做错了什么吧。秦大龙急忙走了上去，蹲了下去，头顶头地关切问："媳妇，你哪儿不舒服？我哪个地方做得不对吗？"孟艳芳没有回答，只是摇头，好像受了点委屈似的。秦大龙更加心疼，继续追问："这也不是，那也不是，到底是为什么？"谁知这时，孟艳芳"俺的娘呀！"喊了起来，一头拱到秦大龙的怀里，就像娃娃央求妈妈似的，那哭声忽高忽低、忽短忽长，伤心又可怜。

随着天短夜长，气温走低，封山临近，向天涯比谁都清楚这一切将意味着什么。可是，对铁心红说得重了，她跟你大吵大闹，说得轻了，她根本不理睬你，该用的绝招用尽了，拿她毫无办法。向天涯愁得不吃不睡不回家，一个人坐在办公室生闷气。然而，机关部门一些参谋、干事、助理等干部，却不知情，看到向站长办公室两扇门半开着，室内的灯通宵亮着，猜测向站长工作太劳累，便纷纷走到门口喊报告，请求他放下工作，回家休息。可是，大家的劝说没有得到他的接受，只是一句话回应："好，我知道了，你们回去吧！"说罢，向天涯强装笑颜，频频点头，又开始翻起各种批阅件、应急战斗方案，全身心地投入其中，再也不想理睬任何人。嗐——好心当成了驴肝肺，挺牛的。官兵们一看讨了个没趣，就再也不敢上门打报告了，任他在办公室自我折腾吧。

熊男人，心太坏了，把俺一个人留在家里，他倒轻松，一个人在办公室享清福。铁心红一会儿坐在床边，一会儿走出门外，一会儿溜到山沟，一会儿……心里烦透了。知情的官兵们遇见她便真心相助，说笑话，出洋相，让她分散精力，开心快乐。解决了一时，却解决不了一世啊！孟艳芳从丈夫嘴里得知真情，主动守护铁心红，她俩的交情随之加深了起来。秦大龙也开始效仿妻子的方式方法，以种种借口为由，不时走进向站长办公室，向他汇报这汇报那，请示各项工作，并一再请求他回家，声称嫂子有事和他商量。

这小子心眼倒不少，跟我来这一套，强人所难吧！向天涯伸了伸手，直了直腰，晃了晃头，回应道："大龙，我就听你这一回，真是没法子！"秦大龙一听他说到做到，乐得咧开了嘴。向天涯两眼盯着正前方，心里牵挂着家中三日不见怀有身孕的媳妇铁心红，脚步迈得轻松，双臂摆得有力，犹如运动场上的竞走运动员，直奔家属院……秦大龙不甘落后，小跑步跟随其后，始终保持间隔距离，不让他轻易甩掉。他心里嘀咕着，别看你是大军官，论年龄我比你小，论劲头我比你大，想在运动力量上和我抗衡，甚至打败我，告诉你——不可能！

忽听有人敲门，铁心红应了声：“进来！”向天涯推开门一看，铁心红坐在床上一动不动，哭成了泪人。怎么会呢？向天涯惊呆了，一时不知说啥是好、干啥是好，站在那里傻望着。“看你那个熊样，鬼鬼祟祟的，赶快进来吧！”铁心红擦擦眼泪，生气地催促他进屋。“跟屁虫，你老跟着我干什么？”向天涯回头一看，发现秦大龙站在身后，气得大骂了一句。“这有啥，都是自家兄弟，有什么大惊小怪的，都进屋吧！”铁心红说着，硬撑着身子走下了床。向天涯一看急了，忙向她摆手道：“别下床，在那儿好好坐着！”接着，快步迎了上去。

“嫂子，别乱动了，我来帮你！”秦大龙急了，赶紧走了过去。“大龙，你小子别跟着我好不好？”向天涯回头怒斥。铁心红感觉不好意思，说：“大龙，谢谢你来看我，没事的，你放心回去吧。”小两口先后相劝，秦大龙这才止住脚步，转身走出了房门。

“不回家倒好，回了家反倒叫上一个，真是演戏呀！”铁心红一摇一晃艰难地走着，嘴里不时发出吃力的声音。向天涯哪敢与她争执，仍是笑脸相陪，轻手轻脚地搀扶她走着、站着、坐着，害怕她采取过激行为。不说话，心里有鬼，趁机教训他几句。铁心红掉头便问：“天涯，俺问你，这三天三夜不回家，到哪儿去了？是不是有外心？是不是……”向天涯被问得怒火燃胸，牙齿咬得咯咯响，恨不得打她几下，解解自己的心头之恨。可是，当看到她那皮球一样的肚子，又怎能下得了手呢？忍一忍吧，让她发泄吧！向天涯哈哈一阵大笑，那笑声比哭声还要难听。

铁心红知道他的尾巴往哪里翘，微微点着头说：“小子，你少跟我来这一套！”向天涯被当头一棒，吓得不敢抬头正眼看她，双手反抱着后脑勺不吭气。算了吧，放他一马，逼急了恐怕适得其反，难以驾驭。铁心红想到了后果严重，马上又变了一副新面孔，故意靠近向天涯的肩膀，带着一声高一声低的娃娃腔说：“天涯，说一千道一万，咱们在一起过日子的时间不少了，你有什么想法和看法，就向我直说吧。”

向天涯觉得她通情达理没有做手脚、斗心眼，就壮着胆子，挺起腰杆说：“那好，咱别扯得太远，就拿你这个特殊情况来说，经常向我答应得好好的，可过不了几天就变卦了，人家都在背后说你呢！”铁心红坐不住了，瞪着眼睛问：“胡扯，我怎么没听到有人这样说？是你瞎编的吧？”向天涯忙说：“不信，你去问问营区里的官兵，听他们怎么说。”铁心红脸色骤变，不停地说着气话。

向天涯一看凶多吉少，当即向铁心红赔礼道歉，愿当一个受气受罪打不还手、骂不还口的好丈夫。只要他能知错就改，我会珍惜婚后感情和大爱之心的。铁心红无话可说，便吃力地挪动着身子，翻箱倒柜，收拾衣物，换穿衣服。噢——我明白了，她要动身返乡啊！向天涯知道了她的动机，急忙当起了帮手。

铁心红心情沉重，眼睛湿润了，嘴里不停地念叨：“这是何苦呢，为了一个小宝宝，弄得大人不能在一起，非得各走各的路啊！”嘟囔了一阵子，她便抑制不住悲伤，呜呜哭出了声。

向天涯赶紧抱住她的上身，边流着眼泪，边哄着她说：“心红，心红，别哭了好不好？暂时的分开，不等于永远的离开，你先回去把孩子生下来，好好休息一年半载，到时候我请假回家看你，我会把你和孩子接到山上……”铁心红哭肿了双眼，一个劲儿朝着向天涯又抓又咬，好像有解不完的怨气。向天涯强忍疼痛，任她随意折磨着，始终不还手、不喊叫。铁心红怒恨消散，双眼睁大，这才发现向天涯耳鼻脸腮一道道血口、一片片浮肿，心疼地说：“疼不疼？都是我不好，把你弄成这个惨相！”向天涯看她终于变乖了，老实了，强打着精神，连连点头道：“老婆打几下没关系，要是别人动几下，我可要以牙还牙了，决不会像你打我这么老实！”“行了吧，又在吹大牛，我不是不了解你！”铁心红说着，起身提皮包、背东西。“老婆，别乱动，我帮你拿！”向天涯不由分说，抓起随行携带的物品，紧跟着铁心红的脚步，推开房门，走出小院。

孟艳芳看到铁心红缓步而来，撒腿迎了上去，身后秦大龙也穷追不舍。“你来干什么？”铁心红见孟艳芳满头大汗，气喘吁吁的样子，问道。孟艳芳说：“嫂子，向站长早给俺说好了，今天专门让我陪你回山东老家。”铁心红一听，感到震惊，说道：“你这人怎么这么做？事先不和我商量商量！”秦大龙抢话解围：“这么简单的事，有什么好商量的，现在到了这个时候，你们还是赶快走吧，送你们下山的车在大门外等了好长时间了。”向天涯觉得恰到好处，随之跟了一句：“你们往前看看，官兵们都在大门口欢送你们呐！”铁心红无可奈何，只好在孟艳芳手挽手、肩并肩的陪护下，伴随着官兵们的热烈掌声和欢呼声，越过达坂，走下山冈，离开边防，朝着山东老家方向奔去……

第十二章

身在故乡望星空
日夜盼望回前方

“绝了，绝了，太绝了！这山，为何矮小？这河，为何静流？这路，为何狭窄？”铁心红环顾着周围，满脑子浮现的都是千里之外那一道道雪山冰川、那一条条宽广河流、那一座座达坂隘口、那一片片昆仑雪菊。而眼前这一幕幕反差较大的情景，让她感慨万千。

“唉，这闺女整天疯疯癫癫，到处乱跑乱窜，让外人看到了，多笑话呀！”老母亲在家里等了大半天，小饭桌上饭菜都快凉透了，仍不见女儿铁心红回来，急得一会儿站起来观望，一会儿喋喋不休。老母亲不敢想得太多、太细，急切地甩开膀子冲出了家门。

“大娘，看你急得，去哪儿？”

“老嫂子，你怎么慌慌张张，家里出什么事了吗？”

一路上，村里人遇见她，感觉不对劲，主动上前打招呼。哪知她头不抬、话不回，只是低着脑袋向前走。

“这老婆子奇怪呀，怎么今天变成这个样子了，比牛还犟呀！”

“咱可是头一回看她这么凶，八成家里出事了。”

“以后再碰到她这个样子，干脆离她远点吧。”

人们气得脸红脖子粗，发泄着心中的不满。

眼下顾不了那么多，爱咋说咋说，反正没事，咱就忍着吧。铁心红的母亲听出身后人在埋怨，在笑话，可心里总惦记着女儿的安危，至于其他再大的事也是小事，还是不理睬为好，就继续朝前赶路。旁观者一看毫无作用，都聚在一起小声地议论起来。

奇怪呀，怎么围了那么多人，莫非有人打棉槐树的主意？莫非有人获得什么大奖？铁心红正从村外往家走，看到不远处两棵老树下挤满了男女老少，脑子里不时闪出了多种情景。

自从儿时懂事起，铁心红常常听到村里一些上了年纪的老爷爷讲，大秦皇帝曾四次从国都前往海滨城市日照明察暗访。往返途中，皇帝得知沂水河畔，群山怀抱中有一小山村——孟家夼。这是个种植生姜有名的好地方，便抱着走马观花的心态，前往种植地看一看。第一次看了觉得都挺好，有点恋恋不舍，还想再与父老乡亲见个面。第二次转了转觉得山美水美，一切都很美，印象更深刻。第三次住了数日，觉得空气新鲜，环境安静，很想久住不回。第四次问了百姓，觉得当官的与平民关系融洽，家国情怀意识强，是热血男儿练兵打胜仗的好基地。于是，便指定太监赠送了优质棉槐树苗、生姜菜苗，恩赐当地民众以示厚爱。现在，每年的春秋季节，当地人和外地人三五成群地聚集在古树下、生姜地、溶洞里，叙旧谈今，纵情歌唱。铁心红回想往事，那一幕幕难忘而传奇的场景，便浮现在眼前。

望着村东头那一棵棵古老的大树，铁心红骤然萌生了争分夺秒抢时光、抓紧目标开快车、一鼓作气攀高峰的强烈愿望。这时的她，头脑更清，身上更轻，心情更爽，走路更快了。

不会吧，她分明是有身孕，可走路倒不像。铁心红的母亲在夜幕降临时，朝着正前方加速走着，发现一个模模糊糊的身影风尘仆仆地迎面而来，心中不禁犹豫了起来。

近了，近了，更近了，几乎可以脸贴脸、鼻顶鼻。铁心红还没等母亲说话，便抢先大喊："娘，你这是干什么？眼瞪得那么大，怪吓人的。"

老母亲不但不给好脸相迎，反而火气更大，看样子就要动手教训一顿。吓唬谁呀，俺才不吃这一套，看她能把俺怎么样。铁心红知道老母亲刀子嘴、豆腐心，决不会出重手，便迈开八字步，甩着长袖，三摇两晃地追上去问道："娘，火气这么大，谁惹你了？可别碰伤了手脚，累坏了身子，要不俺可要跟着你受累受罪。"

老母亲听她油腔滑调，脸一拉、手一摆，说道："哼，你没理倒是有理了，俺在家里等了你大半天吃晚饭，你就是不回家，把你爹急得一个劲干咳嗽，俺倒要问问你，你这样能对得起谁？"

铁心红一听老父亲旧病复发，忙说：“娘，怎么会呢？真的吗？”老母亲张口直言：“可不是嘛，咳急了还上不来气，憋得脸发紫，手直抖，吓得俺就给他捶背、揉胸，这才缓过气来，要不……”铁心红打断了母亲的话，急忙央求：“娘，再别说了，赶紧走！”说罢，便迈开大步。这哪行，走得那么快，会出事的！老母亲一下子快步追上，伸手抓住她的衣襟说：“慢点走好不好，你爹保准不会出事的，俺害怕你走那么快，使那么大劲，会影响腹中的胎儿！”

铁心红听了母亲一番暖心窝的话，脚步一下子放慢了，心情也随着平静下来。老母亲一看女儿很懂事，很听话，高兴地抓住她的胳膊，温柔地说：“听我的，咱俩就慢慢走吧，反正桌上的饭菜都凉了，晚到一点也无所谓，大不了上锅再热热就是了。”

听完这些话，铁心红突然感觉一股热血涌上心头，全身上下增添了无穷的力量，一切烦恼和痛苦都没了。看女儿脸色越变越心疼，心态越变越温和，老母亲乐得合不上嘴，一个劲夸她懂事了，总觉得全村的女孩子唯独自己的女儿有气质、有个性、有本事，说不定哪天还能干个惊天动地的大事。铁心红望着老母亲傻笑不停的劲头，知道她又在打自己的主意，联想到近期家里家外所发生的一连串棘手问题，如果不尽快调整和改变思维方式，随时都有可能成为别人嘲笑的对象。更为可怕的是，假如不分场合说大话、狂话，不知大小地吓人、骗人，自己在娘家无法待，在婆家也无法待，坐月子生孩子可就没了住处，惹得一身骚不说，还把娘家和婆家的关系搞僵了。到那时，丈夫向天涯来短信、来电话问及此事，自己长多少个舌头也说不清啊。

铁心红不敢再往下想，伸手抓了几下头，止住脚步，对老母亲说：“娘，你叫俺干什么都行，千万不要向别人说俺这行那行的，要是叫人家听了，俺不是成了王婆卖瓜——自卖自夸了吗？多丢人呀！”老母亲一听她这样说，觉得太保守了，谁不知道她在高原边防线跟着丈夫吃了多少苦、受了多少罪，再说咱家女儿又嫁给了常年驻守高原边防线上的军人，为边防做的奉献太多了，差点儿把命都搭上了，光这些，就得向亲朋好友大讲特讲，谁也管不住咱的嘴。

老母亲心里有了主意，毫不犹豫地说：“闺女，俺总觉得女婿当兵当得傻，你跟着他到高原这几年，比他变得还傻。没听人说嘛，到外地混得好坏，要给人家说个一二三，让人家瞧得起，别有话老是憋在肚子里，只顾自己。”

铁心红厌烦极了，便没好气地说：“娘，你让我说句什么好，以前你不是这样的呀，跟谁学的这一套，老是感觉咱有多能，生怕让别人小瞧了。你打听打听，咱这么大的村，在部队里当兵、当官的人多得是，在抗日战争、解放战争、抗美援朝，以及中印、中越自卫反击战中的战斗英雄，哪个人都比你女婿向天涯功劳大、名气大，人家没有一个站出来炫耀的，可向天涯才是一个边防部队的小军官，咱可不要到处做广告、吹喇叭，人家听了当面不说，背后可要把你骂得很难听。”

老母亲听得津津有味，彻底被征服了，连连点着头。铁心红一看老母亲情绪低落，急忙转身拉住她的手，哄着说：“娘，好了，咱不说这些，俺爹还在等着咧，咱们赶快回去吧。”

老母亲一看女儿让她三分，一肚子怨气全都仰头张口吐了出去，随后身不由己地跟着女儿的脚步，一前一后地摇晃起来。“这就对了！这就对了！”铁心红感到目的终于达到，心里话说出了口，脚步也跟着逐渐加快，生怕身后的老母亲追上来唠叨。母亲无可奈何，知道女儿软硬不吃，难以制服，就只好疾步追上并肩前行，再也不吭一声了。

咚咚咚，母女俩急切地敲打着门，门板发出刺耳的声音，左邻右舍慌忙打开门窗，探头张望着。

“来了！来了！敲什么敲，人还没死，叫魂呢？”老父亲忽听有人敲门，急得光着脚丫，披着外衣，嘴里骂骂咧咧，一阵小碎步跑过来开门。老伴猛然推开了两扇大街门，朝着他说：“你这个老家伙毛病不少，俺在街门口等了大半天，你老是慢腾腾的，俺不发火，你倒发起火来了！”

老头子说：“得了，得了，都是俺的不对，你就消消气行不？”老伴狠狠瞪了他一眼，刚要张口说什么，只见女儿铁心红伸手拍了拍她的肩膀，扭头朝她的脸上一吻说：“娘，别再折腾了，你们都忍一忍吧，有话进屋说，千万别让人家看热闹。”说罢，双手用力将老母亲推进家门，随后又伸手将老父亲硬拽了进来。

“看看，这丫头比男人还凶，连她老爹老娘也不留情，咱可是从来没见过。”

人们目睹了铁家人的当街表现，窃窃私语，笑声骤起。更甚者，竟出声起哄，煽风点火。铁心红耳边传来了不同流言，听出其用心何在，也知道自己一旦出口太重，出手太用力，必将引火上身。可她细心回味，觉得大家说的也属好心好意，自己应该知错改错，感恩当众揭短亮丑。她回头向人们点了点头，摆了摆手，以示谢恩，并以文雅之举、甜蜜之言，应合了父母的心，很快化解了顿时而起的小矛盾，全家人像往常一样，开始投入到关爱理解与和谐之中。人们看到铁家人的这种表现，纷纷关上了自家的门窗。

女儿可是父母的骨肉，更何况她有身孕，很快就要分娩，说啥也得爱护她。

真是的，俺有那么娇气吗？好歹也是从雪域高原回来的，从死亡峡谷爬出来的，哪能让自身特殊条件给拖后腿了呢？铁心红不以为然，心里觉得反感，话听多了顶嘴、吵闹、发脾气则是常见的表现。

父母一看女儿不领这份情，考虑到她身体的特殊情况，心想从小宠习惯了，啥事由着女儿的性子，眼下不能和她一般见识，能忍则忍，能让则让，尽量不和她发生冲突，等她把孩子生下来，再和她一笔笔算细账。经过一段时间磨合，铁心红终于弄明白了父母这片苦心、用心和担心，开始养成了走路慢慢的、举动轻轻的、说话甜甜的、见人乐乐的习惯，亲朋好友都称她好像变了一个人，心里不禁感到纳闷。

说得倒是，马上就要生孩子了，应当本本分分、老老实实，对自己的一切行为举止负责，那才是父母的大孝女。老母亲见铁心红大变特变的心态和状态，高兴得很，嘴里不停地重复着："这下可好了，这下可好了，俺盼望着这样，俺盼望着这样。"

母女俩一会儿你朝我点头，一会儿我朝你挤眉弄眼。打什么哑巴语，神经兮兮的，老父亲坐在门槛上抽着大烟袋，两眼望了大半天，也看不出什么名堂，气得故意干咳了几声。“碍你啥事，一个大男人还想知道女人的事，害臊不害臊？”老伴掉过头，狠狠瞅了他一眼，知道他在想啥，根本不理他的茬，便将头转向女儿，含沙射影地说：“心红，我怎么觉得不对劲，看了大半天光景，咱家院子里没有老绵羊，怎么刚才耳边老是听到咩咩的老绵羊叫呢！”

“什么？”女儿被问愣了。老头子听这话在讽刺他，张口大骂：“狗嘴里吐不出象牙！”随后，抬脚返回了里屋。

“噢，原来你嘲笑俺爹，娘，你不应该这样。”铁心红终于看清父母在为自己斗气，老母亲还逼跑了关爱自己的老父亲，她凑到老母亲的胸前，像母亲教育孩子般地说：“娘，你怎么能这样对待俺爹呢，你把实话告诉他怕啥，气坏了他的身子，看你怎么办？”

老母亲不以为然地说：“瞧你说的，我对你爹好与坏，别人不知道，你长这么大了不是什么都看见了吗？刚才他明知道俺在和你说话，非要婆婆妈妈个没完，好像俺在糊弄他，你看俺能让着他吗？”

铁心红眼一瞪，埋怨道：“你待俺全都好，可不该蛮待俺爹，对不对？”

天黑了。小套间犹如寂静的天牢，铁心红想坐坐不住，想躺躺不下，全身上下不自在。她嘴里一个劲儿嘟囔着，后悔啊，后悔，千不该万不该，当初咱不该头脑发热，感情用事，一拍大腿离开了丈夫和战友们，回到了老家见爹娘，如今却落下个牛郎织女望天河，各守一边单相思的下场。这时，她一会儿眷恋远方亲人，一会儿期盼婴儿早生，一会儿琢磨重返边防。

眼瞅着天花板那朵朵红玫瑰、白玫瑰、黄玫瑰构成的图案，铁心红脑海里渐渐浮现出雪山高原，那一个个战士守卫国界线的雄壮英姿，那一匹匹骡马爬岭越峰的强壮身躯，那一座座营房瞭望塔的威武姿态。好像自已身在其中，并伴随着他们行动。她看花了眼睛，闭上了眼睛，脑海里又浮现出一幕幕雪山消融、悬崖瀑布的壮观景象，她陶醉于其中，全身上下充满了取之不尽、用之不竭的热量和能量。她狠劲咬破了嘴唇，瞪大了眼睛，紧握着拳头，不停地击打着硬板床、沙发座、小门框，变得十分激动。

“死丫头，发什么疯，让人安静安静好不好？”老父亲刚坐在椅子上闭目养神，突然听见小套间传来剧烈的打砸声，气得勃然大怒，起身走开。老母亲躺在炕上则一动不动，一声不吭，觉得女儿的举动很正常，老头子发火情有可原，她不想张口对付里外老小哪一个，心里想，让他们泄泄气、发发火吧，看谁能折腾。铁心红激动了大半天，累得筋疲力尽，汗水湿透衣裤，这才停住手脚。

“娘，娘，疼死俺了！疼死俺了！”小套间传来女儿撕心裂肺的惨叫声，老母亲顾不上其他，掉头闯进小套间。她走，咱也走，总不能在这儿消极等待，瞎子听风刁难人吧！

老父亲听到女儿突然大喊，又看到老伴贸然闯进，心里猜测十有八九女儿今晚要生小孩，心里既喜又愁，喜的是，盼望已久的小外孙的到来，即将变为现实，而愁的是，女儿出嫁是向家人，按传统风俗习惯，嫁出去的姑娘，是绝对不得在娘家生孩子的。然而，自己比谁都清楚，女婿向天涯远在千里之外担负着守护祖国边防的重任，加之大雪封山，根本回不来。况且女儿自从出嫁，大都是跟着丈夫随队住高原，很少与公公、婆婆生活在一起，自然也就不习惯在公婆家里分娩。

可事到如今，他体谅和理解女儿的处境，便顶住了村里人的嘲笑、传言、挖苦等压力，果断作出决定：别人爱怎么说就怎么说，俺要和老婆成全女儿这桩大事，让女婿好好安心在部队服役！

想到这里，他鼓足勇气，坚定信心，冲出家门，想叫一辆私家小面包车将女儿护送到医院。说来真巧，当他打开街门，正要伸腿迈出门槛时，竟然看见一个姑娘冒冒失失地门也不敲直往里拱。来者不是别人，正是铁心红的老同学，县医院妇产科医师曾彩霞，以前上中学时，她经常来找铁心红玩。

铁心红的老父亲惊讶地喊了起来：“哎呀，怎么会是你，这可来得正是时候！”曾彩霞笑着说：“大伯，听说心红回来了，我来看看她，她在家吗？”“曾大夫，俺闺女在家，她身体有点不对劲，怕是要生了，她娘正在忙活呢。”曾彩霞听他这一说，顿时紧张起来，忙说：“大伯，你忙吧，我进去看看！”老父亲寻车急切，忙应道：“那好，你进去吧！”紧接着，两人一进一出，各奔里外。

听到敲门声，正跑前忙后、大汗淋漓的铁心红的老母亲，以为是老头子在敲门添乱，气得双脚一跺大怒道：“你这个老不死的东西，不在外面好好待着，乱敲什么门，不知道俺娘俩都在忙吗？”外面传来了一个女人的声音：“大娘，俺是心红的老同学曾彩霞，今天刚好路过，想来看看心红！”

“啊？你是曾彩霞呀！”铁心红的老母亲见敲门者不是老头子，心里不由得后悔自己的过错。得知老同学特意登门看望自己，铁心红不知从哪儿来的劲，强忍着腹部疼痛，转身从床上爬了起来，准备下床前去迎接。老母亲一看双手用力将她按倒在床上，嘱咐道：“好孩子，你听话好不好？给俺好好躺着好不好？不要乱动好不好？你不是不知道自己现在的身体，要是由着性子，出个什么好歹，你娘也跟着受牵连、受埋怨呀！”

听着老母亲的恳求，铁心红那颗我行我素、不计后果的心，终于屈服了，她服从地点点头，伸手帮老母亲擦擦脸上的泪和汗，心疼地说：“娘，你别再哭了，俺错了，俺听你的。”接着，她双手捂着肚子，双脚倒退着，重新躺在床上。这就好办了！这就好办了！老母亲扶着女儿回到了原来的位置。

铁心红静静地躺了一会儿，猛然想到门外的来者，抬起头望着老母亲急切地催促：“娘，你赶快把门打开，我的老同学在外面等着呢，听说她还是个医院妇产科的大夫！”老母亲一听这话，觉得简直是雪中送炭、雨中送伞，来得正是时候，不禁惊喜道：“哎呀，来了个大夫，那太好了！”随后，转身打开了反锁的门。

“呀，老同学，你可回来了，好几年没见，俺想死你了，今天正好路过，就顺便来看看你。”曾彩霞见门打开，侧身而进，当发现躺在床上的老同学铁心红身体粗壮、皮肤黝黑、头发卷曲，已不是当年在校期间那细高挑、大眼睛、小白脸、长辫子、天真活泼而美丽的小姑娘了。

此时，新旧容颜相比，曾彩霞心里不是滋味，说："你呀你，又何苦呢？结婚怀孕不留在家里，非要跟着丈夫上高原，守边防，如果孩子流产或者难产，那就疼上加疼，大人孩子性命可就难保了呀！"

在铁心红的面前，老同学曾彩霞姿色不减当年，仍然和过去上初中高中时一样，身材苗条、脸皮白嫩、发型秀丽、说话温柔，看上去就像个二十刚出头的美丽少女，而拿起镜子与人对照，两个人如同母女般年龄和面貌的差别，自卑感顿时涌上铁心红的心头。

这一切，躲不过身在一旁的老母亲的眼神，也躲不过强带笑容的老同学的敏感，她们没有开口抱怨，也没有谈及各自的生活、工作、爱好、追求，只转移话题，相互掩饰，让即将分娩的心疼人坚持，坚持，再坚持！等待，等待，再等待！求得大人心态稳定，求得婴儿平安出世。

彼此聊了一阵，她们谁都不想开口了，生怕引发对方厌烦和冷落。曾彩霞望着她这么想：亲爱的老同学，看你像水泥柱和电线杆似的，躺在床上闭眼睛、不吭气，早知道你是这个样子，就是雇大轿子抬，俺也不会来！可是眼前俺又有啥办法呢，既然来到了你的家，既然站在了你面前，既然咱们是老同学，那还有啥说的呢，就得尽力相助，尽到老同学应尽的责任和义务。虽说曾彩霞对专业非常熟悉，但她怕在家里生孩子有危险，就一个劲儿动员说："老同学，还是去医院吧。"铁心红摇摇头说：

“我不想去。”看到她非常倔强的样子，曾彩霞只好依了她。好在，曾彩霞的车上恰巧有一个无菌产包，现在派上了用场。铁心红微微动了动身子，抬手揉了揉眼睛，吃力地摇着脑袋说：“老同学，看看俺这个难受的样子，让你笑话了。”

曾彩霞刚要靠近答话，铁心红的老母亲突然接过话茬说：“别说些没用的，你俩关系这么好，还用客气吗？”曾彩霞一听对路，肯定地说：“就是，咱俩谁和谁呀，还来这一套！”铁心红听老母亲和老同学一唱一和，相互配合来关心和爱护她，在心中暗说：“娘，过去生我是您，养我是您，如今我生孩子关照我的还是您。娘，放心吧，您老人家的养育之恩、关爱之恩，女儿我永远铭记在心，永远孝敬您一辈子！”她又看了一眼曾彩霞，心说：“大好人老同学，过去同班同学的年代，我们相伴学习，使我明白了很多道理，最终爱上和嫁给了一名边防军人，而今我虽然怀孕在身，面临分娩，但你在关键时刻出现在了我的面前，与俺娘关心和照顾俺，这份情、这份恩，俺将以滴水之恩，涌泉相报！”此情此感，铁心红再也控制不住激动的心，猛然从床上爬了起来，披衣穿鞋就要走出门外。见势不妙，老母亲挺身挡住了她的去路，厉声道：“小姑奶奶，你这是干什么？不在床上好好躺着，起床下地干啥？受凉可咋办？”铁心红满不在乎地说：“娘，俺老躺在床上闷得慌，想到外面溜达溜达！”

曾彩霞忙打断她的话，严肃地说：“老同学，你现在是非常时期，尽量要卧床休息。”铁心红无奈，只好放弃想要出去的打算，连连点头道：“好，好，好，俺不乱走，俺听你的，俺上床睡觉。”看她起身上床，母亲高兴地说：“这还差不多，像个大人样，那俺放心了。”

曾彩霞不想说什么，觉得这个时候与铁心红老母亲同唱一个调，会适得其反，利少弊多，于是，便把该说的话，全都放在心里，待时机成熟，再一吐为快，让她了解真心实言。

铁心红仰着头，睁开眼，发现老母亲表情古怪，并向她不停地皱鼻子，挤眼睛，像是在故意捉弄人似的，让人心里无法接受。算了吧，老同学在此，不能乱发脾气。况且嘲笑自己的人，又不是别人。让母亲玩玩吧，又算得了什么呢。倘若自己口出狂言，举止粗暴，让老同学传到外面，自己这个好军嫂的脸怎么见人呢？

想到更多后怕的结果，铁心红也和母亲一样，大眼瞪小眼，高鼻对低鼻，胖脸贴瘦脸。曾彩霞发现了母女俩的亲热之举，这母女俩的假动作笑死人了，给她们拍个视频转发一下朋友圈那简直就是特大新闻。奈何自己有这个贼心，却没那个贼胆，她心里清楚拍摄和转发朋友圈导致的严重后果。正因如此，她低头闭上了眼睛，装作心想其他事的样子，任身边的母女俩亲昵下去。

铁心红正与老母亲斗着气、摆着头，发现曾彩霞埋头不发一声，便急忙推开老母亲，请求道：“娘，听俺给你们说些蓝天白云、雪山冰川、雄鹰翱翔、藏獒护羊、官兵巡逻那些有趣的故事可以吗？”老母亲被她猛然推开，正想发火，听她提及西部高原的故事，忙改变了态度回应：“这还差不多。”曾彩霞也夸了一句：“老同学，你也该交交底了，咱们老同学对你的事，都是猜测而已，听听你的切身感受，那就再好不过了。”

铁心红听了老母亲和老同学的期盼之言，心里感觉热乎乎的，用手轻轻拍了拍脑袋，便兴致勃勃地说：“你们可不知道，五年前的俺第一次离开老家，心里七上八下的，总害怕大老远地去寻夫，找不到路，到不了部队，让陌生人给骗了。坐了五天五夜火车，又坐了三天汽车，虽说全身上下累得像散架似的，但看到蓝天、白云、太阳距离自己咫尺之遥，看到了雪山冰川，看到雄鹰、藏獒向俺扑过来，看到边防官兵对俺亲切问候，俺就使劲对着雪山冰川吼了大半天。”老母亲听着，嘴里开始念叨：“高原就那么好吗？等你把孩子生下了，带俺也过去看看。”

老同学曾彩霞一会儿坐下，一会站起来，不停地问这问那，好像战地记者采访似的，听得认真，问得仔细，想得全面。铁心红性格变得少有的温和，百问不厌，笑脸相迎。

老同学境界太高了，老同学的骨头太硬了，不愧是沂蒙红嫂的好后代。铁心红结婚后开启了跟随丈夫走戈壁荒滩、爬雪域高原、守边陲哨卡等随军生活，让曾彩霞感到非常震惊和敬佩。望着曾彩霞那死盯自己的眼神，铁心红以为身上某个部位出了毛病，便在腹痛的间歇打起精神，全身上下检查了一遍，也没发现毛病在哪儿，急得刚要张口询问，曾彩霞猛然扑过来，双手抱住她轻摇着脑袋说：“亲爱的老同学，咱俩现在想什么、说什么，也没用啊，等你生下孩子，俺才能请假跟着你上高原，顺便看看边防勇士。”

“没问题，你真想去，这事包在俺身上！”铁心红激动万分，满口答应。老母亲坐不住了，站起来说："反正俺在家没啥事，俺也去！"曾彩霞一看事闹大了，心里有点后怕，急忙安抚道："大娘，你有这个想法可以理解的，但跟着俺和你女儿一块去高原，俺觉得不太现实，一来山高路远身体吃不消；二来大爷在家里生活需要人照顾；三来这么多人到部队，给官兵增加心理压力和生活负担，容易影响部队正常工作和生活秩序，你说呢？"

铁心红觉得曾彩霞分析得符合客观实事，甚至比自己分析得还要透彻，不禁伸出拇指大夸道："老同学，你没去过高原边防，怎么比我懂得还多，谁告诉你的？"老母亲在一旁也吃惊地问："对呀，你怎么会知道得这么多，俺怎么就不知道呢？"曾彩霞听母女俩好奇地问，便笑着说："这不明摆着嘛，高原地区严重缺氧，咱们海拔这么低，年轻人去了还能勉强扛着，年龄大的人去了肯定承受不了，甚至会有生命危险。"

铁心红听着，接连说："老同学，你太有才了，说得很有道理，高山上的情况的确复杂危险，好几次差点要了俺的命！"老母亲听女儿和老同学聊得恰到好处，站起来，双脚在原地跺了几下，脸一拉，不服气地说："你俩可真会编戏说唱，撒谎也不眨眼，哄娃娃可以，骗俺可没门，等你坐完月子后，和小曾去高原部队，俺也要跟着去看看，好好感受一下，你们的话到底是真还是假。"

不好，她的裤子怎么流出了血呢？老母亲突然发现女儿的情况，慌忙寻找备用卫生巾。这是孕妇即将生子的预兆，必须做好充分准备接生！曾彩霞脱掉上衣，洗净双手，开始观察着老同学铁心红的面目表情和全身变化，随时做好准备。老母亲一个劲儿鼓励："闺女听娘的话，不要乱动，好好平身躺着，生下来就好了。"

铁心红全身大汗，吃力地说："娘，你去歇歇吧，俺没事。"随之，伸手抓起身旁摆放的几条新毛巾，擦脸擦手擦全身。

老同学呀，老同学，你太坚强了，自己都被折磨成这个样子，还不用别人帮忙，非要逞能硬扛着，是个地地道道的女强人！

此时此刻，曾彩霞像冲击阵地的勇猛战士，只要发现目标蠕动就会大显身手完成使命。

铁心红的老母亲看到曾彩霞说的、做的，样样行动一步到位。

"大娘，看样子，心红今晚要生孩子了，她不想去医院，我请同事帮忙顶个班，我在这里守着心红，帮她好好接生。还有，俺的意思是，你就给俺当个帮手，让铁心红少受些罪，平平安安把孩子生下来。""老同学，俺举双手欢迎，相信你的技术。"铁心红听了曾彩霞的话，打消了顾虑，连声感谢道，"彩霞，俺知道你是个妇产科大夫，上俺家来帮大忙了！"

三人沟通好，她们分工明确，一切安排妥当。曾彩霞心里亮堂堂的，没有一点胆怯和畏难，坐在铁心红床前，说笑逗乐，意图缓解老同学铁心红精神过于集中且高度紧张的惧怕心理。铁心红老母亲渐渐看出了曾彩霞的良苦用心，便在一旁时而点头，时而笑脸相迎。

老母亲简直把上门大夫看作大救星，想啥干啥都依着她。这一切，让躺在床上痛苦挣扎的铁心红看得明白。她知道，在这个时候只有咬紧牙关坚持每一分每一秒，早点把孩子生出来那才是最靠谱的事。

一桩桩年少往事涌脑海，一幕幕离别印象浮现出来。此时，曾彩霞带着深厚的同学情和姐妹情，鼓足勇气，着手接生。太厉害了，这个当医生的女子有这么大本事，咱这辈子在农村可是头一回见到，真是了不起呀！铁心红的老母亲按照曾彩霞教的方法，紧紧扶着女儿的胳膊，帮她用力。两眼望着，心里想着，她感恩满怀，不禁热泪盈眶。正当这时，门外传来汽车马达声和阵阵敲门声。

“谁这么讨厌，雨后送伞，早干啥。”铁心红的老母亲骂着，由窗往外一看，发现老头子身边一男一女两个青年，站在门口探头探脑。

曾彩霞根本顾不上这些，急切地说：“大娘，你赶快出去告诉他们，千万别进来，这里正忙着，让他们哪里都不能去，耐心等着。”铁心红的老母亲听后，立刻明白了意思，便轻声说：“闺女，听你的，俺出去告诉他们。”

“你总算出来了，闺女怎么样？”铁心红的老父亲看到老伴走路不紧不慢，表情不慌不乱，估计女儿还未分娩。当着这么多人面亮家事，也不知道害臊，过后看俺怎么收拾你这个老东西。她一听怒气冲天，瞧着他发问：“一个大老爷们头脑简单、四肢发达，光知道找别人帮忙，不知道自己想办法解决。”老头子被当头一棒，目瞪口呆，不知东南西北。谁知，跟随铁心红父亲前来当帮手的一男一女，实在看不下去了，便一左一右跟随而来。

只见这个男青年自责道：“大娘，不能怪老叔，都怪俺来得不是时候。”那个女青年也说：“大娘，你也别发火生气了，只要大人孩子都能平平安安，就是你骂俺、打俺都愿意！”这两个小青年说话就是甜，听起来舒服，看来多读书，文化程度高，说话水平就会高呀。

她很快悟出了简单道理，脸色由怒转喜，凑到老头子身边，耳语道：“你听听孩子们说得多好，你可白活这么大岁数，跟人家好好学着点，少让俺受这份窝囊气。”

老头子一听她在当众拿自己开涮，两眼望着那对男女小青年，气得脸色铁青，耳鼻微动，看样子就要大动干戈。

今天可是向家和铁家的喜日子，岂能眼看着铁家老两口当众献丑，闹得大家不愉快。那个男青年灵机一动，凑到铁心红的父亲跟前劝说：“老叔，你就少说一句吧，男子汉大丈夫应该有肚量，万不可对家人发脾气、动手脚。”那个女青年也侧身靠近了铁心红母亲，甜蜜地劝说：“大娘，你看老叔都不吭声了，可别再闹了，消消气干点正事吧。”“什么，你说俺不干正事？”铁心红的老母亲一听她这样说，心里又开始生气了。

女青年慌了，忙解释：“俺不是这个意思，俺是说……”铁心红的老母亲根本不听她再说，头一转，手一摆，说出了三个字：“别说了！”接着，迈步就要进小套间。

恰巧这时候，小套间里突然传来“哇——哇——”的婴儿哭喊声。“哎哟，俺的娘呀，小外孙出生了！”铁心红的老母亲听到哭喊，激动得像疯了似的，一头闯进了套间。老头子站在门外，含着热泪说：“哈哈，太好了，俺要当姥爷了！俺要抱外孙了！”站在他身后的那两个青年，也激动地抱在了一起。

天大的喜事啊！得赶紧把铁心红生了宝贝疙瘩的事，告诉她公公、婆婆，告诉她丈夫，告诉她的亲朋好友们。曾彩霞熟练地完成了铁心红的接生程序，并将刚出生的婴儿轻轻放到了母亲的身旁，然后卷起产包，缓步走出了小套间。

“啊——疼死俺了！疼死俺了！”看见老同学出去，一直咬紧牙关的铁心红终于忍不住喊出声来。喊吧，喊出来吧，把憋在心里的疼痛喊出来，别总是那么坚强。曾彩霞听到老同学铁心红的喊声，在心里默默地念叨。

曾彩霞扔掉东西，笑嘻嘻地问大家：“你们都猜猜，俺的老同学生了个男孩还是女孩？”铁心红的父亲说：“那还用说，肯定是孙子！”男青年赞同道：“俺猜是男孩！”女青年望着曾彩霞的表情，笑了笑，开口说：“你们都错了，是个女孩！”听了三人应答，曾彩霞环顾了大家祈盼的眼神，这才慢条斯理地说：“你们只对了一半，俺的老同学今晚 20 时 20 分，生下了一对龙凤胎，连俺这个接生的都没想到呀！”

铁心红的老父亲突然睁大眼睛，以为自己听错了，急切地说：“什么，什么，姑娘你再说一遍？”曾彩霞干咳了几声，提高音量：“是一对龙凤胎！”

“哎呀，哎呀，太好了！太好了！俺的闺女真争气！”铁心红的老父亲高兴得又蹦又跳、又喊又叫，围着院子转了好几圈，浑身激动得有使不完的劲。

“喜事，喜事，天大的喜事呀！”那个女青年也激动得赞不绝口。

“嫂子太能了，走到哪里都是好样的，再过几年俺找对象，就按生双胞胎的标准选，哪怕自己再苦再累，家里由她当掌柜也心甘情愿。”那个男青年一边说着，一边两眼看女青年的反应。

听了他发自内心的感言，铁心红的老父亲和曾彩霞都知道身旁的女青年和男青年的关系了。那个女青年听着望着，唰一下涨红了脸，说：“想得倒挺美，白日做梦吧！”

一气之下，女青年转身就要离开院子。“小美女，等等，你到屋子里看看小孩好吗？”曾彩霞见势不妙，急忙来了个补救之计。听到身后有人唤，那女青年一下子动了心，止住步。只见铁心红的老母亲面带微笑，缓步从小套间走出，频频向她招手。老人家这片好心，咱可要百倍珍惜啊，决不能耍小孩子脾气，让老人家失望。女青年考虑到了前因后果，兴奋至极，扑向了铁心红的老母亲。

当女人比男人就是好，哪个女人都可以到产房，看了这个看那个。可男人嘛，就得靠边站，离远点，谁也别想进去看看孩子啥模样。

铁心红的老父亲急得嘴里起泡，眼睛充血，极度难受。那个男青年站在那里，脸色变得一会儿晴一会儿阴，双脚尖不停地弹踢着石台阶，心里也有怨气。铁心红的老母亲还没等那女青年走到跟前，便主动向她打招呼：“闺女，赶紧到屋里看看孩子，俺决不会让你白跑一趟。”女青年不好意思抬头见人，低着头说：“大娘，恭喜你老人家喜得两个小外孙，很感谢你让俺进屋看看大人孩子！”铁心红的老母亲看那女青年长得俊，嘴又甜得让人心动，便慌忙走下台阶，一把拉住她的手说：“好姑娘，太客气了，应该说是你把双喜送到俺家了。”

哎，俺倒是当姥爷的，闺女生了个双胞胎，自家女人和外家女人都能进去看几眼，可俺连个屋子都进不去，还算什么当爹、当姥爷的？铁心红的老父亲急得拍脑袋，抓头发，不时地指鸡骂狗，把矛头对准老伴泄气，惹得在场的人捧腹大笑。

曾彩霞看了一下表，准备赶回医院接夜班，临时帮忙给她顶班的同事的孩子还小，夜里需要照顾。想到这里，曾彩霞进门又检查了一遍大人和孩子，匆忙驾车直奔县中心医院。

铁心红的老母亲从小套间走出来，望着曾彩霞的背影，知道她急于去医院值夜班，赞叹道：“彩霞姑娘人好心好医术好，多亏她来家里帮忙，要不大人孩子可就难保了，俺要记住她一辈子！”

铁心红透过窗户望着星星月亮，抚摸着刚出生的两个小宝宝，感动地说：“彩霞老同学，辛苦你了，等俺坐完月子，一定带你上高原，走天边，好好欣赏欣赏雪域高原的美景。”再说那个女青年走进小套间，不声不响地坐在了铁心红的身旁，好奇地细心观察了两个婴儿好大一阵子。

铁心红看她实诚，就主动和她搭话，她们聊得十分投机融洽。望着大姐消瘦和疲劳的身躯，望着两个刚出生哭闹的小婴儿，女青年再也抑制不住激动的心情，不时向俩婴儿眨眨眼睛，抠抠鼻子，挠挠耳朵，抓抓头发，但刚生的婴儿还不懂她的意思。

喜事传千里。婆家人闻讯儿媳铁心红喜得龙凤胎，全家老少携带大量衣物、食品、营养品涌向了亲家家。一路上，婆家人看到一些人争着往前赶，但是拥挤的人群不肯让路，经打听，大都是前往铁心红家里道喜的。太巧了，同路人知道得这么多？为什么比咱们行动还要早，还要快呢？

婆家人简直难以置信，相互望着摇头。经过细心交谈，有的同路人藏不住肚子里的话，全都讲了出来。噢，明白了，难怪知道得这么早，来得这么多，走得这么快，原来与县委宣传部门和社会团体广泛宣传好军嫂铁心红的感人事迹有关系啊！于是，个个步伐迈得更快，心中都有一个迫切的愿望：第一个看看出生的龙凤胎啥模样，并且急切地想亲亲孩子的小脸蛋。

那些陌生同路人，边说边笑，无不发自内心敬佩那位只听其闻，未见其人，土生土长，随同丈夫守边防的好军嫂铁心红的家国情怀、高尚情操。同样，在探望的路上，有的人开自驾车，有的人骑电动车，有的人坐出租车，谁都想在第一时间到达铁家大院。听听吧，人们行走唰唰的脚步声，车辆行驶嘟嘟的鸣笛声，男女打闹哈哈的嬉笑声，声声汇成大合唱，场景热闹非凡。

真是奇怪，比过大年还热闹，看来咱得多活几年。婆家人欢天喜地，享受着这一美好时刻。向天涯的老父亲和老母亲站在场外看热闹，始终不露真面目，儿女们曾几次鼓励他们赶紧前去，都被二老一口拒绝了。着急想早些看到孙子孙女的他们随着队伍向前走，心中有些不痛快，脸色也变得难看。

“俺的娘呦，来这么多人，怎么进门呀？！”老公公刚刚接近铁家街门口，就看到遍地人山人海，挤得他惊叫了起来。老伴在他的身后，听他叫苦，以为他在故意哄人，便侧身移到了前头，谁知道人群拥挤不堪，一浪高过一浪，别说她一个弱女人，就是一个壮劳力，也很难向前迈一步。她对老头子说：

“哪来这么多人，吓死人了，你能不能让他们让个道？能不能让他们都回家啊？”

婆家人沉不住气了，大吵大嚷，动手推拉。讨厌，都跟着起哄。“噢，猪圈跳出了疯狗，胡叫胡咬的，想找事吗？”前来捧场的壮年汉子，发现身边老的老、小的小，被一伙男女青年推倒在地上，强行夺路往前跑，极其厌恶。太不像话了，欺老压小，都想干什么，壮年汉子不假思索，挺胸上阵，死死堵住了婆家人的进门通道。

可不敢惹这伙人，今天是咱的大喜日子，给个好话好脸道个歉吧。铁心红的老公公向身后的家人摆了摆手，示意不要乱说乱动，他大步走到壮汉子面前说：“有话好说，大家都消消气，俺是铁心红的老公公。”

正说得带劲，忽听人群中一男高音响起：“好，好，赶快让开，真是的，怎么不早说，弄得大家都不高兴。”围堵街门的人群随着相互提醒和催促，自觉地后退了几步，中间一条狭窄的小通道就这样很快形成了。婆家人看到通道留给了自己，兴奋得双脚迈着正步走，开口大喊“一二一”，好像参加大阅兵。看把他们乐的，有朝一日自己也会这样，说不定比他们还牛！围观者看到他们眼红，心里发痒，暗自发誓要为家里的亲人争口气。

“哎哟！什么风把你们吹来了？”铁心红的老母亲听到窗外的吵闹声，推开小套间房门，定睛一看是亲家一大帮人使劲敲打着门窗。亲家母没有抱怨，反而愧疚地说：“亲家啊，这说哪去了，心红是俺的儿媳妇，本来嘛，她应该住在俺家坐月子，可她偏偏不听俺全家人劝告，说什么到谁家坐月子都一样，非要住在你家不回俺家，这可倒好，在你家生孩子，弄得俺家人出门都抬不起头来。”

铁心红的老母亲饱含深情地说：“亲家，可不能这么说，现在都什么年代了，咱们不能像过去那样死板守旧。再说，咱们谁和谁呀，分那么清干吗，住谁家都一样。”亲家母一听，忙改口转移话题打探：“亲家，咱不说这些了，孩子咋样了？你赶快让俺进去看看好不好？”铁心红的老母亲忙回答：“可以，最好你一个人进去，其他人都不要进去了，人多了对大人孩子都不好。”亲家母听她说的句句在理，忙对家里人说：“我也是这么想，你们都在外面等着，我一会儿就出来。”说罢，她跟着铁心红的老母亲轻轻推开了房门，走进小套间。“只有女人能进屋，男人太可怜了，想看孩子亲孩子都没门。”老公公眼巴巴地望着老伴走进了小套间，无奈地说。

儿子说：“爹，你就别想那么多了，俺娘进去看看就行了。”女儿说：“爹，你就放心好了，俺嫂子生的孩子姓向，不姓铁，是咱家人，早晚都得和咱一起过日子，你不要心太急，耐心等着吧。”老父亲听了儿女一席话，向儿女们摆了摆手，示意大家不要声张，原地坐下，而他全身靠在了石墙根上，盘腿坐着，闭目养神。想通了就好，就怕死要面子钻牛角尖，让人有想法没办法。儿女们看到老爹像小绵羊似的，服服帖帖地坐下歇着，都高兴地伸出了大拇指。

“谁？”走路声音这么耳熟。铁心红左手捋着紧闭双眼熟睡不动的女儿，右手逗着睁大眼睛手舞脚蹬的儿子，正在逗乐，忽然听到房门嘎吱一声被人轻轻推开，她不由得问起来。

她侧过身子，仰脖一看是婆婆，便亲热地问："妈，你怎么来了？大晚上的，路也不好走。"听到儿媳暖心窝的话，婆婆激动得直掉眼泪，双手不停地轻轻拍打着她的后背，心疼地说："心红，你受罪了，天涯不在你身边伺候你，向家人都不在你身边伺候你，俺真对不起你呀！"

铁心红越听越不是滋味，伸出双手紧紧握住了婆婆的手，自责道："妈，你什么都别说了，都怨俺不对。"婆婆用力抓住她的双手说："心红，俺的好媳妇，本不应该发生的事，都是俺想得不周，给你娘家造成这么大的麻烦。"

铁心红的老母亲实在听不下去了，伸出手拍了拍铁心红婆婆的肩膀客气地说："亲家，可别说这些，都到了这个时候，一家人不说两家话。"婆婆摇了摇头，说："亲家，要不这样吧，心红已经把孩子生下来了，俺的意思，将娘儿俩接到俺家，俺都准备好了，要是在你家再待下去，外人都会笑话你家和俺家的。"铁心红的母亲摆摆手，说道："这哪行，这哪行，你不是没生过孩子，现在让她下床，肯定会生病！"婆婆嘴里一个劲儿反驳："你这么难说话，俺不是人都来了吗，车早已停在门口，用不了多长时间就能把人拉到家里，你就放心吧！"

铁心红的老母亲听得不耐烦："你说得倒轻松，要是出事了，谁承担？"

婆婆岂肯罢休，硬着脖子，扯开嗓门喊："俺不听你这一套，不管同不同意，人非拉走不可！"铁心红的老母亲火气更大了，双手掐腰，仰头笑道："好大的口气呀！"

铁心红躺在床上，起不敢起，坐不敢坐，只好用微弱的声音央求："都别吵了，你俩当老人的，能不能少说两句，怎么像不懂事的孩子，让外边的人听见了多不好。"她可是个大功臣，可得听她的，要是她在月子里生了病，那大人孩子都要遭罪呀！亲家两个顿时停止了争执，将目光投向了床上的母子三人。

街门口，围观的人群犹如大海波浪，潮起潮落，场景壮观。在人们看来，今天深夜出远门来守望，碰碰运气能见好军嫂和双胞胎，哪怕冻点、饿点、困点也乐意。有的亲朋好友来得早，聚集在小院子里盼望着，有的邻居走出家门观望着，有的远道而来的客人坐下起立等待着，都抱着百分之一的希望，就用百分之九十九的努力，坚守，坚守，再坚守，等待，等待，再等待。要是见不到好军嫂和两个小宝贝，决不回家休息。

呜啊，呜啊……忽见一辆警车开道，紧跟其后的是一辆医院救护车，由远而近，朝着铁心红家门口呼啸奔来。

"讨厌，警察、医生来干啥？人家孩子都生下了，玩虚的，看来咱等也是白等了。"人们看到专业队伍突然介入，心里一下子凉了，便采取消极对抗，故意站着或坐在主要干道上不让路。

警车上跳下来三个年轻警察，一个个厉声呵斥："大家都让让，我们执行公务，都配合配合好吗？"跟在他们身后的几个穿白大褂的医护人员，有的抬着担架，有的带着仪器，有的抱着生活用品。

警察打开街门，守卫在门两旁，医护人员进入室内。够气派的，一个女人生孩子，竟能惊动警察和医护人员，咱可从来没见过。人们感到惊奇和纳闷。随后，围观人群好奇心更强了，热情更高了。

为什么会惊动公安和医院呢？原来曾彩霞给老同学铁心红接生后，心里始终放不下她产后的冷与暖、危与安，回想她跟随丈夫走高原、守边防那一段段磨难情景时，非常牵挂，立马给妇产科主任打电话说明实情。妇产科主任觉得这是件大事、喜事，又将此事上报医院领导，医院领导也感到并非小事，又当即上报给县委宣传部。县委宣传部领导研究决定，报请县领导批准，并立刻通知妇联、卫生、团委等有关部门组成慰问团，连夜赶赴铁心红家中看望和救助，并将好军嫂转送医院进行特殊关照，以示家乡人民群众对部队随军家属的关心和厚爱。

“大娘，俺又来了，一小时前，医院和县里领导都听俺说了心红的事，他们都很关心心红，还决定让心红转到医院坐月子，这不，都跟着俺来看看心红，你看这事行不？”曾彩霞身穿白大褂，推开小套间的门，看到两位老人面对面、眼盯眼地怒视着，谁也不怕谁，知道两人都在气头上，便不管三七二十一，冲着铁心红的老母亲问。

既然她把话挑明了，又把领导和医护人员都带到家里分忧，那咱还有啥可说的，两亲家母没有反对，连连点头。县委宣传部常务副部长万长江仔细观察了两位老人的表情后，饱含深情地说：“二位大娘，刚才曾大夫提到了我们的来意，其实呢，你们家人在西部边陲高原上坚守边防线，为国作贡献的感人事迹，县里领导早有耳闻，这次好军嫂铁心红回家乡坐月子，我们也有责任和义务帮助她，刚才县里领导研究决定，专门成立临时拥军优属接待组，将英雄母亲铁心红和两个小宝贝接到医院护理照顾，一切费用由政府承担。”

咱不是在做梦吧，世上还有这么好的事，家里女人生小孩，还要政府出资特殊护理，真是天上掉馅饼啊！铁心红的老母亲激动地转身对小套间的铁心红说：“闺女，你都听到了吗？双喜临门啊，政府派人来接你去医院住几天，还有专人照顾你呢！”铁心红婆婆说：“胡说些啥，儿媳妇生的孙子孙女是俺家人，用不着政府派人接到医院护理，干脆还是接到俺家坐月子吧！”

铁心红一看婆婆和政府部门的随行人员较上了劲，生怕来客好心得不到好报，就带着哭腔恳求：“娘，你别刁难人了，俺什么都听到了，人家找上门来，可都是为俺好，为了咱家里好，俺谁也不听，俺愿意听从政府安排！”忽听小套间传出了铁心红的果断决定，两亲家母呆若木鸡。趁热打铁吧，再不行动又要遇到麻烦了。万长江觉得时机成熟，朝着医护人员催促：“你们都没有听到吗？还愣着干啥，赶快进去把人抬出来！”一听上司有令，三名医护人员立即行动。

“咱们出去，不能在这里碍手碍脚的。”万长江觉得这时候应该把其他随行人员带到小院，说罢挥手走出了街门，靠近了警车、救护车，做好了产妇和婴儿的接应准备。

大约过了一刻钟，院内出现了三个身穿白大褂的医护人员，疾步抬着卫生被覆盖、绑带固定、婴儿哭喊的小担架，走出了小套间，走出了街门口。两亲家母怀抱着住院生活必需品在他们身后跟着。

万长江叮嘱：“大家轻点，慢点，注意安全！”车上车下的随行人员，轻接轻放，协同医护人员完成了接应工作。人们立刻明白了眼前事情的缘由，纷纷让开了车辆通道，目送着救护车缓缓驶去。等了大半夜，连个孙子孙女影子都没见到，真没想到半路杀出来个程咬金，大人孩子让政府人员接走了，郁闷啊！铁心红的老公公悲观失望，没完没了地埋怨着。铁心红的老父亲倒是个通情达理的人，把这事想得通、看得透，总觉得政府对铁家人有情有恩，理应感谢。

车轮滚滚沙沙响，窗外灯火闪闪亮。车内安放着的担架没有松绑，铁心红躺着没有动一下，两个刚出生的婴儿也没有哭喊一声。三个医护人员并排坐着，两眼望着，安安静静，大家都有一个共同想法，让他们娘三个自然一点，不到万不得已，尽量不要打扰他们休息。

铁心红是个见多识广的女强人，望着身边人的眼神和表情，立刻明了他们的用意。无所谓的，这点小折磨、小考验，岂能难倒俺？这和自己在高原的生活相比，艰难程度差得可就太大了，咱还不是一咬牙就挺过去了吗？

铁心红掌握了自己给自己鼓劲打气的方法，抬头吁了一口长气，眨了眨眼睛，转过头来问：“彩霞，俺的孩子在哪儿？让俺看一眼好吗？”

一个护士笑着说：“可以，到了医院再说，现在不行，好好躺着休息吧！”老同学曾彩霞说：“心红，孩子睡着了，你不要操心，好好休息吧。”铁心红握着曾彩霞的手，踏实地合上疲惫的双眼。说得一点儿也不假，应该自觉服从组织安排，眼下党和政府专门派人接俺和孩子去医院坐月子，是向家人和铁家人祖祖辈辈没有过的先例，应该知恩感恩，万不可我行我素，造成不必要的麻烦呀！铁心红闭着双眼，流下了羞愧的眼泪。

第十三章

泪别儿女登云端
夫妻同心保边疆

两年时间过去了，铁心红眼望着一对可爱的双胞胎儿女，一天天会说话会走路了，感到很欣慰。可叫人揪心的是，这半年时间里，向天涯就像消失了一样，音讯全无，与家里断了联系，她一次次打电话不通，一遍遍发短信不回。她虽然知道军队的保密原则，但长时间得不到丈夫的消息，又担心又牵挂，生怕丈夫有什么意外。母亲看出了她的心思，晚上孩子们熟睡后凑到她的身旁说："闺女，俺看出了你这些天有点愁，要不这样，孩子俺和你婆婆两家照看，你去趟部队探亲，看看实情，看看天涯到底在忙啥，顺便散散心，唉，你在家憋了两年多了，搁谁身上也受不了。"铁心红听了老母亲的话，热泪涌出。老母亲知道触动了她的思念之情，忙对她说："闺女，俺不是要赶你走，实在不愿离开孩子，那就算了，权当俺没说。”老母亲刚说完，铁心红急切地解释：“娘，不是这回事，俺生孩子让你受苦受累了，俺要是现在走了，真是于心不忍。再说婆家人也不会同意俺出远门回部队的。唉，天涯这半年没一点消息，不知道他是训练紧张，还是有别的事，我心里实在着急，可啥信儿也打听不上。”老母亲说：“这些事好办，俺跟你婆家人商量，你就放心走吧。”铁心红想争辩，老母亲挥手打断，抬脚离去。

娘啊，你想的比俺还多，什么事都让你操心，俺欠你的太多了，等你老了，不能动了，俺要拿出百倍的孝心孝敬你呀！铁心红坐起身，嘴里念叨着。

听了亲家母的一番话，婆家妈气得瞪眼拉脸不发话，显然是不同意。接连多次前去商量此事，始终无果而归。实在没有办法，老母亲只好向铁心红照实说明。铁心红对她娘说：“娘，你的话，婆婆听了肯定不会愿意的，这事还得俺跟他们去说。”老母亲一听女儿要亲自去说，点头默许，心想，这丫头，早说就得了，害得俺往亲家跑断了腿，简直快要把老命都搭上了。铁心红一看老母亲心里不痛快，知道她有话不想说，只好调整应对方法，先是向老母亲笑笑，客套了几句，而后调过头来，伸手逗着孩子们，顿时，大人孩子的欢笑声冲散了孤独和寂寞。

第二天早晨天不亮，婆婆突然来敲门，娘家人惊醒，牢骚满腹地开门迎接。铁心红装作没听见，搂着孩子睡觉，家里人也不想让她下地见人。婆婆迈进门槛，笑眯眯地向铁家人打了声招呼，直奔里屋，生怕儿媳妇抱着孙子孙女远走他乡。“把俺娘家人当外人一样看待，把俺看成了什么？真是让人心寒啊！”父母实在看不下去了，故意说了几句讽刺挖苦的话，试探着亲家母的反应。管他说啥，咱不听那一套，只要能立马见到两个孩子比什么都重要。铁心红的婆婆还是那副面孔，原本就不在乎别人的嘲笑，现在全身劲头更足，脚下步伐更快了。

“娘，你怎么起得这么早？可别累坏了身子呀。”铁心红看到婆婆疾步进来问了一句。婆婆摆了摆手，示意她不要出声，生怕吵醒两个孩子。铁心红猜测婆婆有急事上门，轻轻抽出了双手，调整了孩子的睡姿，披衣下了炕头。婆婆一看儿媳妇挪动了身子，急忙迎上去，双手紧紧搂住她的后腰说：“心红，你赶快上床和孩子好好睡吧，俺就是特别想你们娘三个，专门过来看看。”说着低下头，挨个将孩子轻轻吻了一下，高兴地笑出了眼泪。铁心红望着婆婆的举动，心里也产生了很多反思，总觉得自己想得太简单，做法太冲动，没有考虑方方面面，无意之中造成了他人的痛苦和埋怨，而眼前这一幕，不正是说明了一切吗？

此时，她感觉自己欠婆婆家的确实太多了，也许永远都还不完。婆婆亲了一阵孙子孙女，心里感到很满足，正准备转身走去，铁心红轻手轻脚从后面追了上去，伸手抓住婆婆的胳膊说：“娘，等等，俺跟你说几句话行吗？”孩子都在睡觉，跟俺说什么话？婆婆听铁心红有话要说，心里有点担心，就憋着火气停住了脚步。铁心红发现婆婆表情冷漠，说话生硬，举动粗鲁，知道她是一百个不愿意走回头路，但考虑到自己将告别儿女，起身返回西部边防探亲，宁可受点窝囊气也得忍着，必须当面把事挑明了。“有什么话赶快说，俺还要赶紧回家做饭、喂鸡、洗衣裳呢，晚了就耽误事了。”婆婆不掩不藏，张口直言。铁心红压低声音说：“娘，你看，两个孩子都大了，奶也都断了，俺的意思是想麻烦你和俺娘把孩子照看一段时间，俺去部队看看，你看行不？”婆婆一听，心里咯噔一下，吃惊地说：“心红，你怎么能忍心呢？孩子还小。”说着，眼泪流了下来。铁心红一看婆婆伤心落泪，心里不是个滋味，只好止住话题，抱起孩子，好像根本就没有离开的意思。我说呢，只不过一时心里想见远方的丈夫，真的让她离开家门，恐怕走不了多远，还得返回来把孩子抱在怀里。婆婆坐在炕边，心里盘算着，一言不发地静静看着。

“饭好了，都吃点吧！”铁心红的老母亲端着一大盘热气腾腾的馒头，还有鸡蛋鲫鱼汤，进了小套间。“不了，俺得赶紧回去，他爹和儿子都在家等着呐。”婆婆说着，起身就要往外走。铁心红拉住婆婆说：“娘，早饭好了，你不走好不好？”铁心红的老母亲慌忙放下饭菜，迎过来，双手拦住亲家的去路说：“亲家，坐下一块儿吃个饭再走吧。”婆婆见母女俩苦苦挽留，无奈勉强留了下来。

又过了半个月，有一天铁心红又跳又笑地告诉父母，她牵肠挂肚的丈夫向天涯终于给她来了电话说下半年他们有特殊任务，不方便与家里通信联络，并一再说明近期准备安排休假，回家多住几天。父母听说女婿来了电话，悬着的心终于放下了，又听说他要休假回来，自然非常高兴。父亲是个通情达理的人，希望女儿控制情绪，不要老拖丈夫的后腿，让女婿安心在高原守边防。父亲听广播看电视了解一些西部边境形势，母亲和女儿心情一个样，盼着向天涯今天就能坐飞机回来，好好看看两个天真活泼的小宝宝。

想归想，说归说，铁心红心里清楚，当下最要紧的是把两个小宝宝照顾好，不能有半点疏忽大意，让宝宝们给远方来的亲人——未见面的爸爸来个惊喜。她开始着手大小事情，整天忙得焦头烂额、疲惫不堪，想通过自己的付出，让丈夫一进门就能感觉到家的温暖。看她拼命逞能，母亲和婆婆吓坏了，生怕她累倒了，孩子没人照看，便一唱一和，你守炕头，我堵门口，一间小屋，忙个不停。两个娃又哭又闹，弄得铁心红心情烦躁，大有过激行为。婆婆一看这架势不妙，渐渐软了下来，尽量让她不动冷水，少干体力活，多守孩子。老人的心是好心，可不能由着自己的性子，让二老生气伤身，要是让丈夫回来知道了，那咱的脸往哪儿搁呀？铁心红说变就变，转眼间，由犟脾气变成了温柔女，二老母亲叫干啥就干啥，绝不顶撞，也绝不耍小孩子脾气，彼此和谐相处。

老母亲心里一下子踏实多了，朝着亲家母眨了眨眼，撇了撇嘴。亲家母伸手挠耳朵、点点头，两眼望着炕上的小孙子、小孙女，怪声怪气地说："小宝宝啊小宝宝，看你俩乱抓乱蹬的，快快长大吧，妈妈、奶奶都受不了了。"

铁心红听着，觉得入耳，忙接过话说："孩子，你们听见了吗？奶奶盼你们马上变成大小伙大姑娘，我们就解脱了。"老母亲觉得话变味了，指着铁心红的眼睛说："你呀你，怎么说出这种话，都跟谁学的，把生孩子养孩子当成了一种负担，你小的时候，俺可是把你当成乐趣和幸福来对待。”亲家母在一旁随声附和：“说得对，俺也有同感。”“你们都穿一条裤子，是不是俺又说得不对了？真没劲！”铁心红谁也不想看了，躺在炕上闭着眼睛，再也不搭理老人和孩子了。真是孙猴子，一天变好几样，让人难以接受！母亲和婆婆实在没招，掉头走出了小套间。

由于军务特殊，大半年没跟家人联系，向天涯非常想念妻子和儿女。几天来，远在千里坚守国门心急如焚的向天涯，不分昼夜地给铁心红打电话，通视频，发微信，总想多看几眼儿子和女儿，大夸媳妇铁心红劳苦功高。铁心红不愿谈论这些话题，直奔主题：“你可沉得住气，孩子都这么大了，俺不信你有那么忙，连个探亲假都休不了。”向天涯回答：“你说得太对了，俺比你在部队的时候都忙！”“都在忙什么？你说给俺听听。”“手机说话不方便，等见面了再说好吗？”“有什么不方便，非得见面再说，莫非……”“就是不方便，你逼俺也不会告诉你！”“那好，以后再不要给俺打电话，打了俺也不会接！”小两口好像在捉迷藏，谁也不让步，闹得不欢而散。不该说的不说，不该问的不问，向天涯心里始终装着部队的保密守则。心想，内地忙于疫情防控，高原进入战斗状态，并且多次与外军产生磨擦，战友伤亡时有发生，自己也险些惨遭杀害。如果不守口如瓶，随意泄露出去，不仅仅让妻子担惊受怕，更为严重的是会因泄密而导致自己走上犯罪道路。想到诸多弊端，向天涯含着眼泪，伸手掂了掂手中的军用保密手机，自言自语道：“手机呀，你是个好东西，又不是个好东西，如果没有你，人们不会今天好，明天丧命，连自己这个小军官也难逃追责呀。”

是不是想老婆了？是不是想孩子了？官兵们发现向天涯一会儿笑，一会儿唱，一会儿吼，像个不太懂事的小孩子，顿时感到莫名其妙。事过之后，一些入伍较长的老士官壮着胆子，不是走进办公室，就是走进宿舍，见到向天涯就问：“向站长，你那天是咋了？心里是不是受刺激了，怎么变得不像你，大家都在说你呢。”“什么？你说什么，我有那么奇怪吗？”向天涯不信部下的反馈信息，反而觉得自己说话办事天衣无缝，难以被发现，张口给来访者一句气话。

别看他的官最大，我可不怕，一定要帮助大家出出这口气不可。军嫂孟艳芳听了丈夫秦大龙谈起这件事，一股子打抱不平的激情涌入心头，见到向天涯就问：“向站长，俺的心红嫂子不在眼前，你可要注意身体，千万不要太劳累，免得让大家看笑话。”向天涯听到这句话，心里觉得热乎乎的，好像妻子铁心红在身边问寒问暖，体贴入微。当想到孟艳芳从结婚那天至现在，始终跟着部队忙于后勤工作，一天三顿吃大锅饭，甚至连个节假日也不休息，如今她也有孕在身，行动越来越不方便，却仍然像铁心红之前那样舍不得离开，他心里觉得对不住她。再说秦大龙也有要务在身，根本顾不得家里，万一她有什么闪失，他可无法向她丈夫交代……想到这些，他带着检讨自己的语气说：“妹子，自从你嫂子回老家后，她的工作让你承担起来，看着你忙得不可开交、疲惫不堪的样子，说实在的，我这个老乡军官对你不够意思，应该多关心和照顾才是，望你多多谅解。”孟艳芳说：“向站长，你见外了，我能来部队和丈夫相识结婚，多亏了心红姐搭桥穿线，多亏了你给俺创造了这么好的条件，我们两口子感激你一辈子！”看向天涯只是微笑没有开口说话。孟艳芳接着激动地说：“向站长，你可别说了，过几天俺回老家，一定当面告诉心红姐姐你的情况，让她安心在家照看孩子。”向天涯吃惊地问：“怎么？你两口子准备休假吗？”孟艳芳如实回答：“是的，过几天就准备向你请假呐。”向天涯突然睁大眼睛，原地一跳道：“太好了，这简直是不谋而合，上级首长也答应俺最近这几天休探亲假，如果能行的话，咱们一块走，怎么样？”孟艳芳激动得不知说啥是好，连连点着头，高兴得仿佛回到了童年时代。

当天晚上，向天涯给妻子打电话，详细说了上午和孟艳芳说的事。铁心红听后，觉得是件大好事，期盼着他和小老乡小两口平安回到老家团聚。向天涯一口一个好，一动一个礼，面对着视频通话，表现得毕恭毕敬。对于这点小意思，向天涯只有自己的想法，别人看不明白，妻子铁心红却看得一清二楚，渴望他在部队是个顶天立地的男子汉，回到家又是个既当爹又当娘的模范丈夫。

曾有几次，围绕丈夫是好是坏这个话题，铁心红与公公婆婆各执一词，互不相让，幸亏丈夫得知，不偏不倚，采取各打五十大板，这才平息了家庭风波。之后，铁心红再也没谈论丈夫如何，只谈和两个孩子有关的事情，双方老人都感兴趣，要人有人，要钱给钱，随叫随到，谁都不甘落后，总想第一个关心和爱护两个小宝宝。每次看到老人们这么热心，铁心红就开始反思自己的过错，羞愧的心在后悔，羞愧的泪水在流淌。大人不计小人过，咱可不能亏待孩子他妈。两位母亲哪能看得过去，心如针扎，轮番劝说铁心红打起精神，丢掉烦恼，过好每一天。铁心红刀子嘴豆腐心，和男人性格差不多，一遍遍听了两位母亲的肺腑之言，心里觉得应该修炼自己，和人说话、办事都要友好对待，不能由着自己的性子，想说啥就说啥，想干啥就干啥，弄得彼此矛盾加深，影响和睦相处，让人街谈巷议当笑话。看到铁心红的犟脾气改了很多，两位母亲不想和她接触次数太多、时间过长，以免引起她的厌烦。一般情况下，各自忙活着家务事，感觉心情轻松舒畅。

丈夫马上要回来了，可得好好准备准备，铁心红怀抱着两个孩子，背靠着火墙，眼望着窗户，脑子里不停地思考着，怎么办？如今咱住在娘家，丈夫回来肯定要提出回到他家里住，弄不好又会出现婆家和娘家意见分歧的情况，干脆咱还是搬到婆婆家住吧。铁心红斟酌了一会儿，最终下了决心，就轻轻地将两个孩子放在炕上，掏出手机，一会儿给婆婆打电话，一会儿给母亲打电话，说自己要带两个孩子到婆婆家住几天。老母亲放下电话，急忙从外面赶回家，一见面就问铁心红："咋了，不是说得好好的吗，等向天涯从部队回来，你再带着孩子回婆婆家，为啥今天就着急走？"铁心红心平气和地说："娘，俺是这么想，向天涯马上就要回来了，咱得赶紧准备准备，老是住在咱家里不走，他一进门会有看法。再说俺和孩子到他家早一点住下，让公公婆婆都帮个忙，提前把屋里屋外收拾一下，相信向天涯会更开心的。"老母亲站在地上，一动不动地望着，听着，觉得女儿说得合乎情理，连连点头道："也是，早点过去，把家收拾好。"说到这里，稍停片刻，两眼望了一下双胞胎娃娃后，便接着说："这样吧，你明天再走，俺和你爹下午再买点孩子吃的、用的东西，一块儿带过去。"铁心红听到老母亲想得如此周到，忙从炕上跳了下来，一头扑到老母亲怀里哭道："娘——"老母亲生怕女儿哭坏了身体，也怕这时两个孩子掉下炕，猛然推开了她，说："好闺女，可别这样，赶紧上炕，好好看看孩子。"铁心红强打着精神，擦干了眼泪，退步坐到炕上。老母亲望着娘儿三个笑了。这时，忽听门外传来老头子的脚步声，铁心红的老母亲就缓慢转过身子，推开屋门迎了上去。

"娘啊，你老人家想得太细了，在我的童年、少年、青年时代，你把俺想得细、爱得深，生怕俺受苦受罪，一切都看得比自己的生命还重要。可如今俺出嫁生孩子了，你还是把俺当作小孩子，简直为俺这个女儿操尽了心啊！"铁心红双手抚摸着孩子的小脑袋，嘟囔了一阵子，泪水滴落到孩子的脸上，吓得两孩子哇哇地哭喊了起来……

婆婆突然接到儿媳妇铁心红的电话，当即与老头子仔细商量，让儿女们赶紧请假回家，尽快把房子打扫一下，把生活用品购置全，让千里之外的大儿子向天涯、媳妇铁心红和两个孩子高高兴兴地团聚，好好过个年。很快，全家人分工明确，各负其责。三天家务活一天干完，二老仔细过了一遍，满意地说了一句："这还差不多。"

第二天上午，公公在家迎接，婆婆出门搬运，两个读大学的女儿，一个开车前去拉人，一个陪伴母亲抱娃，好像谁家女儿结婚的伴娘，穿戴打扮格外时髦。没过多久，娘儿三人来到铁心红娘家门口，还没伸手敲门，铁心红的父母一前一后地打开街门迎接亲家母。亲家母一看他们从未有过这样的热情，说道："俺的娘哟，你老两口太客气了，一个人出来开门就行了。"铁心红的母亲说："你说俺客气，你比俺还客气，来这么多人接俺闺女，你一个人来就行了，反正俺也没什么事，路也不太远，一起把她和孩子送到你家就行了。"老伴一听正合心意，应和道："说得倒是，说得倒是。"亲家母女几个听得明白，不想再争啥高低，只是微笑着，聆听着。"娘，都准备好了，什么时候走呢？"忽听里屋传来铁心红的催促声，婆家人一听慌了手脚，顾不上别的，争先恐后地挤进了小院，钻进了里屋。铁心红的老父亲被亲家母硬顶到了一旁，憋屈地说："着急啥呀，都轻点好不好，想把人挤死吗？"老伴一听，忙摆手道："说啥话，没意思，还不是为了咱闺女和外孙吗？死心眼！"亲家母说："别说这些，今天是个好日子，大家高兴才是！"两女儿随同大人走进忙活，满脸微笑，态度谦恭，显得十分有教养。铁心红的老母亲想了想，故意对老头子放大声音说："年龄大和年龄小就是不一样，有文化和没文化就是不一样，看看人家年轻人做事，再看看咱们做事，简直就是天差地别，咱们这些老家伙得跟人家年轻人好好学学了！"铁心红的老父亲听到这些刺心话，气得干瞪眼，有话却不知怎么开口。亲家母为了打圆场，便连声说："亲家你可别说了，俺家这两个闺女，你只看表面，不知其里，她两个比起你闺女，俺儿媳妇铁心红，那可就差远了。”铁心红的老母亲连连摆手说：“亲家，你可别夸了，俺的闺女俺知道，根本不像你说的那么好！”铁心红的老父亲看不下去了，说道：“你把嘴闭上好不好，没看见都到了什么时候，还在这里啰里吧嗦的，咱闺女抱着孩子在地上等了大半天了！”亲家母觉得他不仅仅是在埋怨老伴，同样也是在怒斥和影射自己，考虑到带着俩女儿已站在他家里，只好转身走进了里屋小套间。

不到半小时，铁心红和孩子被婆婆和两个小姑子扶上车，接到家，一切交接程序进行得顺顺利利，彼此没一句怨言。老公公坐在门槛上，看到儿媳妇抱着孙子孙女走下车来，也不知从哪儿来的劲头，便一个蹦儿跳了起来，疾步冲出家门。铁心红一看老公公迎面而来，生怕他摔倒在地上，忙说：“爸，稳当些，要是伤了筋骨，可就遭罪了！”老公公擦了擦头上的汗水，胸有成竹地说：“心红，跑两步出把汗算个啥，俺整天在庄稼地干活也不觉得累，从来也没吃过药、打过针，不会有啥事的。”铁心红一看老公公身强力壮，不禁想起了丈夫向天涯，抬头望着天空喃喃道：“什么样的老子，养什么样的儿子，看来俺的小宝宝，长大了不像他爹，也像她娘啊。”这话让人听了不疼不痒的，她毕竟是铁家的女儿，打不得，骂不得，惹不得，要是不动脑子，开口直击，说不定会引发矛盾，导致婆媳关系不合，后果是很可怕的。老公公低头望着两个小宝宝，寻思着该怎样当好老公公、怎样对待儿媳的事。老公公把两个孩子看得太重了，好像要把他们含在嘴里，亲个没完，看来孩子长大了，公公肯定会惯坏他们，俺可要严加管教，绝不能心慈手软。

铁心红望着一老二少的表情，心里一下子焦虑起来。

婆婆是个心眼多、脑瓜灵、出口快的农家妇女，和她接触的男女老少，说不了几句话，她就能判断出对方的意图和目的。她观察了老伴和儿媳妇的对话，从儿媳妇铁心红的眼神中可以看出她对老公公过分心疼孩子有点抵触情绪。只见婆婆故意干咳了一声，老头子吓得转过身子，睁大眼睛一看，心里七上八下的，知道她让自己尽快离开小屋，就只好声称要下地干活，走出了小院。何必呢，一家人还用得着斗心眼，让咱这个儿媳妇坐在炕上不自在。铁心红看到婆婆和公公当着自己的面，上演了一场比父亲和母亲还有趣的小游戏，忍不住笑出了声。婆婆愣住了，问道："心红，咋了，笑什么？"铁心红实话实说："娘，你和俺爹真有意思，和两三岁的小孩子似的。"婆婆听她这么说，脸上渐渐露出了笑容，婆婆望了望炕上那两个双手和双脚乱蹬乱舞的孩子，说："还说俺，你不也和这两个孩子一样吗？手脚老是没闲。""哎呀，娘怎么会这样打比方？"铁心红听出了婆婆话中有话，开口埋怨了一句。婆婆没生气，也没开口，而是埋头望着两个小宝宝挤眼睛、摸鼻子、挠耳朵。两个小宝宝乐得手脚舞动，笑声不止。年龄大与年龄小就是不一样，明知咱说话带着挑衅，可人家就是不还口，心情还是那样轻松。铁心红被婆婆的言行深深地感动，发誓以后要改掉自己的坏毛病，尊重老人的生活习惯，关心老人的生活起居，爱护老人的身体健康，当一个孝敬老人的好儿媳，全力支持丈夫投身爱军精武、献身国防的大潮之中，为向家人，乃至全村建设贡献最大力量。

原本说好的，与孟艳芳秦大龙两口子一起回家休假，可因为军务之事，向天涯休假的事一推再推。苦苦等了三个多月，他终于获得了探亲假待遇，心情高兴地见人就说："这下子好了，假批了，过两天回家就可以看到孩子了！"向站长太不容易了，光顾得坚守战斗岗位，两个孩子快两岁了，连个面还没见上，真是让人同情和心疼啊！官兵们听到向站长公布私人秘密，心里想的不一样，有的当面掉眼泪祝贺，有的背后埋怨他无情，有的向顶头上司发问是何缘故，所有看法很快传进了向天涯的耳朵里。顾不上听这些，咱得赶紧准备准备，尽早回到老家去看看老婆和孩子！向天涯归心似箭，忙而不乱地明确了假日交接、责任分工、目标警戒等各项工作后，迅速将洗漱用具、笔记本电脑、生活用品等物品一一装进皮包。

说是离开军营一身轻，可当穿上便服，凝望营门，向天涯的心情却变得忧伤起来，他很想让班车停下来，徒步返回营区。他知道，边防特情虽然暂时缓和，但情况极为复杂，随时有变，而自己在这个时候休探亲假，官兵们会怎么看、怎么想呢？人坐班车，心在军营，总怕官兵这儿有问题、那儿有漏洞。他一会儿站起，一会儿坐下，嘴里嘟嘟囔囔个不停。坐在一旁的旅客实在看不下去了，轻轻拍着他的肩膀说："同志，老老实实坐着，别乱说乱动！"当向天涯正要开口时，忽听身后又传来一阵埋怨声："就是，这个人怪怪的，八成脑子里生虫了，神经兮兮的。"一腔怒火，随即被滔滔波浪吞并了。一只猛虎咬不了一群狼，咱老实听人话吧。向天涯猛然醒悟，坐在座位上，突然变成了木头人，一动不动地呆望着。听话就好，若是不老实，那咱就不客气了。旅客们没再议论，一个个坐在那里，死死盯着向天涯，准备见机行事，好好再教训他一下。哪知，大家观察了很长时间，向天涯还是没说话、没起身走动，就再也无人注意和防备他，各自想着各自的心事。有的年龄偏大、身体疲劳的旅客，不知不觉打起了瞌睡，进入了梦乡。有的男女青年打开手机下象棋、玩游戏、看微信，没有一点睡意。出门要守规矩，不可胡思乱想，更不可乱说乱动，尤其咱还是一名现役军官，别人不知道咱在想正事，习惯性动作随意显露，容易引发不满。假如在这当儿他不诚恳接受，反而无理对待，岂不是有失大将风度，有损自身形象？向天涯抬头朝四周望了望，旅客们大都在埋头忙碌，没一个打他的主意。他心里踏实了，脑子也清醒了，思考问题更加有针对性了。

伴随着清脆的鸣笛声和车轮滚动声，班车缓缓驶进了古城喀什市长途汽车站。时间还早，来得及赶飞机，得尽快去饭馆吃口饭，到商店买点土特产给家里老人孩子带回去。向天涯抬起手腕看了一下表，就跟着乘客们走出了车站检票口，走进了临时确定的立足点。

时间就是胜利，速度就是成功。向天涯想到在训练场和演习场上带兵的场面，5 分钟吃完饭，10 分钟购物，15 分钟打的到达喀什机场候机楼，15 分钟领出登机牌，15 分钟通过安检口，提前进入候机登机口。这个人不一般，干啥都挺利索，看样子是个当兵的。紧跟其后的一些素不相识的乘客看在眼里，十分佩服。向天涯坐在登机口的长条椅子上，边看电视，边喝水，心情感觉特别舒畅。

“天山脚下是我可爱的家乡，当我离开它的时候，好像那哈密瓜，断了瓜秧……”衣兜里手机响起了《冰山上的来客》电影插曲《怀念战友》唱段，谁这个时候给我打电话？向天涯不紧不慢地掏出手机，打开屏幕一看，“俺的娘哟！”一声喊出了口。“谁是你的娘，俺是你媳妇！”铁心红听到这话，当即封了向天涯的口。向天涯马上换了一种语气说：“你这个人呐，俺刚到飞机场，屁股还没坐热，你就打电话收拾俺。”他假装哭起来。铁心红一听，急忙改口安抚：“天涯，别这样，俺说错了好不好，你别哭了好不好。”向天涯一看苦肉计见效，止住了哭声。等心情稍微平静下来，他这才道出了一路辗转的艰难过程。铁心红以为他饥寒疲劳，疼爱地说：“俺不跟你多说了，等回家再好好说，你就歇着吧。”说罢，关掉了手机。向天涯慌了手脚，对着手机急切地喊道：“喂，喂，你说话呀，生啥气呀，咋关机了？”气得向天涯直打转。

一位年过八旬的白发老人，行走吃力地紧挨向天涯坐了下来。看他脾气暴躁、口出怒言，便知其中必定有因。老人客气地问道：“小伙子，听你口音，好像是山东人？”向天涯一瞧是位老年人，顿时怒火消除了大半，他说：“老大爷，您说得对，我是山东沂蒙山区人。我听您口音，倒像东北人？”老年人微微一笑，点头称道：“小伙子，你猜对了一小半，我父亲母亲都是山东烟台人，我小时候跟着父母亲坐了六天六夜小木船，冒着台风渡海闯关东，全家十几口人，好几次差点翻到大海里。”说到这些伤心处，老年人难过地流下了眼泪。向天涯说：“我看过电视剧《闯关东》，从中看到当年山东人在东北吃尽了苦头，受尽了折磨，为打击日寇，作出了巨大牺牲，立下了历史功勋。老爷子，太好了，咱们是老乡啊！”老年人拄着拐杖站了起来，捋了捋大胡子，点了点头，笑着说：“小老乡，我一听你说话带点山东腔，就感到特别亲切，很想跟你唠唠嗑。”向天涯看他要艰难地站起来，没等他站稳，就将他扶起身关切地说：“老爷子，您也太客气了，坐着说就行了。”老人看他和自己逗乐，兴奋地仰起头来哈哈大笑。向天涯让他坐下，笑着说：“老爷子，别太激动，咱俩坐下慢慢说。”老人说：“那好，我坐下，你别扶我，我自己能行。”老人坐了下来。这时，候机大楼里传来广播员洪亮的声音：“旅客朋友们，有乘坐喀什到西安方向的旅客，请到 3 号检票口检票登机。”向天涯听到广播，立马打起精神，一边提起物品，一边搀扶老人，想尽快走到检票口排队登机。可老人坐着不动，咋说也不起身。向天涯以为老人没有登机牌，提高嗓音问：“老爷子，赶快走啊，马上就要检票了。”老人不慌不忙地从衣兜掏出飞机票，递给他说：“这个是我的机票，你看看吧。”向天涯一看，机票是由喀什飞往沈阳的，登机还要等一个多小时。原来是这样，难怪老人稳坐钓鱼台。向天涯急于排队登机，只好与老人寒暄了几句，告别后转身跑进了旅客排队行列。

航班大约飞行了四个小时，徐徐降落到西安机场。向天涯简单地吃了两桶方便面，在候机室等了一个多小时，又在空中飞了两个半小时，终于到达终点站临沂机场。向天涯走出候机楼，妹妹已经在门口喊着，兄妹相见，高兴得不亦乐乎。一路上，兄妹俩无话不谈。向天涯精力充沛，嗓门洪亮，没有一点疲劳感，妹妹觉得惊奇，哥哥从高原到内地，可以说是马不停蹄地坐汽车，赶飞机，食宿不安，身体难以承受，但从他身上来看，好像是铁打似的，简直少见。其实不然，向天涯是硬撑着，心想，妹妹来接咱，必须要振作精神鼓足劲，再累再难受也要顶着，说啥也不能让妹妹看出自己是个软骨头。妹妹开着车，打心眼里敬佩哥哥的一言一行，不时提及自己也想当兵的话题，谁知都被哥哥因她年龄偏大而否定，她一下子没了兴趣，少言寡语了。小轿车跑高速、行国道、穿马路、钻桥洞，缓慢来到了家门口。向天涯走下小轿车，只见父亲笑着，弟弟和妹妹望着他，他一下子扑到两个孩子跟前，吓得两个孩子哇地哭喊了起来。

全家人回到屋子里，开始炒菜、下面条，吃了一顿团圆饭。老母亲看到儿子闭着眼睛答话，知道他身体疲劳，催着大家赶紧休息，有话改日再说。老父亲起身说："我也累了，大家都回去睡吧。"弟妹们听罢，纷纷离开了饭桌。向天涯和铁心红抱着孩子，起身向父母道了别，走上了小高楼。

几天来，老婆孩子热炕头，向天涯里外一把手，既当爹又当娘，总觉得应该拿出百倍的干劲，弥补一下妻子的付出和辛苦。老母亲看了他的举动，心疼地说："一个大老爷们要多在外面闯出个名堂，家务活是女人的事，不要太过于勤快了。"儿媳妇铁心红却有不同的看法，当着娘俩的面说："现在跟以前不同了，男人可以干女人的活，女人也可以干男人的活，谁有空帮谁干，没有男女之分。"向天涯肯定地说："对着呢，心红到高原边防部队，什么脏活累活都干，好几次差点儿要了她的命。"老母亲一听有这回事，吃惊地问："啊？是真的吗？"

铁心红不以为然地说：“娘，那都是过去的事了，不足挂齿。”老母亲转过头，望着向天涯说：“儿子，你媳妇这么能干，你可要好好对待人家，多干点，累点、辛苦点，都是应该的。”向天涯连连点头回应：“娘，你说的一点儿也不错，俺会好好珍惜，决不能让她跟俺受苦受罪！”铁心红说：“你看看，又在老娘跟前卖乖，我可要看看你的行动了。”听到这里，全家人开怀大笑。

第十四章

各自为战显身手
甘洒热血卫国土

休假刚满半个月，高原边防部队司令部首长来电话，命令向天涯立即返回部队。老父亲得知他要返回部队，摇着头、叹着气，坐在院子里的大树下，一口接着一口吸着卷烟，始终不说一句话。“部队当官的，也太不近人情了，儿子请了两个多月假，才休了半个月就叫回去上班！”老母亲走到老头子跟前，当着儿子和儿媳妇的面，不满地说。向天涯望了望老父亲，笑着对老母亲说：“娘，你这话说的，让俺不爱听，你明明知道俺现在是穿军装的，是军队干部，什么时候都得听部队首长的，可不是以前在家里，什么都得听你的。”老母亲说：“哎，小兔崽子，翅膀硬了，想来教训俺。”向天涯刚要说话，铁心红打手势阻止了他，安慰婆婆：“娘，消消气，别跟他一般见识，你的心他不知道，俺知道，都是为了他好。”“你看看，说话还赶不上你媳妇，亏你还是俺儿子！”老母亲瞪了儿子一眼。

向天涯怕老婆，知道与老母亲再僵持下去，回房里老婆不会给他好脸看、好话听，就把气闷在肚子里，憋在胸膛内，头一扭说：“不说了，俺回了！”铁心红厉声道：“你跟谁这么说话，没大没小的，白当了这么多年兵！”老父亲见势不好，说：“好了，都别说了，赶紧回屋吧！”说罢，转身离去。向天涯望了一眼铁心红，没有说话，低着头考虑返程的事。“天涯，干脆这样吧，孩子让俺娘和你娘照顾一段时间，咱俩一块去部队，你看行吗？”铁心红冒出一句。向天涯猛说：“你怎么有这种想法，父母年龄那么大，活又那么多，我看不行！”“我看行！”谁知老母亲推开房门，人没进门，声先进屋。向天涯见此情景，无奈地摇了摇头，叹息道：“没办法，俺服了！”铁心红一看婆婆为自己撑腰，高兴地仰望天花板，自言自语：“还是老人家理解儿女的心呀，考虑问题都想到家了。”哪知向天涯听她这样嘲笑，气得双脚直踢门板和墙脚，不停地发泄着不满。

第二天早饭后，向天涯和铁心红泪别了双胞胎孩子，辞别了双方父母，依依不舍地搭上了远去的航班，直奔西部边防战斗第一线。

喜闻向天涯站长带着好军嫂铁心红赶回营房，官兵们通宵达旦地办橱窗专栏、挂横幅彩灯、练迎接口号，就像迎接战斗英雄凯旋，一切显得喜气洋洋。黄昏时分，向天涯和爱人走进营门，官兵们排成一路两列横队，热烈鼓掌欢迎。好大的气派呀，有这个必要吗？向天涯望着官兵的表情，心里气得直冒火，真想抓住代职主管问个究竟。小伙子太可爱了，咱离开他们快三年了，至今还是没有变，仍然把咱当成一家人看待，咱可得善待他们，把这三年欠的情，一点不少地补给他们。铁心红边招手致意，边思考着今后的打算。“走快点，别磨磨叽叽，让大家看你出洋相。”向天涯看着铁心红，不满地说了一句。哪知铁心红说：“耶，狗仗人势，胆子可不小，竟敢在这么多的人面前要威风，看俺回家怎么踹你！”向天涯装作没听见，只顾一个人低头朝前奔跑。

铁心红为了面子，不想和他纠缠，紧跟在他身后通过欢迎通道。小两口挺好笑的，都结婚生娃了，还那么假正经，周吴郑王的，好像谁不知道谁似的，前后步距拉得那么大。官兵们望着走进营门的站长和夫人，行完注目礼，心里大都是一种感觉，他们不时地交换着眼色，相互点头噘着嘴。没走多远，小两口一前一后迈进了临时来队家属小宿舍。别来无恙啊，铁心红站在地上环视着，心中倍感亲切，三年前的一幕幕又浮现在了眼前。“看你，还愣着干啥，赶紧整理整理，洗洗脸、梳梳头，咱们去吃饭！”向天涯急得直挠头皮，厉声提醒了一句。铁心红猛然打了个哆嗦，掉过头发火：“吃枪药了吗？说话呛死人，敢跟我来这一套，不想跟我过了？”向天涯觉得不对，急忙软了下来，改口说：“别发火，别发火，我这不是看你肚子饿嘛，赶紧去吃几口，你好早点休息，我得赶紧去处理军务，还有要紧的事情等着呐！”铁心红听了他的解释，知道他心里着急，没再说什么。看来对老婆不能硬来，得连哄带骗，要不她不会顺从你。向天涯洋洋得意，偷偷向铁心红扫了几眼，看她麻利地干完了饭前准备的事，心里好不快活。

第二天早上起床号吹响，向天涯起床，迅速着装离开了宿舍，跑向了操场。当值班员向他报告出操人数后，他立即下达口令，部队整齐划一，握拳起身跑动，鼓劲呼喊番号，绕场跑了数周。还可以，咱回家好几天，部队紧张作风没有变。向天涯看了一阵子，觉得自己平时从难从严管理教育部队，不是害而是爱，也可以说对他们的父母亲高度负责。相反，自己这个父母官就是不称职，对不起组织上的培养和重托。想到这里，向天涯更增加了紧迫感和责任感，一定要下狠心把这支队伍带好！于是，他领喊番号声音更响，催促跑动时速更紧，强化训练力度更大。

“哎呀，早操都这么狠，要人命啊！”“他回来这么早干吗？大家跟着遭罪，真气人！”这时，官兵们跑着跑着，不约而同地产生了抱怨情绪。有的胆大些的老兵，故意摔倒在地，对抗口令。少给我来这一套，糊弄洋鬼子可以，想在咱面前玩邪的，没门！向天涯立刻发出口令：“立定！”官兵听罢，急忙止步，整齐立正。“报告！”这时，身后有人急促大喊。谁胆子这么大，竟敢来诈唬我！向天涯一听火了，转过头来就要发怒。机关值班干部双手端着一个皮夹子，笔直地站在那里静候着。估计上级有急件，咱得赶快过去看看。向天涯转身走了过来，还未等值班干部开口，便急忙从他手中夺过文件，定神一看，“俺的娘哟”惊讶地喊了起来。随后，点名让一名中尉干部继续带队，训练早操内容，自己慌忙转身回到了作战室。

情况十分紧急，敌军兵临国界，必须尽快增派兵力，特别是增加明哨、暗哨、流动哨力量，用以大范围、多角度警戒，及时准确将敌兵力兵器和侵入我方向、路线、位置等重要相关详情，上报西线战地指挥部，不得有误！向天涯看了上级首长的作战命令后，立刻全副武装，组建尖刀小分队，分乘步战车前往所辖前哨班火速增援。

铁心红早上睡了个懒觉，起床后将房子彻底打扫了一遍，洗漱完后，已吹了晌午饭号。怎么搞的，回到部队忘了家，从早到现在也不照面，是不是有啥事？铁心红开门望了望，仍不见丈夫回来，心里急得火烧火燎。“报告！”正在着急，忽听门外传来一声洪亮的呼喊，铁心红应声道：“请进！”听到准许，一个上尉军官轻轻推门进来。“有什么事吗？”铁心红问。上尉军官郝刚应声回答：“嫂子，向站长让我给你带个话，他接到上级首长紧急通知，马上到战区某地参加单位主官干部培训，来不及跟你打招呼，让你自己照顾好自己，有什么困难和问题，你直接找我就行了。”铁心红立刻明白了咋回事，两眼望着上尉军官郝刚想了想，说：“谢谢你上门告诉我，过几天我想到伙房、菜地、猪圈、崖洞看看，到时候请你派个兵领我去转转好吗？”上尉军官郝刚听到请求，即刻答复：“没问题，如果我有空的话，我陪你去转。”铁心红一听，心里乐坏了，一切烦恼烟消云散，心情开始好转了起来。

第二天清晨起床后，铁心红简单洗漱后出了房间，走进惜别多日的伙房，和新老炊事员一块儿揉面蒸馒头、淘米熬稀饭、拌凉菜，忙得不可开交。“嫂子，歇歇吧，别累坏了身体。”“嫂子，你指挥指挥就行了，我们动手干。”炊事员实在于心不忍，纷纷劝说铁心红停下休息，她坚决不肯，非要和大家一起干活，气得操作人员谁也没招，只好心疼地任她显能耐。早饭开始，官兵们按部就班，坐在饭桌前一看，小馒头蒸得又白又暄，比以前更好，伸手抓起品尝时，觉得味道十分香甜，再拿起筷子吃凉菜时，口感醇香、鲜嫩、爽口，个个赞不绝口。

铁心红又马不停蹄地进入养殖场、种植园、锅炉房、干洗店等后勤保障中心，体会了几下后，开心地笑个不停，觉得这些岗位都适合自己。官兵们却不赞同她这样干，都希望她好好待在屋子里适应一段时间，再慢慢准备干想干的事情。更何况她的丈夫已经亲临一线前哨班，带领官兵日夜坚守阵地，随时观察敌人企图和动向，及时掌握情报，为上级提供可靠的决策依据。咱作为后留部（分）队官兵，就要为向站长分忧解难，关心和爱护他的妻子铁心红，决不能出现任何问题。正是由于这些，铁心红说了几句想法，大家可以接受，要是动手干几下，大家绝对不允许，铁心红急得心里很难受。

当静下心来，躺在床上深深思考后，铁心红觉得后留官兵说的那些话，不是害而是爱，自己应该珍惜和感谢人家才是。铁心红惭愧地叹气摇头，恨不得一步蹿出家门，当众向官兵们承认错误。由于自己来高原没几天，身体一时难以适应，白天晚上头胀、眼胀、腹胀、心跳加快、四肢无力、高度疲劳、记忆力减退等病症全都显露了出来。这点小毛病算个啥，咱早就领教过了。铁心红回想起初次来到高原，经历战胜自我的情景，便开始采取消炎自救方式，坚持服药、喝水、锻炼等，一个星期后，渐渐消除了高原反应症状，一切都显得那么轻松自如，官兵们称她是“比男人骨头还硬的女人”。

丈夫不在身边，更要干得出色，让官兵们觉得咱还能为他们说实话、办实事，发自内心认可咱的付出，启迪和激励他们树立战斗精神，坚守战斗岗位，肩负战斗使命。铁心红起早贪黑下厨房、钻温棚、进猪圈、烧锅炉、洗衣服，手脚总是忙个没完，累得头抬不起、腰直不起、饭吃不进、觉睡不好，全身疼得直钻心。看她难受的表情，一些士官心疼地劝她：“嫂子，别再干了，好好歇歇，累坏了身子，我们可担当不起。”铁心红摆摆手，面带笑容地说：“瞧你们说的，我哪有那么娇气，从来没听说有干活累死的，只听说有好吃懒做死的！”这一番话，让大家无言可对。从那以后，官兵们只要看到铁心红累得满头大汗、举步维艰时，只能伸手帮一把，不能开口劝一句，不然她就会用三寸不烂之舌让人下不了台，弄得彼此不愉快。时间长了，铁心红感觉这样挺好的，一个人想干啥就干啥，无人打扰，心情始终保持乐观向上，这让官兵们捉摸不透，以为她的心态发生了变化，为她担惊受怕。铁心红看得明白，知道自己所做的一切，或多或少得到了大家的理解，心里在说，就这样，反正也没影响别人的工作，干点自己喜爱的事也属正常，让后留官兵吃好、穿净、安心工作，坚守祖国的西大门。

自从丈夫回家探亲那天起，小两口交谈最多的话题是：边防一线部分军官士官婚姻老大难问题，让他们倍加忧虑。铁心红知道光说不动也是空想，要给官兵搭桥穿线，就得开通网上对接，走出家门当面说亲。那些日子里，小两口跑妇联、走社区、进乡镇，费尽口舌，向有关部门说明来意，赢得地方领导同志赞同和配合，并在网上与部分院校、医院、新闻媒体、共青团委等取得了联系，大家纷纷表示全力配合，一定想办法圆了边防部队大龄青年军人的婚姻梦。两口子还带着两个孩子特意拜谢了曾彩霞，并邀请她方便时去边防看看，曾彩霞高兴地答应了。

然而，铁心红又哪里会想到，自己与丈夫刚回到边防站的第二天早操时间，丈夫连个招呼也不打，就匆匆奉命外出了。看来靠丈夫来完成这事不可能了，得自己挨个介绍对象，再往下拖就太迟了。无奈，铁心红便壮着胆子，厚着脸皮，开始当起了媒婆。

听说铁心红又要给大龄官兵说媒，上尉军官郝刚感觉是个好事、喜事，便主动找上门来说："嫂子，大家都说你要给官兵介绍对象，要是用得着我，我愿给你当个助手，跑跑腿、动动嘴，协调你和他们见个面，你看这样行不行？"铁心红激动地跳了起来，连声谢道："行，行，我正愁着没人协调，你来帮我太好了！"郝刚一听正合心意，伸手竖起大拇指说："嫂子，请放心，我一定帮你办好这件事！"听到这里，铁心红点了点头，说："能成不能成，那就靠你了！""关键靠你，我只不过给你当个配角就是了。"郝刚说着，转身走出了房子。

一个多月过去了，上尉军官郝刚每天按照后留部队大龄青年花名册，依次点名，把他们叫到了站文化活动中心，与铁心红见面谈自己找对象的条件。刚开始，小伙子们羞羞答答不好意思张口，经铁心红苦口婆心引导，一个个这才说出了自己注重女方的相貌、年龄、文凭、职业等方面条件，使铁心红有了双双能够谈成的把握，最终取得的效果比她预想得还要好。

铁心红了解得一清二楚，百分之九十五的人仍没有喜结良缘，主要原因是害羞、嘴笨、脑袋反应慢等。她心里的确不是个滋味，躺在床上翻来覆去睡不着。这么简单的事不会处理，并不是官兵无能，而与自己这个当媒婆的事先不教不帮有着直接关系呀！不能让他们再难受下去！铁心红从床上爬起来，离开了家门，朝着边防站俱乐部走去。

铁心红经过反复引导、示教、彩排，那些失恋的大龄官兵们很快找到了感觉。下次再有这种机会，胆子大一点，该张口就张口，不能老是等人问，想尽一切办法给人留个好印象。有的老兵当着铁心红的面，道出了自己的想法。铁心红说："就是的，早就该这样了，一个五尺多高的大男人，不能像女人那样扭扭捏捏的，说话办事就要干脆利落，让女同胞有安全感和幸福感。"战士们听了，觉得铁心红说的一点儿也不假，又是竖大拇指，又是敬军礼，简直佩服得五体投地。接下来，他们按照铁心红的示教要领，结合临场发挥，一个个终于两相情愿走到了一起。太完美了，这就是我想看到的结果。铁心红得知喜讯，顿时饭量大了，睡觉香了，一切都感到特别轻松自如。

自从丈夫向天涯离开家门几个月，妻子铁心红不分昼夜地思念和牵挂着，盼望着他马上平安回到她面前。随着时间一天天过去，她的内心越发不安。尤其最后这些日子里，铁心红从梦中醒来，像丢了魂似的，说话颠三倒四，骑驴找驴，闹出了不少笑话。官兵们十分同情她的苦恼，但只能睁一只眼闭一只眼，装作没有看到，假装不把这些当回事。大家特意请她和大伙儿一块儿唱歌跳舞，体验队列，参加演讲比赛，分散她的思恋，克服她的烦躁心理，避免产生更多的苦恼。然而，好景不长，铁心红回到家里，又身不由己地坠入了思恋的长河。这该如何是好呢？她躺着失眠，走着瞌睡，头疼脑胀。无奈之下，她只好吃安眠药，但这也不是长久之计。

天色骤变，狂风肆虐，大雪突降。转眼间，这里变成了冰山雪地。

太可恨了！太可恶了！山在怒视，鸟在哀鸣，树在哭泣，真没想到厄运这么快降到自己的头上。

是啊，雪域高原的变化总是千奇百怪，谁也摸不透它的心。那些高原险峰喜怒无常，不管是春秋，还是在冬夏，它们翻脸，跺脚，发脾气，是家常便饭。

这下可惨了，自然界里的花花草草、飞禽走兽，毫无防备，连躲藏的机会都没有，就被漫天飞雪吹进了冰冷的深渊。

秃岭山发怒了，不管风雪有多大，只想抖掉压在身上沉重的被子，重现往日的壮美。于是，它拼命摆脱着，拼命挣扎着。有道是站得高看得远，秃岭山的一举一动，早被那黑压压的乌云看得一清二楚，它们互不相让，对峙着，谁也不甘心败在谁的手下。乌云想，若不遮住太阳，让秃岭山沐浴阳光，无疑是死到临头。当下必须顶住。它携风带雪，狂轰滥炸，恨不得把秃岭山压得永世不得翻身。

两虎相斗必有一伤。饱经洗礼的秃岭山，对此见多不怪，习以为常了。四季如冬，人烟稀少、与世隔绝的往昔都已经历，还在乎这一次暴风雪吗？

就凭狂风和暴雪，难道就能征服亘古矗立于高原的崇山峻岭吗？山脉当然有自己的应对绝招，逢遇云开日出时，脱下雪帽，抬头仰望；脱下雪衣，裸露沐浴；脱下雪靴，赤脚蹦地，充满激情。

一天夜里，铁心红怎么也睡不着，就穿上衣服走出了屋子。她在院子里转了好几圈，仍然毫无困意，就坐在一块石头上。她想到了从来高原到现在自然界的变化，她觉得边关的天比家乡的天蓝，边关的山比家乡的山高，边关的一切都比家乡的美丽。她又想到了丈夫。丈夫向天涯一走没个音讯，估计肩上有重要任务。她想，咱要理解他的难处，可不能胡思乱想。铁心红想通了，决心把全部精力投入到官兵们的伙食改善上，力争多干点实事，干出成绩，让丈夫回到营区大吃一惊。铁心红信心百倍，想到这里，她兴奋地跳了起来。她忙回屋换上保暖衣服，准备去看看羊圈里那三只将要下羔的母羊。

铁心红走出家门，一路上，遇到了营区流动哨、营门固定哨问口令，她都一一作答。操场上藏獒军犬摆着尾巴跟随着她，气得她厉声喝道："讨厌，跟着我干什么，滚！"那只藏獒军犬听到她在发怒，就摇着尾巴走了。铁心红回头望了一眼远去的藏獒，心情好多了。她向前走着走着，突然，不远处一片大白鸟嗄嗄嗄地鸣叫着，接着，腾空而起。铁心红被眼前的一幕吓得打了个趔趄，一屁股坐在了地上。她仔细一瞧，原来飞走的是一群雪鸡，它们落在操场上，恰巧被她遇到了，吓得彼此惊慌失措。

“哎哟，俺的娘，疼死俺了！”铁心红没有想到的是，当她的屁股刚接触到地面时，一块又圆又硬的小石头硌在她的屁股上，疼得她喊叫起来。她摸摸屁股，好疼。她强打着精神站了起来，嘴里嘟囔着：“雪鸡呀雪鸡，你晚上出来怪声怪气地吓唬俺，哪天俺非把你们从雪地里拔出来，看看到底谁厉害！”说着，她强忍着疼痛，朝着羊圈的方向走去。

这个羊圈建在操场左边一百米外的地方，是铁心红从山东老家回来后，山下的老乡特意为驻边的战士们赠送的怀孕母羊。为了照顾好它们，铁心红和官兵们用一块块石头砌墙，然后用一根根木棒搭了棚，而窗户呢，则是他们用木床改的，里里外外结结实实。铁心红想，三只母羊近期临产，自己再忙也要盯紧点，千万不能在关键时刻出问题。

说来奇怪，铁心红还没走近羊圈，就听见咩的一声，有只羊叫了起来，紧接着其他羊也跟着叫起来。咋回事，莫非？铁心红顿觉不妙，慌忙打开圈墙门锁，走进圈里。她四处张望着，拨开羊群往里走。果然，她发现一只老母羊产下了三只小羊羔。它们跪在地上，身上发着抖，争抢着，撞击着老母羊的乳头。那只老母羊正舔着小羊们身上卷曲的毛。她惊喜地说：“哎哟，喜事，喜事，天大的喜事呀！”说着，她伸手将三只小羊羔分别放进了事先准备好的旧棉被里。她把棉被松松地围成一个圈，这样，既可以防冷，又不至于压着它们。而后，又开始清理老母羊产后的粪便和血迹。清理完，累得她直不起腰。三只小羊在棉被里不停地想站起身，刚颤颤巍巍地站起来，又跌倒了。老母羊看着它们，咩咩地叫着。值得，只要有收获，再苦再累也值得。铁心红看着站起身、睁开眼的小羊羔，心里美滋滋的。

大约过了两个钟头，另一只大屁股母羊，伴着一阵咩咩的叫声，接连产下四只小羊羔。真是喜事连连啊！铁心红高兴地走过去，把小羊羔一一放进了旧棉被里。看着这些浑身还湿漉漉的小羊羔，她高兴得不知说什么好。她指着第三只临产的母羊说："你呀你，光知道吃草，光知道傻看，还不赶快下小羊！"话音刚落，圈门外突然传来咣当咣当的撞击声。"谁呀？"铁心红问道。无人回答。这时，撞门的声音更大了，震荡更剧烈了。铁心红起身朝着门口走去，边走边喋喋不休地说："啥玩意嘛，问话不吭气，光知道晃荡门，谁和你作耍呢！"

她走到门口，正要伸手打开门闩，忽然两道寒光向她射来，顿时，她毛骨悚然。她镇定了一下，看到了两条灰色的毛腿，接着，这两条毛腿伸进了门缝，一个劲地在空中抓着，边抓边用头撞击。她顺着门缝仔细一看，是两只狼！不好，狼来了，必须把它们挡在外面！铁心红顾不上其他，对着门就是一顿拳打脚踢。她像发疯似的狠狠踢着圈门，但门外的撞击声反而更大了。这时，羊圈里十几只羊都咩咩叫了起来。门外的狼撞门的声音更大了。铁心红说："没门，我就是死，也不会让你们撞进来的！"她心里明白，圈里这些怀孕的母羊可是当地老乡们献给子弟兵，精心挑选送来让守边的子弟兵改善生活的。如果在她手里失掉，不但对不起自己的良心，对不起官兵，更对不起边疆老乡们的一片心！怎么办？狼来了，必须顶住，决不能让它们进羊圈！铁心红豁出去了，连她自己都诧异的是，她竟然从门缝伸出一只手，迅速抓住一只狼的后腿，然后用力地往起提。她又伸出另一只手，两只手使劲往起提着这只狼的后腿。她不敢相信自己竟然有这么大的力气，这只狼的腿顺着门缝被她提了起来，提过了她的胸口，提到了她的嗓子眼，提过了头顶。

那只狼的腿被夹在门缝里，嗷嗷地叫着，她看到了那只狼的嘴，像乱草中的山洞，刚才那两道寒光已不再凶悍，变得极度惊恐。另一只狼看到同伴被高高悬起，吓得落荒而逃。铁心红使出了浑身的力气，往起一抬，朝前一推，说道："滚吧！"那只狼当即栽了下去，重重地跌落在地上，然后，惊恐地翻起身，一瘸一拐地走了。

羊儿三五成群地跑过来，它们围观着、叫唤着。铁心红拉开门闩，打开圈门，一阵冷风吹过来，吹到她的脸上，她一摸脸，脸上全是汗水。这时，圈门外一群身高马大、肥头大耳的黑家伙，蜂拥般地奔过来。铁心红说："去，朝那边去！"她一指，一群藏獒便朝着她指的方向飞奔而去。

远处，一道道手电光晃动着。

"嫂子，你没事吧？"远处传来了熟悉的声音。一看，只见上尉军官郝刚带领十几名全副武装的战士，飞奔到她的面前。此刻，铁心红的心情难以表达，她望着大家说："你们来得正好，两只母羊一共产了七只小羊羔，还有一只母羊快临产了，估计就在这两天。"一个战士说："嫂子，你怎么脸上、手上都是血？衣服也破了？"铁心红说："刚才来了两只狼，非要撞开圈门吃羊，我和它们拼了几下，破了点皮，不碍事。"上尉军官郝刚说："嫂子，你可把我害苦了，听营区哨兵说，你一个人大半夜跑进大通道了，我派了好几组官兵去找你，连个影子也没找到，回来的路上，才碰上了你。你要是今天出了事，我可要担责呀！”铁心红笑着说：“哪有这么严重，这不是好好的嘛。”接着，她说：“咱们还是进羊圈里看看刚出生的小羊吧。”她手一挥，转身走进了羊圈。“走吧，都进去看看！”郝刚下达了命令，战士们成一路纵队，进了羊圈。

“都来看呐，这个母羊下小羊了！”一个战士在羊圈里走着走着，突然惊喜地喊了起来。铁心红一听又有喜事，忙对大家说：“都别动，让我看看！”她迫不及待地跑到那只母羊跟前。正是刚才那只她过说的母羊。铁心红二话不说，挽起袖子，就开始给母羊接生。

一只，两只，三只，又下了三只小羊羔！铁心红将三只小羊羔小心翼翼地放进了旧棉被里，高兴地说：“今天是站里的大喜日子，一个晚上三只母羊下了十只小羊，这是一个好兆头，看来咱官兵的日子要越过越红火了。”郝刚说：“嫂子，你辛苦了一个晚上，这里你就不要管了，我已经安排人盯着圈里，狼来得再多也不怕，我们有的是办法！”

铁心红不想离开羊圈，她蹲在小羊跟前，目不转睛地看着小羊们，她想留下来照顾小羊。郝刚一摆手，两名战士急忙走到铁心红跟前，一左一右地把铁心红搀扶起来，向前走去。铁心红边走边不住地回头看棉被里的小羊羔，由不得想念留在老家的那一对可爱的儿女，虽然每天抽空要在视频里看看他们，但总是放不下牵挂的心……

这天午休，铁心红多干了一些体力活，眼皮打起了架，脑袋昏昏沉沉，很快睡着了。突然传来急促的敲门声和喊叫声，铁心红惊醒了，说：“谁呀，有什么事吗？”话音未落，门外有人应答：“嫂子，你快起来吧，首长让你马上到卫生队。”“什么事大惊小怪的，非得让我去。”铁心红手脚故意慢腾腾拉开屋门，一摇一晃地走了出来。此时，站在门口等候许久的卫生队军医，急忙转过身子，带头朝着卫生队方向快步走去。哎，这军医怪怪的，咋见面连个招呼也不打，掉头就跑呢？铁心红感到纳闷，紧跟着军医脚步而去。

铁心红稀里糊涂地跟着军医走到卫生队门口，看见一群士兵及几位首长站在急诊室门口，望着室内。“来了！来了！”不知是谁喊了起来，人们回头一望，只见铁心红跟着军医快步而来。铁心红一看势头不对，慌忙跑了起来，想一步迈入室内看看到底发生了什么。大家让开了一条路，铁心红没有停住脚步，也没有张口，只是一个劲儿往前跑，险些摔倒在地。她的心情是可以理解的，此事发生在咱家人身上，咱也会这么做的。大家目睹这情景，都发自内心地理解和同情。

“俺的娘，怎么会……”铁心红发现躺在病床上遍体鳞伤、紧闭双眼、奄奄一息的重伤员不是别人，正是自己盼望已久、牵肠挂肚的丈夫向天涯。由于来得突然，铁心红一时经不起精神打击，当场晕了过去。

在场军衔最高的首长当即下令紧急救护。军医们不敢怠慢，开始分头行动，抢救铁心红。不一会儿，铁心红渐渐苏醒过来，首长们这才松了一口气。

经远道而来的专家们确诊，向天涯颅骨、胸腔、腰椎等多部位损伤极其严重，急需转院救治。首长们听到专家确诊和建议，当即采纳，并命令卫生部门和边防站组成应急护送小组，火速将向天涯安全送往山下部队野战医院。铁心红一听急了，走到军衔最高的首长跟前请求：“首长，让我也跟着他们下山吧！”这位首长不知如何答复铁心红，身边一些部下觉得合情合理，向首长建议让她陪同。“那好吧，去归去，但不能妨碍伤员治疗！”这位首长说罢，起身离开了急救室。铁心红暗自庆幸，这下子好了，咱能跟着大家一块儿下山，能跟丈夫在一起了，便主动跑前忙后，给军医当起了帮手，一起将丈夫向天涯抬出门，上了车。

在野战医院里，向天涯躺在重症监护室病床上，一连昏睡了十个昼夜，鼻孔插着氧气管，手背输着液，妻子铁心红不分白天黑夜地给他洗脸洗脚、按摩全身，生怕他肌肉萎缩，造成严重后遗症。曾有几次，铁心红因劳累过度，倒在地板上，磕破了头，衣服被血染红。医院领导得知这种情况后，当即要求所在单位卫生队领导指派卫生员到医院轮流护理向天涯，以缓解铁心红的身体劳累和精神负担。可铁心红得知后，非要请求医院取消这个临时决定，一再表明自己有能力照顾好丈夫。由于她的再三请求，医院领导只好尊重她的意见，取消了原来的决定。患难夫妻见真情啊！医护人员看到铁心红对受伤的丈夫无微不至地关心和爱护，打心眼里敬佩她的耐心和细心。

丈夫为什么伤得这么重？难道他是从悬崖峭壁上掉下来摔伤的？还是他与官兵红蓝军对抗演练失误炸伤的？或者是他发生意外交通事故撞伤的？一连串的疑问在铁心红脑子里盘绕。

她打听过很多医护人员，回答都是摇摇头、摆摆手，转身离去。一天晚上，一位上校军官手捧鲜花，轻手轻脚地走进病房，先是将鲜花摆放在向天涯的床头柜上，后又静立在他的面前望着他流下了眼泪。铁心红问："首长，我丈夫怎么伤得这么重？"上校军官敬佩地说："你丈夫是个了不起的英雄，在守卫国界线上，他带领前哨班战士，与入侵者进行了殊死搏斗，身负重伤不下战场，最终与增援部队一起赶走了入侵者。""啊？原来是这样，我就说呢，问了好多人，他们都不告诉我。"铁心红恍然大悟，泪水模糊了双眼，一下子扑倒在向天涯的病床边号啕大哭起来。

清晨，铁心红刚从门外端着洗脸水走到病床前，忽听向天涯"呀！呀！呀！"喊出了声。天啊，他会说话了！铁心红高兴地放下洗脸盆，疾步走到他的床头呼喊："天涯，俺是你老婆，俺等了你好几天，你赶快睁开眼睛看看俺！"她伸出双手，轻轻推着丈夫的肩膀。"啊，什么？"向天涯使出全身力气微微动了动嘴唇，终于说了一句，然后又慢慢睁开了眼睛。铁心红看到他醒了，兴奋地说："乖乖，你总算是醒了，这些天可把俺吓坏了！"向天涯侧过头，望了望屋里吃惊地问："我怎么躺在这个地方？你怎么也在这里？"铁心红责怪道："还说呢，你在前哨班待了大半年，也不知道给俺打个电话、捎个信，跟敌人交了手，负了伤，才把俺叫来了！"向天涯听到这里，不解地问："你咋知道？听谁胡说的？"铁心红眼一瞪，埋怨道："你以为你是谁，干什么都能藏得住，连医生护士都知道了。"

那天拂晓，向天涯在掩体内突然发现外军在边境线上大规模集结兵力兵器配系，并不断指派各种小股部队越境袭扰我哨卡，蚕食我领土，企图改变原来边界线。对这种野蛮侵略行径，我军方曾多次建议举行高级别军事主官会晤，并按照现行地图反复进行现地对比论证，尽可能避免边界纠纷和摩擦，从而达成共同遵守和维护现有边境划分线协议书。然而，外军头目当面满口答应严格落实会谈纪要，也在协议书上签了字，但在落实协议时却背信弃义，出尔反尔，常常趁着暴风雪、夜间视野、不良天气，悍然动用兵力，越过边界线，制造事端，致使双方达成的稳定态势不断恶化。

这是中国的神圣领土，决不允许任何强盗踏进一步。向天涯一边紧急向上级报告急情，一边指挥前哨加强班战前动员，实施强有力的兵力兵器配置，随时准备采取果断措施。当考虑到前沿阵地各种观察目标的重要性，向天涯飞快地跳出了掩体，认真检查固定哨、游动哨、潜伏哨等重点目标警戒情况，并反复强调在岗官兵，务必保持高度警戒，确保危急时刻发现异情及时、准确，为打赢边境阻击战提供可靠的决策依据。

“站长，你就不要再跑了，请放一百个心，我们一定能够坚守阵地，决不辜负党和人民的期望！站长，我是你培养的，懂得坚守阵地的重要性，我向你保证，不管敌人有多凶，只要他们胆敢触红线，我们就剁掉他们的双脚！”听了官兵们铿锵的誓言，向天涯十分满意地说：“非常棒，有你们这句话，我就放心了！”随后，他那颗担忧的心，渐渐地放了下来。

当向天涯返回掩体时，忽听翼侧传来呀呀呀的喊叫声，他急忙转过头一看，不禁失声惊讶：“不好！”只见外军百余人狂喊着越过边境线，朝着我方前沿阵地猛冲。狗小子，胆子挺大的，竟敢越境挑衅。急红了眼的向天涯，心中只有一个强烈的愿望，那就是决不能让这群外国鬼子在中国领土横行霸道，必须将他们赶出国界线。于是，他果断下达了应急反击命令，并亲自带领尖刀班火速赶赴我方险恶地段处置。

“你们睁眼瞧瞧，这是我们中国领土，不是你们国家的领土，赶快离开这个地方，回到你们国家边境线，否则，由此而产生的一切严重后果，由你们自己承担！”向天涯与外军迎面相遇，他右手一挥，厉声怒斥对方。外军头目一看向天涯个头矮、娃娃脸，只带了十几个兵，根本不把他们放在眼里，狂妄自大地说：“你说得不对，这是我们的领土，我们要在这里训练。”说着，右手一挥，命令士兵继续向前突入。向天涯岂能让步，当即命令尖刀班排成一列横队，伸平双臂，挺起胸膛，站稳脚跟，像一道铜墙铁壁，死死挡住了外军入侵去路。

“冲过去！冲过去！”外军头目狂吼着，硬逼着士兵向前冲。

向天涯怒火燃胸膛，一个箭步蹿了上去，手指着几个领头兵呵斥：“给我站住，马上滚回去，再硬闯我就不客气了！”

领头兵不听他那一套，仍是我行我素。向天涯觉得说得再多，也是白搭，便出手将越境外军士兵一一推出了边境线。“打，给我往死里打，看看他们还让不让我们过去！”外军头目看到队伍前头被向天涯堵住、推回，气急败坏地下达了猛冲硬闯的命令。顿时，双方发生肢体接触，拳脚相见，场面出现了失控。刚开始，别看向天涯比敌军官兵矮半截，却能将入侵者一个个推着，顶着，提着，毫不费劲地扔出边界线。可是，外军头目得寸进尺，又生一计，立马改变了战术，责令部下动用石块、铁器、木棒等凶器，合围群殴向天涯。战友们一看情况危急，有的急忙向观察瞭望塔打手势请求增援，有的直奔向天涯站立点，打开了一条紧急营救通道，都想在紧要关头豁出去，精忠报国。

“打死他！打死他！”入侵者怒吼着，击打向天涯。当尖刀班勇士插入向天涯的战斗位置时，只见他倒在地上，遍体鳞伤，口吐白沫。原来，他在寡不敌众的奋战中，被入侵者的凶器击中了头、面、胸、腹等要害部位，伤势十分严重，渐渐失去了抵抗力，最终倒在了前沿阵地上。

“站长，站长，快醒醒！快醒醒！”“我是你的部下小张呀！”“我是你的通信员小白呀！”勇士们呼喊着，哭泣着，大骂入侵者手段残忍。入侵者气焰嚣张，又围攻了前来营救的战士。

好在增援部队火速赶到，入侵者发现我方大队人马来势凶猛，个个吓得掉头而逃……

医护人员查病房，听到向天涯能开口说话了，主治医生说：“气色挺好，能睁开眼睛说话了，用不了多少天，就可以转到普通病房了。”主治医生又仔细检查了一下向天涯的全身，身后医护人员也跟着点头。铁心红听到专家当场说的这些话，高兴得快要吼起来了，心想自己吃苦受罪终于有了回报，只要丈夫身体能康复，就是搭上自己的性命也值得。正是抱着这种强烈的愿望，她护理丈夫的劲头更足，热情更高了。

过了半个月，向天涯的伤势明显好转，由重症室转到普通室。又过了半个月，向天涯伤势基本痊愈，终于出院返回了部队。

听说向天涯回到了宿舍，官兵们奔走相告，纷纷前来看望。当看到部分军官士官带着牛奶、糕点、水果等礼物进屋，向天涯说："你们来了就是大礼，这些东西全都拿回去，我不需要这些，家里什么都有。"铁心红说："就是的，你们也不容易，都拿回去吧。"大家一看没办法，只好将礼物重新带回宿舍，与战友们分发享用。

照顾向天涯的这些日子，铁心红都忘记了给一对儿女打电话。有时婆婆打电话来，有时母亲打电话来，她总是说最近太忙，匆匆说几句就挂了电话，引得一对儿女在电话里哭，她根本顾不得。婆婆和母亲说她有些异常，问起她也不说。眼下回到宿舍，她终于打开视频让向天涯和家里老人孩子好好说了一阵话。看到向天涯脸上有伤疤，两家老人问起，向天涯说训练时伤了点皮，不要紧，这都是常事，让老人放心。

一个月后，向天涯觉得身体好利索了，就对铁心红说："亲爱的老婆，你看我能吃能喝能睡，身体养得壮如牛，老待在家里，人家会看咱笑话的，我的意思是，我该出山干活了，你看怎么样？"铁心红想了一下，点着头说："行倒是行，我没意见，最好请示一下你们领导，看是不是同意。"

"你说得很对，我给上级首长打个电话，请示一下。"向天涯听了铁心红的指点，一下子将她抱了起来，头碰头、鼻顶鼻，浑身上下有激情。铁心红深知他伤病仍未彻底好转，忙拍拍他的胸脯说："天涯，别闹了，放开我，咱们谈点正经事好不好？"

向天涯感到他这是剃头挑子一头热，心里一下子凉了半截，只好松开手，重新回到床上躺下。“嘿嘿，你这熊毛病倒不少，说了几句就要小孩子脾气。”铁心红埋怨了一句，转身就要走出门。向天涯一看，心软了起来，急忙央求道：“老婆，老婆，你到哪儿去？有话好说，有事好商量。”铁心红这一招果然见效，回过头瞪了他一眼，叹了口气，转身走了过来。铁心红一本正经地说：“这样吧，从明天开始，你去你的前哨班带兵打仗，我到我的炊事班帮厨做饭，谁也不碍谁的事。不过，咱们要经常保持联系，千万别再出什么事，力争年底回家看看孩子。”向天涯听罢，坚定地回答：“老婆，你一百个放心，没问题！”听到这话，铁心红一把拧住他的耳朵说：“如果再食言，就这样收拾你！”铁心红手重得像铁钳，疼得向天涯杀猪般嚎叫。

其实，向天涯心里比谁都清楚，当前入侵者仍在我边防线上肆意挑衅，制造事端，随时都有大规模武装入侵我国领土的可能性。而自己作为一名边防部队指挥员，虽说身负重伤入院治疗，但伤情已基本好转，岂能出院后全休或半休，必须重返前沿阵地，全力以赴地带领广大官兵坚守祖国的西大门，只要还有一口气，哪怕流尽最后一滴血，也要誓死捍卫祖国的神圣领土。

铁心红忍着分离的痛苦，她没有怨恨，也没有流泪，心中只有一个强烈的愿望，那就是要像重伤不下战斗一线、可亲可爱的英雄丈夫向天涯那样，一切为了祖国人民，用鲜血和生命坚守祖国的边防线。自己虽然不能全副武装坚守祖国的西大门，打击侵略者，守护人民和平，但可以在后方发挥自己的能动性，积极配合官兵搞好伙食保障，让前线勇士们吃饱吃好，用强健的体魄、旺盛的精力，坚决打击入侵者，实现自己对丈夫临行前的郑重承诺。

第二天午饭后，向天涯全副武装精神饱满地登上了步战车，从车窗探出头，一遍又一遍地向铁心红喊道："老婆，你的话我记住了，回去好好休息吧，有什么事咱们打电话！"铁心红听着他的宽心话，没有说一句话，双眼通红地流着泪。前来送行的官兵们，纷纷招着手，热泪盈眶。

铁心红忍着分别的痛苦，鼓足了勇气，坚定了信念，选准了目标，伴着"我豁上了"的誓言，以军人的战斗姿态，豪迈地挺进了伙房、菜地、岩洞、羊圈，还想为官兵们再打一次伙食改善翻身仗……

东方的天边泛起美丽的晨光。她和战士们迈着铿锵的步伐，在晨光中唱起雄壮的歌！她隐约听见向天涯和战士们在山顶歌唱，他们的歌声遥相呼应，响彻在祖国的边防线，响彻在冉冉升起的晨光中。

后 记

谁是新时代最可爱的人？依我看，是那些常年坚守在雪域高原、边防一线的新老战友，他们头顶蓝天白云岿然不动，脚踏世界屋脊奉献青春，坚守在祖国西大门卫国戍边，真可谓顶天立地英雄男子汉，是新时代最可爱的人。

这些年，我为了深入挖掘西部边防官兵的战斗生活，真实反映勇士们不畏艰险、顽强拼搏的精神面貌，讴歌官兵们卫国戍边的英雄壮举，一直在做着写作前的准备工作。二十年前，我从部队病退后，主动与老首长、老战友取得联系，经请示部队领导和相关部门同意，先后自费到青藏高原、帕米尔高原等边防部队，与官兵零距离接触交谈，多角度挖掘素材，大范围体验生活，从中搜集了一些鲜为人知的故事。其中，让我感到惊喜的是，在深入采访和体验生活的同时，发现了边防一些军官随军家属、士官临时来队家属及女友，她们冒着零下四十多摄氏度的严寒，热心为部队官兵排忧解难，下厨房做饭菜，改善官兵伙食。有的随军家属主动承担起了种菜、养鸡、养羊等艰苦工作，最终在雪域高原上让官兵们吃上新鲜肉蛋蔬菜。有的士官家属临时来部队毛遂自荐担任教员，向官兵传授网络知识，并通过网络渠道传递家乡新变化，传递家中亲人对美好生活的获得感和幸福感。有的部队官兵的女朋友还主动当红娘，为大龄青年官兵搭桥牵线，解决他们的婚姻大事。这些好军嫂给我留下了深刻的印象。从那时起，我就产生了写一部反映高原军嫂题材的作品，让身穿军装或光荣退役的战友们，甚至没接触过军人的女士们，更加了解雪域高原随军家属和临时来部队家属的军营生活。栽什么树苗结什么果，撒什么种子开什么花。为了追寻书中主人公向天涯和爱人的成长历程，努力揭示他们献身边防、奉献官兵的精神内涵，我结合山东沂蒙山区老中青三代军嫂的亲身经历，以及她们的拥军事迹，围绕雪域高原生命禁区部队官兵坚守国门，与敌殊死战斗的豪迈气概，重笔描写了与丈夫一道分工不分家、全身心投入的新时代高原军嫂善良淳朴的光辉形象。

其间，我辗转山东沂蒙山区，追寻当年红嫂营救八路军伤病员的足迹，聆听当地一些年长的父老乡亲讲述抗日战争和解放战争时期，沂蒙革命老区广大妇女心里装着人民子弟兵，一切为了前线勇士杀敌、打胜仗的英勇事迹。她们不分昼夜地推磨压碾、做鞋制衣、救治伤员，有力保障了部队攻得上、防得住、打得赢。这些英雄事迹令我震撼，敬佩万分。更让我感动的是，听老人说，在战争年代，有的年轻农妇刚生下孩子，遇到八路军伤病员昏迷时要水喝，却因周围无水源，便毅然决然揭开衣襟给伤员喂奶，用乳汁挽救了伤员奄奄一息的生命；有的无名英雄母亲，心里装着全中国人民的解放事业，接连送走了四个儿子去参军打仗；有的母亲为了保护人民子弟兵的生命安全，在敌人面前宁肯交出自己儿子，也不交出子弟兵，表现出了高度的爱党爱军的高尚情操。

还有许多事迹，让我潸然泪下，留下了永恒的记忆。沂蒙革命老区犹如大海，后浪赶前浪，一浪高一浪，涌现出一代又一代红嫂、军嫂，这些巾帼群体，她们是情系祖国边疆的英雄儿女，是值得我们尊敬的幕后英雄。在一些女青年看来，当兵就当边防兵，嫁人就嫁边防兵，而她们正是胸怀这样一颗火红的心，诠释着自己的情和爱。这让我深受感动，从而激发了创作激情。我在西部高原寻找素材，体验部队生活的日日夜夜里，都因自己早先患病八年留下的后遗症，加之高原反应强烈等因素，遇到了意想不到的重重困难。我曾几度发高烧，让军医忙得不可开交，生怕我出现不测。当时我直冒虚汗，怕旧病复发，影响创作进程，好在及时吸氧用药，压了几天床板，这才恢复了状态。

当我跟随着官兵徒步巡逻，途经一条干枯的小沟时，大家一跃而过，可我心有余而力不足，头昏胸闷呼吸困难，沉重的双脚迈不过去，幸亏一名新兵发现及时，这才一把将我拉上了对岸。

有时候，我静下心来问自己，既然来到了雪域高原边防线，要常想多干什么？实现什么？不然的话，那就等于白来。为了克服高原反应，我除了紧急情况下使用氧气和药品，一般都按照官兵示范要求，结合自身状况，开展一些有针对性的辅助训练活动。特别是面对暴雪肆虐、雪崩突袭、紫外线辐射、山洪暴发等恶劣状况，我摸透了大自然的脾气，渐渐找到了有效处置的方法。其间，我挖掘了一个个梦寐以求的创作素材，犹如机关枪打点射似的，击中点面位置，从而实现了瞄哪儿打哪儿的根本目的。

诚然，要想啃下《冰山红嫂》这块硬骨头，光有满腔激情和丰厚素材还不够，还需要精心构思、调整角度、确定基调，方可顺利定稿。因此，我采取拜师求教、同仁指正、不断修正等方法，就像孩子学爬行、站立、走路，打磨十余年，费尽了大量精力，真可谓豁上了老命，才如愿以偿地啃下了这块硬骨头。作品完成后，我像站在麦场上，看着自己的麦垛，充满了幸福感。

一个篱笆三个桩，一个好汉三个帮。在我创作最艰难、最痛苦的时候，正是老部队首长和战友们，不停地打电话、发短信询问我的创作进展，并一再鼓励我发扬部队拿枪杆子练兵打仗的精神，退役了再拿起笔杆子续写英雄儿女新篇章。我咬紧牙关，充满信心，勇住直前地抢占和坚守创作制高点，让激情燃烧的火焰万丈喷发。

闻知我要写一部反映新时代高原边防部队军嫂的作品，一些文学爱好者主动帮我打字、校对、审读，还有一些文友帮我把关，勘正错谬，使我最终完成了这部小说。宁夏人民出版社管世献编辑看了《冰山红嫂》草稿，毫无掩饰地向我指出了书稿中的点面问题，让我回头多看几遍，反复修改，力求精益求精，将作品打磨得更加完美。

当得知我要出版新作品时，宁夏文联原主席郑歌平拨冗题写书名，一些老战友、老朋友、老文友纷纷发微信鼓励，给予了我很大的支持。吴忠和青铜峡市委宣传部及文联的领导也多次看望鼓励我。值此，谨向他们表示衷心的感谢和崇高的敬意！

作　者

2018 年 8 月完稿于喀喇昆仑山

2022 年 2 月悠放于青铜峡大峡谷